DOMINIQUE FERNANDEZ

de l'Académie française

Transsibérien

Photographies de Ferrante Ferranti

GRASSET

ISBN : 978-2-253-16942-0 – 1re publication LGF

A Danièle Sallenave
en bouriate complicité

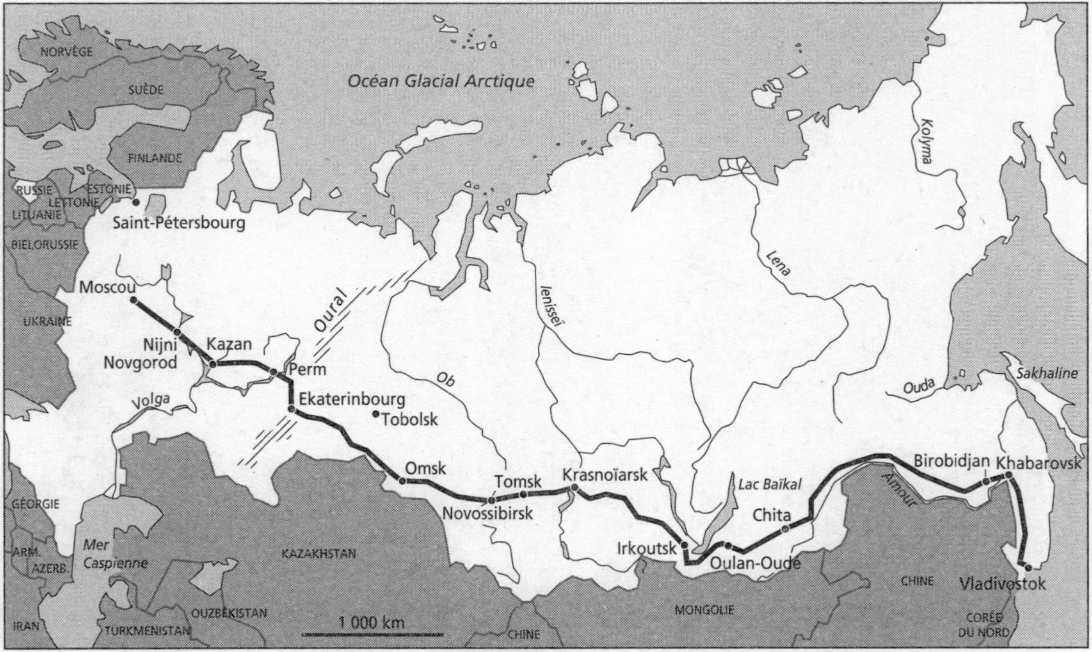
Océan Glacial Arctique
NORVÈGE
SUÈDE
FINLANDE
RUSSIE
ESTONIE
LETTONIE
LITUANIE
BIELORUSSIE
UKRAINE
Saint-Pétersbourg
Moscou
Nijni
Novgorod
Kazan
Perm
Ekaterinbourg
Tobolsk
Oural
Volga
Ob
Ienissei
Lena
Kolyma
Ouda
Sakhaline
Omsk
Tomsk
Novossibirsk
Krasnoïarsk
Irkoutsk
Lac Baïkal
Oulan-Oude
Chita
Amour
Birobidjan
Khabarovsk
Vladivostok
GÉORGIE
ARM.
AZERB.
Mer
Caspienne
IRAN
TURKMENISTAN
OUZBÉKISTAN
KAZAKHSTAN
1 000 km
CHINE
MONGOLIE
CHINE
CORÉE
DU NORD

1

Le train

Le Transsibérien quitte chaque jour Moscou, gare de Iaroslavl, à 16 h 50 (heure de Moscou = Paris + 2). Une semaine plus tard il arrive à Vladivostok, son terminus en Sibérie orientale. Il est alors, à la montre du voyageur, 6 h 30 (heure de Vladivostok = Moscou + 7). Le train n'a pas pris une minute de retard, bien qu'il ait parcouru 9 288 kilomètres. La fameuse incurie russe ? Ignorée de l'organisation ferroviaire, qui non seulement respecte l'horaire avec une précision méticuleuse, mais se montre exemplaire jusque dans le programme esthétique. La gare de Vladivostok, point d'arrivée, est l'exacte réplique de la gare de Iaroslavl à Moscou, point de départ : une sorte de château russe, blanc, de style composite, avec un corps central et deux ailes, assemblage harmonieux d'arches, de toits pointus, de créneaux, non sans un brin de fantaisie supposée cosaque.

Une stèle de bronze érigée sur le quai de Vladivostok indique : « Kilomètre 9288 », et la date : « 15 mai 1891 », jour où le tsarévitch Nicolas (futur Nicolas II, alors âgé de vingt-trois ans) posa au retour d'un voyage au Japon le premier rail du Transsibérien. Le chantier commença en effet par le tronçon oriental, entre Vladivostok et Khabarovsk, quelques mois après le rescrit signé par Alexandre III. De longues discussions avec les ministres inquiets de la double menace chinoise et nippone, et soucieux d'assurer aux troupes russes un moyen de transport efficace, avaient précédé cette décision. Aux préoccupations militaires s'ajoutaient les ambitions économiques. La volonté de mettre en valeur les ressources minières de la Sibérie, terre abandonnée jusque-là aux chasseurs d'ours, aux marchands de fourrures et aux bagnards, n'était pas étrangère au projet, non plus que la peur de laisser aux prospecteurs, techniciens, ingénieurs, industriels venus d'Extrême-Orient l'exploitation des richesses de ces plus de douze millions de kilomètres carrés, fertiles en bois, fer, charbon, métaux non ferreux, or. On n'avait pas encore découvert les gigantesques gisements d'hydrocarbures.

Quand le train de Moscou entre en gare de Vladivostok, la grande horloge sur la façade indique : 23 h 30. Ce n'est pas l'heure affichée par la montre du voyageur, c'est l'heure de Moscou. Tout au long du parcours, alors que le fuseau horaire change sept fois, c'est toujours la même heure, l'heure de Moscou, qui est affichée à l'horloge de la gare. Premier sujet de surprise et de fascination : pourquoi substituer à l'heure réelle une heure imaginaire ? Pourquoi refuser d'admettre que lorsqu'il est midi en Russie d'Europe, dans la capitale, il est déjà sept heures du soir au bout de la Sibérie ? Cette fiction, de prime abord extravagante, est le seul moyen, peut-être, d'assurer l'unité de l'empire. L'espace étant démesuré, il faut que le temps ait l'air de rester immobile. Les Russes se perdraient dans ce pays sans frontières, sans repères (« qui ne confine qu'avec Dieu », disait Rilke), dans cette vastitude de plaines, de steppes, de forêts rendue souvent plus informe par l'abondance neigeuse, si l'on ne leur donnait le sentiment de pouvoir la raccourcir, la borner, la cerner par cette chimère poétique d'un temps pétrifié.

Le train lui-même, par sa matérialité de voie ferrée métallique, dure, concrète, était un moyen de lutte contre l'égarement dans l'incommensurable. Les voies carrossables ? Elles n'existaient pas en Russie, ou presque pas, Rome et sa science des routes n'étant pas arrivées dans ce pays marqué par la conquête viking. La communication se faisait par les fleuves, les rivières, les lacs, ou par de larges pistes informes, à peine tracées dans l'immensité de la nature, gorgées d'eau le plus souvent, comme on peut en voir dans les merveilleux tableaux de Vassiliev au Musée russe de Saint-Pétersbourg ou à la galerie Tretiakov de Moscou.

Joseph Kessel, *La Steppe rouge* : « La Russie est la terre de l'illimité. Ses plaines n'ont que le ciel pour bornes, ses forêts, la hache les a entamées à peine, ses fleuves géants, à la crue des eaux, s'étalent comme des bras de mer. Ses chansons, dont la joie a des accents de folie et dont la mélancolie touche aux termes de la tristesse humaine, portent la marque d'un esprit tendu vers l'infini, vers l'inaccessible domaine de l'assouvissement complet. »

Bon, on verra bien me disais-je, avant d'embarquer dans le train, gare de Iaroslavl à Moscou, le vendredi 28 mai 2010, à 16 h 50. Nous formions un groupe de quelque vingt-cinq personnes, écrivains français, photographes français et russes, journalistes français et russes, un acteur russe (bilingue) et une actrice française, deux interprètes, un représentant de l'ambassade de France en Russie, deux représentants russes, de qui ? de quoi ? qui éveillèrent d'abord notre méfiance, par la façon autoritaire dont ils paraissaient vouloir réglementer le voyage, puis ne se révélèrent soucieux que d'épargner les incidents et les déboires à une troupe par nature indisciplinée et affaiblie par l'ignorance de la langue.

Ce voyage, organisé dans le cadre de l'année France-Russie (échanges culturels de haut niveau, la Russie, par exemple, ayant envoyé en France plusieurs expositions : « Sainte Russie » au Louvre, et, au musée de la Vie romantique, rue Chaptal, un charmant raccourci de ce qui se faisait de mieux en art au temps de Pouchkine ; sans compter les spectacles musicaux, comme, à Lyon, des opéras de Tchaïkovski, *Mazeppa* et *Eugène Onéguine,* sublimement montés et chantés, à faire honte à la Bastille), ce voyage, donc, pour écrire comme Alexandre Dumas, coprince avec Jules Verne de l'amitié littéraire franco-russe, ce voyage était offert à une quinzaine d'écrivains français. Pour la première fois, des écrivains français montaient dans le Transsibérien et le prenaient d'un bout à l'autre, de Moscou, capitale de la Russie d'Europe, à Vladivostok, capitale de la Russie d'Extrême-Orient. (A vrai dire, tous ne jouèrent pas le jeu, faute de temps ou de désir : certains n'allèrent que jusqu'à Novossibirsk, d'autres ne nous rejoignirent qu'à Novossibirsk ou à Irkoutsk.)

A Moscou, sur le quai de la gare, nous fûmes salués par une fanfare militaire en grande tenue et par des fillettes enrubannées et floriphores. Deux wagons, accrochés en queue du train, nous étaient réservés. Joliment peints en lettres romaines et cyrilliques : « Train des écrivains français », ils portaient aussi la mention, en bleu pour le nom français, en rouge pour le nom transcrit en caractères russes : « Blaise Cendrars ». Ce dernier avait écrit, de chic, en 1904, un poème sur un voyage qu'il n'avait jamais fait, poème assez banal, voire médiocre, mais le seul texte français, apparemment, où soit jamais apparu le mot « transsibérien », ce qui avait paru aux organisateurs un titre de gloire suffisant pour baptiser un train qu'il eût été plus judicieux d'appeler, si on avait songé aux écrivains français véritablement amoureux de la Russie, avec ou sans train : « Alexandre Dumas » ou « Jules Verne », à la rigueur « Théophile Gautier », « Joseph Kessel » ou « Paul Morand ».

« Homère du Transsibérien », disait John Dos Passos de son ami Cendrars, lequel compare le Kremlin à « un immense gâteau tartare croustillé d'or », écrit « cunéiforme » pour « cyrillique » (les licences sont permises en poésie, à condition d'être plus poétiques que le mot juste), et croit faire chic en vantant « l'or mielleux des cloches ». Non, non et non ! « Mielleux » ne veut dire que « douceâtre ». Il est vrai que Jean-Paul Sartre, déclarant Dos Passos « le plus grand écrivain de notre temps » (on sait aujourd'hui ce qu'il en est), fit involontairement du nom de son auteur favori le modèle des impostures littéraires.

Il est vrai aussi que le poème de Cendrars, s'il est imprimé « normalement » dans un livre, ne donne aucune idée de la nouveauté du texte tel qu'il fut conçu. A l'origine, c'était un poème-objet, un poème-tableau, quatre feuilles collées, chacune d'une largeur de trente-six centimètres et d'une hauteur de cinquante centimètres, et formant ensemble une sorte d'accordéon, plié quarante fois dans le sens de la hauteur. La hauteur totale était de deux mètres. Les mots étaient imprimés sur la partie droite du dépliant, la partie gauche étant illustrée par des compositions abstraites en couleurs de Sonia Delaunay (elle-même russe, née près d'Odessa en Ukraine et formée à Saint-Pétersbourg avant d'émigrer à Paris), harmonies tachistes ajoutées au pochoir sur chacun des cent cinquante exemplaires, du moins sur le nombre réalisé des cent cinquante exemplaires prévus[1].

Mis bout à bout, ces cent cinquante exemplaires auraient égalé la hauteur de la tour Eiffel. « Mme Delaunay a fait un si beau livre de couleurs, commente Cendrars dans une note, que mon poème est plus trempé de lumière que ma vie. Voilà ce qui me rend heureux. Puis encore, que ce livre ait deux mètres de long ! – Et encore, que l'édition atteigne la hauteur de la tour Eiffel. » Les exemplaires survivants sont devenus très rares. On peut en voir un à la fondation Bodmer, à Genève, en partie déployé.

---

1. Voir les explications détaillées données par Claude Leroy dans le volume I des *Poésies complètes* (Editions Denoël) qui contient ce poème, dont le titre complet est *La Prose du Transsibérien et de la petite Jehanne de France.*

Pourquoi *prose* au lieu de *poème* ? Par souci, a précisé Cendrars, de paraître plus ouvert, plus populaire, plus chanteur des rues. « Poème » lui semblait « prétentieux » – nous dirions aujourd'hui « élitiste ». Présenté ainsi, comme un exemple de livre « simultané », total (écriture et peinture), le texte présente un aspect ludique et festif qui disparaît entièrement dans la platitude de l'impression régulière. Cet accordéon, ou soufflet, était particulièrement indiqué pour évoquer les wagons d'un train. La couleur prime sur les caractères d'imprimerie, l'ensemble suggère l'image d'un convoi se frayant un chemin entre les lacs, les prés et les bois.

Placés donc, bon gré mal gré, sous les auspices de Cendrars, nous partîmes de Moscou à 16 h 50 précises, dans les deux wagons de queue, wagons de première classe relativement confortables, chauffés la nuit, climatisés le jour. Les compartiments sont plus spacieux que dans les trains français, parce que les Russes augmentèrent de onze centimètres la largeur des voies, fixée en Europe à un mètre cinquante-deux. Cette décision devait avoir un effet miraculeux pendant la Grande Guerre patriotique, les Allemands ayant tout prévu lors de l'invasion de 1941, sauf l'impossibilité pour leur matériel ferroviaire d'emprunter le réseau soviétique.

Ces compartiments sont équipés de deux couchettes parallèles que sépare une table où s'empilent au fur et à mesure du voyage les livres, les verres de thé, les fruits secs, les provisions de secours, les fleurs offertes le long du trajet, les bibelots achetés en cours de route. Pas de toilettes individuelles : il faut aller au bout du couloir. Pas de douche du tout, un simple lavabo, exigu, dans la toilette.

A chaque gare importante, les deux wagons étaient décrochés, pour nous permettre de coucher à l'hôtel, visiter la ville, rencontrer des curieux de littérature française. D'où les presque trois semaines de notre voyage. Si on ne le quitte à aucun moment, le train met huit jours pour relier Moscou à Vladivostok, où il arrive toujours ponctuellement, dans une gare qui est la copie de la gare de Moscou et à l'heure qui est celle de Moscou. Ne faut-il pas, comme je l'ai suggéré, garder l'illusion qu'on est dans le même pays, aurait-on parcouru le quart du globe ? Les deux wagons de queue, peints aux couleurs franco-russes (toujours le bleu pour le français, le rouge pour le russe), étaient remisés pour une nuit ou deux sur une voie de garage. Nous y laissions le gros de nos bagages, n'emportant pour un jour ou deux qu'un sac léger.

« *Vach Dom* » [votre maison] : avec ces mots nous accueillait chaque fois la *provodnitsa*, cette femme en uniforme qui règne sur tout wagon russe, garde bouillante l'eau du samovar collectif installé en bout de couloir devant sa cabine, fournit les verres (insérés dans une monture de métal), les sachets de thé, le sucre et les petites cuillers, arrange les lits, fait le ménage, tripote, drape et noue dans le couloir les rideaux que nous dénouions chaque matin pour dégager la vitre et regarder le paysage. La fonction la plus importante et la plus cérémonielle de la *provodnitsa* est de déclencher aux arrêts le mécanisme qui abaisse les trois marches permettant d'atteindre le quai, puis d'essuyer avec un chiffon les deux mains courantes empêchant de se rompre le cou (le train est très haut sur ses roues). De tout, enfin, elle s'acquitte avec bonne grâce.

Cette bonne grâce est un changement sensible par rapport à l'air hostile des anciennes kapos soviétiques, pour qui tout étranger en provenance de l'Ouest était un bourgeois honni envers qui elles avaient l'obligation de se montrer le plus désagréables possible. L'autre changement, tout aussi spectaculaire, ressortit à l'apparence physique : au lieu des informes matrones témoignant par leur accoutrement grisâtre autant que par le volume de leurs chairs et par leur mine bourrue et réprobatrice l'abdication de toute féminité au profit du seul devoir ferroviaire, notre *provodnitsa*, vêtue d'un costume plus seyant, était, quoique replète, aussi pimpante qu'avenante, ce qui entraîna d'ailleurs certaines complications sentimentales dans le groupe.

Je me garderai bien d'idéaliser les conditions du voyage à l'intérieur de la Russie. La mentalité, le décor, l'inconfort, la brutalité soviétiques n'ont pas complètement disparu. En tout cas dans la Russie du train, où le clivage social et la séparation entre une nomenklatura de voyageurs aisés et un prolétariat d'esclaves restent plus tranchés que jamais. Les deuxième classe du Transsibérien sont encore convenables (quatre couchettes par compartiment), mais les troisième (ou quatrième) soulèvent autant d'épouvante que d'indignation. Même en Inde je n'ai constaté d'aussi barbares conditions de transport. Pas de séparation entre les lits, une quarantaine d'étroites couchettes (on pense à la fameuse et sinistre formule : « chevaux en long : 8, hommes : 40 ») qui sont disposées, serrées, coincées, empilées dans tous les sens. Atmosphère, odeur, brutalité d'un wagon de bestiaux. Les malheureux expédiés au goulag devaient être traités à peine plus durement.

Nous avions honte, pour nous rendre au wagon-restaurant, de traverser cette étuve et cette pestilence où les gens (beaucoup de militaires) regardaient hébétés passer ces richards capables de se payer un vrai repas, alors qu'ils raclaient au fond de gamelles en plastique des fibres gélatineuses. Nous retenions notre respiration jusqu'au soufflet suivant pour ne pas nous boucher le nez devant eux. Quelques-uns, stoïques, lisaient. D'autres, à demi nus dans la chaleur suffocante, dormaient. Certains nous offraient de partager leur nourriture et auraient bien voulu entrer en conversation avec nous. Le désir, de notre part, était réciproque, mais impossible à réaliser faute d'une langue commune. Même l'anglais, passé l'Oural, est inconnu. Autant le voyage par le Transsibérien est à recommander à tout amoureux de la nature et de la culture sibériennes, autant il serait fou de l'entreprendre sans la compagnie d'un Russe ou d'un russophone.

Les *provodnitsy* de la troisième classe semblaient nettement moins aimables que notre charmante Viera. Si le bagne a disparu, le train vers la Sibérie reste un supplice pour cette plèbe accablée par la puanteur, la touffeur, la fournaise de ces wagons où chacun ne dispose que d'un mètre carré sans aération.

2

Moscou

Moscou, où nous sommes restés pour une nuit de transit après le vol de Paris, m'avait laissé des impressions mêlées.

D'abord on pouvait s'étonner que, pendant les deux heures de réception à la résidence de l'ambassadeur de France, qui nous permirent d'admirer les magnifiques stucs du salon de l'ancien marchand Igoumnov, on n'entendît parler que du bébé mammouth trouvé congelé près de Mourmansk. Ce précieux spécimen serait-il autorisé ou non à partir pour la France, où il devait donner du lustre à l'exposition paléontologique du Puy-en-Velay ? « Affaire d'Etat ! » clamaient les responsables de l'année France-Russie.

L'autobus nous conduisit ensuite à l'hôtel. Nous étions hébergés dans un gîte de banlieue, le *Younost* (« Jeunesse »), appellation déjà louche. Hall refait (mais toujours le tableau de Staline assis à son bureau, la pipe à la bouche et « veillant au bien-être de son peuple »), le reste dans son jus des années 1960. Chambres si vieillottes et rébarbatives qu'on se serait cru au temps de Khrouchtchev. Nous avait-on pris pour une troupe juvénile de basketteurs, de passage pour une compétition ? Lit étroit décourageant toute galipette érotique, meubles de bois blanc plaqué faux acajou, propreté douteuse, moquette usée, réfrigérateur vide occupant un quart de la chambre, robinet unique pivotant desservant à la fois la baignoire et le lavabo, eau de couleur homicide, etc. La babouchka d'étage examine minutieusement ma clé avant de m'autoriser à gagner ma chambre. « Eh bien ! me dis-je, tout est pareil, depuis la première fois que je suis venu en Russie, il y a une vingtaine d'années. Morosité, laideur, suspicion. Quelle gaieté, ce voyage ! »

Le changement, nous l'observâmes le soir, place Rouge, à minuit. Place Rouge, à minuit, c'était, autrefois, « magique » (pardon pour ce mot galvaudé). Vaste esplanade irrégulière, bordée irrégulièrement de tours, de clochers et de bulbes, et qui ne donne pas le sentiment, comme les belles places italiennes, d'être une arène fermée, mais un appel au vide, à l'infini. Déjà, depuis quelques années, gêne devant les transformations du GOUM. Le GOUM, c'était, à l'ère soviétique, face au Kremlin, le plus grand magasin d'Etat de Moscou, gigantesque et splendide halle de fer et de verre des années 1900, caravansérail populaire noyé dans la pénombre, proposant à une clientèle sans ressources les pauvres vêtements d'époque, gris et marron, de faux bijoux, des boîtes de conserve sans date de péremption, des choses sans nom, débris fripés, rogatons ratatinés, ossements de la chimère socialiste, détritus du grand rêve foudroyé. A présent, le GOUM, privatisé, a été vendu à de prestigieuses marques occidentales, qui ont découpé la structure métallique en boutiques de luxe à la façade étincelante, cavernes d'Ali Baba inaccessibles à qui n'est pas un « nouveau Russe » : Dior, Chanel, Prada, Dolce et Gabbana, Kenzo, Hugo Boss, Armani, Calvin Klein, Gianfranco Ferré, etc. Eclairages fluo, ça scintille de partout, rutilance agressive, bling-bling sans vergogne.

La gêne augmente lorsqu'on s'avise qu'en face du GOUM, de l'autre côté de la place Rouge, sous les murailles du Kremlin, Lénine reste tapi dans son mausolée, carré de porphyre digne d'un pharaon. Non qu'on regrette la tyrannie du bourreau qui a envoyé des centaines de milliers de gens à la mort, mais, se demande-t-on, passer de la « dictature du prolétariat » au triomphe obscène de Mammon constitue-t-il un véritable progrès ? Est-ce faire avancer le monde que de remplacer un despotisme sanglant par un capitalisme agressif ? N'y a-t-il d'autre alternative à la sévère et terreuse Nécessité que les caprices effrontés du Goût ? Il serait triste de conclure que la plate adoration du Veau d'or doit succéder obligatoirement à la dictature politique, que l'instauration de la démocratie entraîne *ipso facto* la victoire du compte en banque. L'abolition de la terreur implique-t-elle comme conséquence naturelle le rétablissement des privilèges pour quelques fortunés ? Abus pour abus, cynisme pour cynisme… Autant de questions qui, sans redorer le communisme, devraient inciter à un peu de retenue ceux qui se réjouissent de sa défaite sans penser que l'injustice est une hydre à sept têtes qui repoussent sitôt coupées. Qu'a-t-on gagné, en substituant une tyrannie à une autre ?

Sous le communisme, une queue incessante de pèlerins venus, de gré ou de force, des quatre coins de l'URSS piétinait des heures sur la place Rouge pour avoir le droit de regarder pendant trente secondes le visage momifié du défunt. Aujourd'hui, les barrières de circulation ont été enlevées (et sans doute recasées dans les aéroports), il n'y a plus qu'un seul factionnaire au lieu de la garde d'honneur, et, cette nuit, le dernier soldat avait déserté. Le mausolée n'attire plus personne, le Vieux pourrit délaissé. Abandon complet du tombeau, la défaite de l'ancien chef de la Révolution étant rendue plus éclatante par le triomphe de ses adversaires qui le narguent de l'autre côté de la place.

Réflexions peut-être oiseuses, pour ceux qui claironnent « Vive la liberté ! » sans penser : pour qui, cette liberté ? En tout cas, il me souvenait que la place Rouge, à minuit, encore récemment, restait vide, l'éclairage public se réduisant à quelques réverbères discrets. Dernier refuge de la poésie et du songe, pour peu qu'on tournât le dos aux boutiques de modes. Espace admirable, sans frontières précises, ouvert du côté de la rivière, estompé souvent dans la brume, porte du ciel et de l'éternité, microcosme de l'immensité russe, sous les murailles fantaisistes du Kremlin et les bulbes tarabiscotés de la cathédrale Basile-le-Bienheureux, neuf bulbes multicolores d'une folle exubérance, taillés en bossages, en diamants, en tranches de melon, en écailles d'ananas, en rayons de miel. Kitsch plaisant, qui date du XVIe siècle ! Vide et silence à minuit. Sauf que, aujourd'hui, par une initiative (publique ? privée ?) qui ne doit pas dater de plus d'un an, l'immense façade du GOUM, qui occupe tout un côté de la place, est enguirlandée de petites ampoules allumées, innovation clignotante et clinquante qui fait de la place Rouge un mixte de Champs-Elysées, de Galeries Lafayette à la veille de Noël et de Las Vegas. Le sentiment d'espace et de solitude est détruit.

Ecrire l'histoire de la place Rouge résumerait l'histoire du siècle : 1° Mausolée de Lénine, hommage à celui qui avait rendu l'espoir à des millions de travailleurs, salut à l'aurore du monde. 2° Tribune pour Staline, défilés militaires, barbarie socialiste. 3° Mode, commerce, arrogance capitaliste. 4° Banalisation et ruine par la globalisation.

Retour au *Younost*, plein de tristesse en pensant à ce gâchis en apparence irréparable. Et tout à coup, dans cette chambre minable, au milieu de ce mobilier vétuste qui seul subsiste pour témoigner de la grande et atroce utopie brisée, il me semble que je retrouve un peu de l'« âme russe » égarée dans le faste vulgaire de la nouvelle Moscou. Tout est pauvre, ici, laid, mesquin, le tableau à la gloire de Staline rappelle les souffrances endurées par le peuple le plus courageux du monde. Sans rien oublier des années de la terreur, je me dis que les dupes du système, ceux qui ont cru honnêtement aux promesses, êtres de malheur et de foi, ne méritaient pas d'être tournés en dérision par le luxe et le clinquant étalés sur une des plus belles places du monde. Il y avait dans l'austérité, le puritanisme soviétiques, quelque chose de détestable, cette austérité et ce puritanisme étant *forcés*, mais, *en soi*, un tel régime est peut-être moins immoral, plus recommandable que le mondialement correct et brillamment affreux.

Il existe des villes bien plus sauvagement dévastées par la trop brusque ouverture à l'Occident : comme

Prague, tombée dans l'infamie du tout à vendre, y compris les versants pointus des merveilleux toits baroques de tuiles défigurés par les triviales réclames américaines. A Moscou, seul le centre est corrompu par l'invasion commerciale. Le reste de la ville résiste. Le reste de la Russie résistera toujours. La Russie a vaincu Napoléon, elle a vaincu Hitler, elle sera toujours invincible. A plus forte raison, la Sibérie… Tant pis si les hôtels, le mobilier, la nourriture, l'accueil, la grisaille générale sont là-bas aussi peu séduisants que naguère, me disais-je, dans mon ignorance de ce que j'allais découvrir.

3

Règles du bien voyager

Ce récit, je m'en excuse, sera farci de lectures et relectures. *La Chine à petite vapeur*, de Paul Theroux, est un excellent livre, sauf sur un point. Paul Theroux, qui venait des Etats-Unis via Londres, prit le train jusqu'à Moscou, qu'il n'aima pas (c'était en 1986), puis le Transsibérien jusqu'à Irkoutsk, et ensuite la branche sud du Transsibérien qui gagne Pékin par la Mongolie. Le paysage sibérien l'ennuya. Il écrivit : « L'expérience du Transsibérien est un mélange de monotonie et de beauté monastique : toute la journée, le train file en grondant à travers les bouleaux et les collines, et lorsque tombe l'obscurité de la nuit, ce sont encore des collines et des bouleaux, et ainsi de suite, jusqu'à ce que vous ayez l'impression de voyager à travers un papier peint – un papier mural aux motifs si simples et répétitifs que vous n'en voyez plus le dessin. »

Il ne vit pas grand-chose, en réalité : même pas que la taïga est constituée en majeure partie de conifères, pins, sapins, mélèzes, épicéas, les bouleaux n'étant qu'accessoires, sauf dans les clichés sur la Russie.

N'ayant rien vu, rien voulu voir, il osa conclure : « Les jours se suivent et se ressemblent, sur le Transsibérien : c'est rassurant. En soi, le trajet n'a rien d'intéressant, ce qui explique pourquoi il est si plaisant d'être passager et si frustrant d'écrire sur le sujet. Il n'y a rien à raconter. Ce train est un prétexte. Il ressemble plus à un paquebot qu'à un chemin de fer – le voyage monotone et d'une seule traite, l'uniformité du paysage. » Soit. Chacun a ses goûts. Mais si on n'aime pas un pays, le mieux est d'éviter d'en écrire. Si la plus belle nature du monde et une région en plein essor vous semblent inintéressantes, inutile de communiquer vos impressions. La Russie, dans son ensemble, déplut à Theroux, euphémisme aimable pour cacher le fond de ma pensée.

J'étais quand même soucieux, dans ma chambre miteuse du *Younost*, de ce jugement si catégorique d'un auteur que j'estime. Vite, rouvrir Tchekhov, et lire, dans sa correspondance, au sujet des mêmes paysages : « L'Amour est un très beau fleuve. Il m'a donné bien plus que je ne pouvais attendre et il y a longtemps que je voulais vous faire part de mon enthousiasme. Mais cette canaille de bateau qui a trépidé pendant sept jours m'a empêché d'écrire. Je suis par ailleurs tout à fait incapable de décrire quelque chose d'aussi beau que les rives de l'Amour. Je déclare forfait devant elles, je reconnais ma petitesse… Tout se confond dans mon esprit et se brouille, et ce n'est pas étonnant, Excellence ! J'ai parcouru sur l'Amour plus de mille verstes et vu quantité de paysages, et, avant l'Amour, il y a eu le Baïkal et la Transbaïkalie. J'ai vu, en vérité, tant de splendeurs et j'y ai pris tant de plaisir que je ne crains pas maintenant de mourir… Je suis amoureux de l'Amour. J'y resterais volontiers deux ans. Beauté, espace, liberté, douceur. Ni la Suisse ni la France n'ont jamais connu pareille liberté. » (Lettre du 27 juin 1890, à Alexis Souvorine.)

Tchekhov avait trente ans lorsqu'il entreprit de traverser la Sibérie (en train, en voiture et en bateau, la ligne du Transsibérien n'étant pas encore commencée), non par simple goût de la visite, mais pour faire un reportage sur le bagne de Sakhaline, situé sur une île à la pointe orientale de la Sibérie. Le reportage donna lieu à l'un de ses livres les plus inattendus et les plus beaux. Il se montra très critique envers les Russes, et pas seulement à cause de la trépidation du bateau. Bien d'autres canailles étaient à fustiger. Tchekhov le médecin entendait dénoncer les horreurs de ce bagne, « lieu de souffrances intolérables » où l'on faisait pourrir des « millions » de gens, « pour rien, sans réfléchir, de façon barbare ». Mais Tchekhov aimait passionnément la Russie, ce qui donne de la force à sa critique, alors que le dénigrement à la Theroux n'accuse que son auteur.

D'où cette règle : de tous les pays où l'on voyage, n'écrire que sur ceux dont on est épris. Il ne s'agit pas d'être aveugle et bêtement enthousiaste, mais de : 1° ne pas comparer ce qu'on voit et respire à ce qu'on voit et respire dans son propre pays (travers du touriste ordinaire) ; 2° critiquer ce qu'il y a lieu de critiquer, en se gardant de se montrer supérieur à ce qu'on critique ; 3° se sentir *bien* en toute occasion, quelque déplaisir qu'on éprouve çà et là – de même qu'on se sent toujours bien avec la personne qu'on aime, en dépit – ou à cause – de ses défauts.

Voir la Sibérie, et ne plus craindre désormais de mourir : l'homme à qui la vastitude de la taïga, la beauté des lacs, la majesté des fleuves ont inspiré cette pensée peut être cru sur parole. Il avait mesuré l'immensité de l'humaine folie, mais pris le parti d'y être indulgent, la compassion lui paraissant plus féconde que la médisance.

4

En amont du voyage

Que savais-je de la Sibérie avant ce voyage ? Quels livres avais-je lus, de fiction ou d'histoire, outre le reportage de Tchekhov et *Résurrection*, le troisième des grands romans de Tolstoï (1899), dénonciation, d'autant plus forte que le ton en était sans emphase, pour ainsi dire paisible, du système judiciaire et carcéral russe ? On néglige scandaleusement ce livre – comme on a longtemps étouffé la voix de Victor Hugo tonnant contre la peine de mort –, peinture des iniquités et des horreurs du bagne, si juste qu'elle valut à son auteur d'être excommunié, pour avoir accusé l'Eglise d'être la complice hypocrite de l'Etat.

Bien sûr, les deux classiques romanesques français du XIXe siècle m'étaient familiers, *Le Maître d'armes* d'Alexandre Dumas (1840) et *Michel Strogoff* de Jules Verne (1876). Je connaissais les récits russes de déportés, à commencer par les admirables *Souvenirs de la maison des morts* de Dostoïevski (1862), œuvre du premier écrivain de génie condamné lui-même à la déportation et aux travaux forcés.

Pour le XXe siècle, les grands textes sur le Goulag et la Kolyma abondent : *Vie et Destin*, de Vassili Grossman, terminé en 1959, publié pour la première fois en 1980, à l'étranger, le *Guerre et Paix* moderne, énorme et puissante fresque de la vie sous Staline, qui fait entendre « le grincement combiné des fils de fer barbelé de la taïga sibérienne et du camp d'Auschwitz » ; *Le Vertige* et *Le Ciel de la Kolyma*, mémoires d'Evguenia Guinzbourg, déportée en 1939 et reléguée en Sibérie jusqu'à la mort de Staline (Seuil, 1967 et 1980) ; *Récits de la Kolyma*, de Varlam Chalamov, le témoignage le plus poignant (années 1937-1953) sur la déshumanisation dans les camps, avec des passages insolitement poétiques sur les rapports de l'homme et de la nature dans la forêt ensevelie sous la neige et ressuscitée au printemps (publié par fragments en Russie, édition complète française chez Verdier en 2003). Le beau récit de Slavomir Rawicz, qui réussit à s'évader en 1941 d'un camp au nord du lac Baïkal et à gagner la Chine, *A marche forcée* (Phébus, 2002), a consolidé dans l'imaginaire occidental la vision d'une terre inhospitalière convertie en un immense camp de concentration.

(A noter que les bagnes décrits par Alexandre Soljenitsyne dans *Une journée d'Ivan Denissovitch* et *L'Archipel du Goulag* ne se trouvent pas en Sibérie mais au Kazakhstan.)

Très rares sont les ouvrages qui parlent d'une autre Sibérie que celle des prisons, des camps, des travaux forcés. Le capitaine de la marine britannique John Dundas Cochrane traversa la Sibérie en 1820. Il ignorait sans doute que, dès le XVIIIe siècle, avec les déportations de vieux-croyants ordonnées par Pierre le

Grand et Catherine II, la Sibérie avait commencé d'acquérir sa sinistre réputation. Les observations du capitaine n'ont trait qu'à la géographie, au climat, aux ressources industrielles (à retenir qu'Ekaterinbourg comptait déjà « de nombreuses usines sidérurgiques et des usines de cuivre »), à la flore, à la faune, aux mœurs des populations. On s'amuse (si l'on peut dire) de relever dans son *Récit d'un voyage à pied à travers la Russie et la Sibérie tartare* (Editions du Griot, 1993), que la Kolyma, devenue depuis l'époque stalinienne de si affreuse mémoire, n'était réputée hostile et dangereuse qu'à cause de ses ours, capables de détruire les fortifications élevées par les cosaques.

Le livre de Pierre Kropotkine, prince russe ayant obtenu la célébrité comme apôtre de l'anarchisme, est une autre exception. Dans les *Mémoires d'un révolutionnaire* (Scala, 1989), il raconte comment, en 1862, à l'âge de vingt ans, sorti du corps des Pages de Saint-Pétersbourg, il choisit librement d'aller faire son service militaire dans un régiment de cosaques en Sibérie. C'est en Sibérie, dit-il, qu'il constata l'impuissance et la nocivité des institutions étatiques et découvrit les vertus de l'anarchisme. Mais il fut ébloui par la beauté de la nature, la majesté des fleuves, en particulier l'Amour, qui s'étend par endroits, affirme-t-il, sur huit kilomètres de largeur, et, d'une manière générale, il rapporta une image positive de la Sibérie. « La Sibérie n'est pas la terre glacée ensevelie sous la neige et peuplée uniquement de déportés, comme on se la figure ordinairement en Europe et comme on se la figurait alors, même en Russie. Dans sa partie méridionale elle est aussi riche en productions naturelles que le sont les régions du sud du Canada, auxquelles elle ressemble beaucoup au point de vue physique. Outre ses naturels au nombre d'un demi-million, elle a une population de plus de quatre millions de Russes. Le sud de la Sibérie occidentale est tout aussi russe que les provinces au nord de Moscou. » A part les chiffres, qu'il faut évidemment corriger, ces observations sont toujours valables, ce sera une des découvertes de notre voyage.

Leçon de géographie et d'anthropologie encore dans *Asie fantôme, à travers la Sibérie sauvage, 1898-1905,* de Ferdynand Ossendowski (traduit du polonais et de l'anglais, Phébus, 1996). Et pur hymne à la nature, en dehors de toute référence politique, que l'admirable *Dersou Ouzala*, récit de l'explorateur Vladimir Arseniev, écrit vers 1902 (traduit en 1977 chez Pygmalion). « Vous êtes le Fenimore Cooper de la Russie », disait Maxime Gorki. Il aurait pu citer aussi bien Jack London ou James Oliver Curwood.

Plus difficiles à se procurer, sinon chez les bouquinistes ou sur Internet, sont des livres sans doute mineurs, mais d'un grand intérêt. Tous confortent l'image négative d'une Sibérie dont l'unique vocation serait d'accueillir les exilés politiques en leur infligeant des tortures physiques et morales. Il est possible que les éditeurs français n'aient choisi, dès le XIXe siècle, que de publier des livres conformes à ce cliché, dans le cynique espoir que le caractère spectaculaire du sujet élargirait leur audience.

Citons, pour la Russie des tsars : *Les Martyrs de la Sibérie*, par A. de Lamothe (Ch. Blériot, libraire-éditeur, date indéterminée) ; *La Vie en Sibérie, aventures de trois fugitifs*, par Victor Tissot et Constant Améro (Dentu, 1881) ; *Prisons russes*, par Maurice

Gemri (Foyer solidariste, 1909) ; *Le Voyage oublié, bagnard en Sibérie, 1915-1919,* par Theodor Kröger (traduit de l'allemand, Phébus, 1997) ; *Mes missions en Sibérie*, par l'archimandrite Spiridon, aumônier des bagnes de Tchita et de Nertchinsk, entre 1896 et 1906 (Editions du Cerf, 1968).

Pour la Russie communiste : *Chronique d'un goulag ordinaire, 1942-1955*, par Ariadna Efron, fille de la grande poétesse Marina Tsvetaïeva (traduit du russe, Phébus, 2005) ; *Gologor* et *Les Règles du jeu*, par Léonide Borodine, chroniques romancées de la vie dans les camps (1982, traduit du russe, Gallimard, 1989) ; *Sibériade polonaise*, par Zbigniev Domino (traduit du polonais, Editions Noir sur Blanc, 2005). Mentionnons aussi l'émouvant témoignage de Piotr Bednarski, qui fut déporté à l'âge de cinq ans avec ses parents en 1939, et resta le seul rescapé de sa famille (*Les Neiges bleues*, traduit du polonais, Editions Autrement, 2004), et le roman de Martin Amis, écrit sous la forme de mémoires d'un ancien déporté (traduit de l'anglais, *La Maison des rencontres*, Gallimard, 2007).

Evidemment, les communistes essayèrent de renverser cette image, en présentant la Sibérie comme une terre où des Russes, par enthousiasme idéologique, se transformaient en pionniers dynamiques. Aragon, dans la collection « Littératures soviétiques » qu'il dirigeait pour Gallimard, fit publier *L'Envie de vivre*, de Vassili Choukchine, « nouvelles sibériennes », dont le titre même dénonce le caractère volontariste. Le livre (anthologie de textes écrits entre 1963 et 1970) avait, selon la notice en quatrième de couverture, l'ambition de nous dévoiler « la Sibérie des lointains telle qu'elle est aujourd'hui, nature gigantesque et souveraine peuplée de robustes gaillards parmi lesquels le monde moderne insère péniblement ses tentacules ». Choukchine est apparemment le seul auteur sibérien qu'Aragon ait réussi à dénicher, les Kazakhs et les Kirghiz semblant plus aptes à servir le projet de sa collection. *Sibérie heureuse*, intitulait de son côté Anatole Kouznetsov (Julliard, 1960) une fresque, réaliste et lyrique, écrite à la gloire des défricheurs accourus de Russie, jeunes bâtisseurs de la Sibérie nouvelle aux prises avec d'immenses tâches quotidiennes pour la faire émerger de la nuit polaire à la civilisation technique. « Les hommes créent de leurs propres mains des merveilles telles que les légendes antiques connaissent de nouveaux prolongements. Une nouvelle conception du bonheur, une nouvelle morale apparaissent », comme l'auteur disait lui-même pour résumer le sens de son livre. Celui-ci est assez beau, mais comment, né d'une compromission fatale avec cette rhétorique de propagande propre à la littérature communiste sur les chantiers, les barrages, les usines, etc., n'aurait-il pas été discrédité d'emblée par l'intention trop voyante ? Le titre, déjà, ne respirait-il pas l'imposture ?

Dès le XIXe siècle, la Pologne avait fourni un important contingent de déportés à la Sibérie. Après l'insurrection de 1863, beaucoup de Polonais y furent relégués. L'un d'eux, Waclaw Sieroszewski, a tiré de son expérience un roman, *L'Evasion*, consacré surtout à la description de la vie chez les Yakoutes (1908, traduit en 1933 par la Société française d'éditions littéraires et techniques). Les exilés vivent librement dans la petite ville de Djourdjouï ; ils ne sont pas « prisonniers » au sens carcéral du terme. Ils circulent dans les rues comme ils veulent, peuvent même sortir de la ville, aller se promener en forêt. Leur « enfermement » consiste à être coupés du reste du monde par l'immensité du désert environnant, protection suffisante aux yeux de leurs gardiens. Bien qu'ils soient soumis au contrôle de la police, celui-ci s'exerce de la manière la plus bénigne. L'*ipravnik*, le chef de la police, est même plein de sympathie pour eux, par aversion pour les Russes, et en souvenir des services rendus par ses ancêtres sibériens aux proscrits polonais d'autrefois.

Parmi les personnages du roman se trouve aussi, fort absurdement, un Français, coupable d'avoir chanté dans un cabaret de Saint-Pétersbourg le refrain d'une vieille chanson contre Napoléon : « Lui, notre empereur, n'est pas libre. » Il fut aussitôt arrêté, car on vit dans ces mots une allusion railleuse à la situation politique en Russie, très tendue : le tsar Alexandre II ne sortait presque jamais de son palais, par crainte d'un attentat. (Et, en effet, il fut assassiné, en 1881.)

Les deux ennemis principaux des exilés sont les moustiques et surtout l'ennui, qu'ils essayent de tromper par de grandes discussions politiques et philosophiques assez fumeuses. Le terrorisme est-il légitime ? Doivent-ils utiliser leurs loisirs forcés à apprendre les langues et à enrichir leur esprit, ou à s'entraîner à la pratique des armes ? A force de se croiser les mains sans rien faire, ils se demandent avec horreur si leur solitude au bout du monde ne leur apporte pas le même confort moral qu'une retraite monacale. A l'horizon de leurs rêveries se tiennent toujours des plans d'évasion, qui ressemblent aux cris impuissants des trois sœurs de Tchekhov : « Moscou ! Moscou ! » Un petit groupe réussit enfin à prendre la fuite, mais, bien plus qu'un roman d'aventures, *L'Evasion* est un roman de mœurs sur la vie de province, l'inaction, la paresse des ressassements stériles, les vaines aspirations à une existence meilleure.

L'aventure, on la trouvera dans deux bons livres français complètement oubliés, un récit de voyage, *De Paris au Brésil par terre*, par Louis Boussenard (Librairie illustrée, 1880), qui contient un jugement sur Irkoutsk d'une sévérité surprenante, et surtout un excellent roman, écrit pour la jeunesse et paru à la fin du XIXe siècle dans la reliure rouge des livres offerts pour les prix, *Un Français en Sibérie*, par Eugène Muller (Emile Guérin, éditeur, à Paris, rue des Poitevins). Un voyageur français, le comte Alfred de Montlieu, raconte les déboires qui lui sont arrivés en Russie. Il a été arrêté à Moscou pour un « crime » aussi absurde que celui qui était reproché au Français de *L'Evasion* : ayant participé à une réunion d'étudiants qui ne ménageaient pas les critiques à l'égard de personnages haut placés, il s'était risqué à formuler des réserves contre certains aspects du système social en Russie, sans remarquer la présence d'un agent provocateur qui le dénonça à la police.

Déporté à Tobolsk mais emmené dans une voiture particulière sous la surveillance d'un gendarme, en sa qualité d'étranger et de noble, il croise des convois de forçats. « Enchaînés deux à deux à une longue barre de fer qui en réunit une dizaine, traînant aux pieds des entraves de bois, marchant à petites journées sous la garde de gendarmes et de cosaques qui les insultent, les frappent sans merci pour le moindre mot, ou même sans motif ; obligés de se suffire avec les quelques centimes qui leur sont alloués, et sur lesquels leurs conducteurs savent toujours prélever un large tribut ; couchant le plus souvent dans de méchants abris, construits exprès au milieu des plaines désertes, et où ils ne trouvent pour dormir qu'une infecte litière pleine de vermine, ils n'arrivent au but de leur triste voyage que dix-huit mois et même deux ans après le départ, quand toutefois ils arrivent, car beaucoup tombent de faim, de froid et de maladie sur la route, échappant ainsi au long martyre qui attend les autres à destination. »

Sous Staline, le voyage se faisait dans des wagons plombés : mais, en matière de tortures physiques et d'avilissement moral, le régime communiste n'avait rien inventé. Le livre d'Eugène Muller, écrit pour les enfants, distribué aux enfants, illustré de gravures propres à augmenter l'horreur inspirée par une terre qui vouait les plus faibles à la mort et les plus forts à une sorte d'« atonie » causée par « les froids atroces, les interminables nuits et la claustration nauséabonde », un tel livre reflète bien l'idée que très tôt on s'est faite en France de la Sibérie. Idée que n'a pu que renforcer un siècle d'exploitation soviétique de l'immense territoire coupé du monde « civilisé » par les milliers de kilomètres de steppes et de forêts désertes. Et nous, les quinze écrivains, de nous laisser promener dans un train « de luxe » (pour la Russie) à travers ces régions à tout jamais maudites…

N'oublions jamais le devoir de mémoire envers les millions de victimes, tant de l'autocratie impériale (on évalue le nombre des déportés, de 1801 à 1887, à plus de six cent mille) que du Goulag soviétique. Mais ce voyage nous aura appris que nous en tenir à cette image de despotisme et de misère, rester fixés au souvenir de ces processions de forçats dans la boue et la neige, serait vénérer un cliché. Et commettre une injustice aussi sotte, aussi absurde, que si nous nous obstinions à réduire la conquête de l'Ouest américain au génocide des tribus indiennes.

5

A vapeur et à vélo

Encore deux textes à citer, différents des autres et fort curieux. L'un est de 1898 et constitue le premier témoignage étranger, peut-être, sur le Transsibérien lui-même, où s'était embarqué un étudiant français. Albert Thomas avait vingt ans lorsque, lauréat du Concours général en géographie, il reçut un billet pour le Transsibérien offert par la Compagnie des Wagons-Lits. C'était au lendemain de l'alliance franco-russe, scellée par Nicolas II et Félix Faure, lors du voyage du président de la République française à Saint-Pétersbourg en 1897. Parmi les clauses du contrat figuraient une participation financière de la France aux travaux du Transsibérien, et la commande aux usines de Gustave Eiffel des poutres métalliques pour la construction des ponts.

Albert Thomas voyagea sur un des premiers tronçons terminés, de Moscou à Tomsk, ville voisine de Novossibirsk, au cœur de la Sibérie. Les locomotives marchaient encore à la vapeur, à trente kilomètres à l'heure[1].

Fils de boulanger, Albert Thomas deviendrait un personnage considérable. Agrégé d'histoire, nommé professeur au collège Sévigné en 1902, appelé en 1904 par Jaurès à écrire dans *L'Humanité* dès la fondation de ce journal alors socialiste, il serait élu député, puis choisi, en 1916, comme ministre de l'Armement. A ce titre il repartit pour la Russie en 1917, deux mois à peine après la révolution de Février, afin d'exhorter les Russes à ne pas abandonner leur effort de guerre. En 1919, il devint directeur du Bureau international du travail. En 1928 il retourna à Moscou et reprit le Transsibérien, jusqu'à la Mongolie et la Chine.

Ses impressions de jeunesse sont d'une fraîcheur délicieuse. Dans les gares, il décrit les foules ébahies : « Tous ces paysans aux yeux bleus, clairs et sans profondeur, aux traits lourds et comme endormis, ces enfants aux grosses joues pâles, à la tignasse rousse, ont un air résigné et doux ; ils jouissent naïvement de la vie, de l'agitation des voyageurs, de la locomotive qui manœuvre, de ce bel uniforme de gendarme que tous admirent. Le train parti, après les derniers trémolos de la cloche dont un employé fait vibrer le battant, ils restent là encore, rêveurs. Le train roule. La plaine environnante n'envoie aucun bruit. »

La gauche, alors, savait écrire (Jaurès, Blum, Herriot...). Certaines des observations sur le caractère et

---

1. Les Editions Magellan et Cie ont republié en 2007 les pages de son récit qui concernent le train, tirées du livre *La Russie, race colonisatrice. Impressions de voyage de Moscou à Tomsk*, paru en feuilleton en 1905 dans *Le Tour du Monde*.

les mœurs restent justes. « L'esprit russe n'est point centré. Il n'est point délicat aux sensations légères de l'extérieur ; il ne sent que les extrêmes ; il ne sait pas classer et limiter, distinguer le réel de l'idéal, de l'abstrait. » Et de noter que joie naïve de vivre, mélancolie, vol, mensonge, débauche et préoccupations morales, amour du tsar et attente du millénium, tout ce mélange d'attachement au passé et d'aspiration au nouveau, d'indolence harmonieuse et de fermentation explosive, prépare la Russie à un « communisme » plus accompli, plus moderne que celui des anciennes assemblées rurales. Etait-ce si mal vu ?

Deux sortes de trains circulaient alors sur le parcours du Transsibérien : les convois des émigrants, sans confort, et les rames de la Compagnie des Wagons-Lits, dont le jeune homme était l'hôte. Il avait à sa disposition une salle de bains, équipée d'une grande baignoire de marbre, de robinets de douches et d'appareils de gymnastique. Luxe complètement révolu ! Dans la salle à manger, sous l'icône et les portraits du tsar et de la tsarine, une bibliothèque, un piano et un grand canapé de cuir sombre complétaient l'ameublement. Mais il n'y avait pas de cuisine : la nourriture était emportée de Moscou dans des coffres, et l'on renouvelait l'approvisionnement au buffet des gares, coutume qui n'a pas disparu aujourd'hui. Un maître d'hôtel, des garçons de restaurant, un médecin, un masseur veillaient au bien-être des voyageurs. Albert Thomas nouait des amitiés dans les couloirs, tout en se défiant d' « un pays de mensonges comme la Russie ». A ce trait, on voit qu'il connaissait son Custine et qu'il prêtait plus foi aux critiques acerbes du marquis qu'à la curiosité émue de Jules Verne ou aux enthousiasmes d'Alexandre Dumas.

Le futur homme politique n'était pas dupe du faste de son palace ambulant. Il put comparer la conquête de la Sibérie par les paysans, dont le nouveau train favorisait l'émigration, à la conquête de l'Ouest par les fermiers américains. Une épopée du Far East naissait en Russie, presque égale à l'autre, celle du Far West, pour les conséquences sociales et économiques, mais bien moins spectaculaire, et restée de nos jours étrangement méconnue. Peut-être parce qu'elle fut moins sanglante, les colons russes se montrant plus respectueux des populations indigènes. Les coups de hache dans la forêt s'entendent moins que les coups de feu dans la sierra.

Albert Thomas notait le long de la voie les ruines calcinées de villages abandonnés : « Pas un homme : sur l'ordre du feu, ils s'en étaient allés plus loin, vers cette Sibérie peut-être, dont les trains vagabonds avaient fait naître en eux le désir. » Le peuple russe tout entier, ajoute-t-il, se sent attiré par l'horizon nouveau de la steppe. L'année 1898, deux cent mille paysans s'étaient déracinés. « Grande masse instinctive qui accomplit sans la connaître et sans la vouloir sa besogne prodigieuse ! » Au désir d'améliorer les conditions de vie se mêlait intimement le rêve mystique d'une cité idéale, comme chez les héros de Gorki. Pragmatisme et utopie se partageaient l'âme des pionniers. De 1901 à 1910, plus de trois millions d'émigrés volontaires s'expatrieraient en Sibérie.

Le wagon où il voyageait était luxueux, mais ce que le jeune homme voyait par les fenêtres le rappelait à la réalité humaine et physique de la vie en

Sibérie. Tantôt, dit-il, il s'abandonnait à la « douce puissance de la plaine », tantôt l'immensité de cette nature l'effrayait. « Sa fécondité nous semblait mauvaise, dévoratrice d'efforts, useuse d'hommes, et toute notre tendresse se reportait sur les villes, sur les gares, sur tout ce qu'il y avait d'humanité tenace, groupée là contre le rail. » Et de se féliciter que le train ait remplacé les anciennes caravanes, les gares les anciens caravansérails. Il salue « l'activité de la route paisible qui crée des nations et révolutionne le monde », s'extasie devant « la joie de vivre » qui pénètre le continent sibérien, unit dans le même éloge l'œuvre de commerce et l'œuvre de civilisation. Avec la conviction que la voie ferrée aiderait non seulement au progrès économique mais à l'intégration et au nivellement des classes sociales.

Autant le premier pronostic était fondé, puisque l'exploitation du sous-sol (houille, fer, cuivre, or) comme l'exportation des produits agricoles (beurre et œufs) et les villes nouvelles dont l'essor fut spectaculaire ne durent leur prospérité qu'à la présence du train, autant le second s'est révélé illusoire, le Transsibérien ne faisant que transposer la discrimination sur le mode ambulatoire.

A Tomsk (où, hélas, nous ne ferons pas halte), Albert Thomas se moque d'un touriste américain qui fait atteler cinq chevaux à une voiture de louage, mais un officier de police coupe les clochettes du pompeux équipage, car seuls les pompiers ont le droit d'utiliser des clochettes pour annoncer l'incendie.

Toujours à Tomsk, le jeune homme s'émerveille de découvrir une nouvelle génération de fonctionnaires, de princes, de commerçants, d'industriels qui, délaissant Saint-Pétersbourg et Moscou, apportent leurs capitaux et leurs compétences pour assurer le développement de la région. « Ils avaient pris conscience de leurs destinées, de leur mission dans le monde ; ils s'étaient déliés de tous leurs préjugés, de toutes leurs croyances d'Occidentaux que les circonstances politiques condamnaient à l'impuissance ; ils avaient suivi le moujik, "l'humble camarade", qui obéissait naïvement à l'instinct de la race, et de cet instinct ils avaient pris une claire conscience. » Autrefois, toutes les classes étaient isolées dans leurs tâches. Maintenant, selon Albert Thomas, chacun est associé à l'œuvre commune et contribue à cette création d'une Sibérie « qui allait devenir comme le modèle de la Russie future ».

Le socialiste ne se prive pas de vitupérer au passage les Français qui conservent leur argent à la banque et se gardent de sacrifier leur frileux plaisir à l'ivresse des grands chemins et des vastes ambitions.

Romantisme juvénile ? Le Transsibérien fut une admirable entreprise, la dernière et la plus grande réussite du gouvernement impérial, mais acquise au prix de souffrances incommensurables. Les quelque cent mille ouvriers libres ou forçats réquisitionnés pour le chantier eurent à braver le froid, la maladie, la pénurie alimentaire, le manque d'habitations décentes. En plus des problèmes techniques insolubles sans d'énormes efforts (excavation du sol gelé en profondeur, aplanissement des terrains, forage des puits, percement des tunnels, construction des ponts, assèchement des marais, franchissement ou contournement du lac Baïkal), il y avait les problèmes d'hébergement (obligation de déplacer les baraquements des travailleurs de cinq kilomètres en cinq kilomètres, ce qui forçait les hommes à parcourir après le travail cinq kilomètres sur la terre glacée ou détrempée), de ravitaillement, de police (vols, assassinats), d'hygiène (épidémies de choléra, de typhus, maladies des yeux dues aux insectes, on compta jusqu'à trois mille six cents aveugles sur le chantier), de sexe (pas ou peu de femmes dans la taïga déserte, ce qui nécessita l'envoi de prostituées et la création d'une sorte de proxénétisme d'Etat).

Albert Thomas ne savait pas tout cela et ne pouvait pas le savoir. Non plus que la métamorphose, sous la baguette de Staline, du train du progrès en train de la mort. Quel touriste songe à se demander combien de vies humaines ont été sacrifiées pour construire les Pyramides, Versailles ou Saint-Pétersbourg ? De son expérience du Transsibérien, le jeune homme garda, outre le souvenir d'un beau voyage, le sentiment que l'avenir du monde appartiendrait à qui aurait la maîtrise des voies ferrées. En 1914, il fut chargé d'organiser les chemins de fer dans la France en guerre.

Parcourir la Sibérie en train, c'était déjà une aventure ; mais entreprendre d'en faire le tour à bicyclette, voilà qui semble pure folie. Un ouvrier de Pskov, pourtant, réalisa cet exploit de longue durée, commencé en 1927. Il s'appelait Gleb Travine, avait une belle gueule d'acteur de cinéma, ou – la comparaison serait plus pertinente – d'athlète aux yeux clairs comme sur les affiches soviétiques à la gloire du sport. Parti de Vladivostok, il longea le parcours du Transsibérien jusqu'à Novossibirsk, mais sans s'intéresser aux villes qu'il traversait. Penché sur le guidon de sa lourde bécane, une Princeton américaine que quelques camarades du komsomol de sa ville natale lui avaient offerte par souscription privée, il pédalait sans relâche. L'engin est rouge cerise, bas sur roues, les jantes en bois de chêne, protégées par une garniture de nickel. Les chambres à air font corps avec les pneus. Large selle pourvue de puissants ressorts, phare à huile et rétropédalage, mais pas de dérailleur. Equipement personnel réduit au minimum : en plus des vêtements de rechange indispensables, un Kodak, une paire de jumelles et deux roues de secours. Pour toutes provisions, un kilo de chocolat et sept briques de thé.

Après Novossibirsk, Travine obliqua vers l'Asie centrale. Au Kazakhstan, il vit un portrait de Lénine dont on avait souligné les origines mongoles, par des pommettes saillantes et des yeux bridés d'Asiatique. A Tachkent, en Ouzbékistan, il se réjouit de constater que l'interdiction du voile pour les musulmanes, décrétée par les autorités soviétiques, avait eu pour résultat de découvrir cent mille visages, dévoilés de force sur la place publique. Il remonta par la mer Caspienne et l'Ukraine vers Moscou et Leningrad, longea enfin l'océan Arctique jusqu'au détroit de Bering, toujours pédalant, sans assistance aucune, et prenant des notes pour authentifier son parcours, sorte de journal d'où Yves Gauthier a tiré la matière d'un récit coloré : *Le Centaure de l'Arctique* (Actes Sud, 2001). Quatre ans sur un vélo, une moyenne de soixante-quinze kilomètres par jour, souvent par un froid polaire, et toujours seul.

Né en 1900, Travine avait commencé par être étudiant en géographie, moniteur de sport et animateur d'un club de chasseurs, avant de devenir ouvrier électricien. Ce métier était le plus envié des jeunes Russes. Lénine n'avait-il pas fait de l'électrification du pays une des priorités du nouveau régime ? L'électricité ne favorisait pas seulement l'essor industriel, elle incarnait aussi sur un mode symbolique la résurrection de la Russie, par le jaillissement de la lumière du fond des ténèbres de l'autocratie impériale. De nos jours, dans les vieux appartements où une seule ampoule pend tristement du plafond, on l'appelle encore avec orgueil « l'ampoule Lénine ».

Tout désignait donc Travine pour devenir un héros national. Malheureusement pour lui, l'URSS n'exaltait alors que le collectivisme et les entreprises kolkhoziennes, et l'exploit de ce cycliste était purement individuel. Le jeune homme l'accomplissait, de surcroît, avec un engin socialement insignifiant, si on le comparait aux tracteurs et aux moissonneuses-batteuses filmés avec éclat par Eisenstein dans *La Ligne générale* en 1929, la même année où Travine atteignait Mourmansk au-delà du cercle polaire. Le vélo n'était perçu, dans les années d'industrialisation des campagnes, que comme une utopie tolstoïenne, aussi obsolète que la philosophie de la non-violence. Trois étaient les modèles que s'était choisis Travine, et aucun des trois ne correspondait à l'idéal communiste. Faust le fascinait, pour son appétit insatiable de savoir ; Ulysse, pour sa soif d'aventures et sa volonté de reculer le plus loin possible les limites du monde connu ; don Quichotte, pour sa noblesse désintéressée au service de la justice et de la beauté.

Rien d'étonnant, donc, que les autorités soviétiques n'aient ni encouragé ni aidé d'aucune façon ce champion solitaire, héros d'une chevalerie périmée. Stakhanov n'était porté aux nues que parce qu'il pouvait servir d'exemple à des millions d'ouvriers. Les quelques Russes qui soutinrent Travine se souvenaient que *oudal*, qui signifie « audace », fournit la racine de mots se rapportant à l'idée de « s'éloigner de la maison, partir pour le lointain ». La culture de la vaillance est attachée dans l'inconscient russe au désir de se perdre dans l'espace, de se fondre dans le non-être. (Cf. les nouvelles de Tolstoï *La Tempête de neige* et *Maître et Serviteur.*)

Le jeune homme n'avait emporté aucun argent, se nourrissait de fruits d'aubépine et de baies d'argousier, dormait dans les isbas, dont l'hospitalité ne lui fut jamais refusée. On lui servait un breuvage de miel fermenté enrichi de fraises séchées. Il lui arrivait, au terme de luttes épiques avec le fauve cornu, de tuer un renne avec son couteau Remington, et d'en manger la viande crue. Vêtu légèrement, sans pelisse ni fourrure, il pédalait nu-tête, sans même porter de chapka. Pour se réchauffer, il frottait de neige son torse nu. Chaque matin, il repartait, seul, sur des pistes défoncées, affrontant les morsures glacées du blizzard, mettant ses roues dans l'ornière creusée par le patin d'un traîneau. Un soir, dans le Grand Nord, il dut s'amputer lui-même de ses orteils gelés. Il les trancha au couteau et imbiba les plaies de cette glycérine dont il remplissait les chambres à air de sa bicyclette pour les rendre plus résistantes à la pression du grand froid.

Ce Grand Nord, la démesure de la toundra glacée, qui recouvre la plus grande partie de la Sibérie, nous ne les connaîtrons pas. Qu'il soit bien entendu que le présent livre ne prétend pas introduire à la Sibérie, mais seulement au parcours suivi par le Transsibérien, au sud de la Sibérie, dans la région limitrophe de la Mongolie et de la Chine, là où se trouvent les villes, la nature domestiquée, la « civilisation ». Ecrire sur la Sibérie en ignorant l'immensité polaire de sa partie septentrionale serait aussi dénué de sens que de réduire le Canada au ruban de villes disséminées le long de la frontière des Etats-Unis.

6

Nijni-Novgorod

Le soir du 28 mai, à 23 h 15, le train nous débarqua à Nijni-Novgorod, ville mythique sous tant d'aspects. Située au confluent de la Volga et de la rivière Oka, elle est dominée par un kremlin d'où l'on constate que la rive opposée de la Volga, la rive gauche, est quasiment vierge d'habitations. Comme Bénarès en Inde, Braïla en Roumanie et de rares autres grandes villes dans le monde, Nijni-Novgorod n'est construite que d'un côté du fleuve. Sur la rive gauche, les arbres arrivent jusqu'à l'eau, dont ne les sépare qu'une mince bande de sable. L'épaisse, obscure forêt s'étend à l'infini. La Volga marque avec éclat la frontière entre la pure nature, d'un côté, et, de l'autre, l'agitation d'une grande cité commerçante. Enfin, l'agitation d'autrefois, les Soviétiques ayant substitué aux pratiques bruyantes et voyantes des activités secrètes. La ville devint un centre d'armement militaire : tanks, avions Mig, sous-marins nucléaires, construits à l'abri des regards.

On ne peut que s'imaginer, d'après les descriptions de Jules Verne dans *Michel Strogoff*, ce que devait être cette effervescence mercantile, à l'époque où chaque année avait lieu la grande foire, lieu de rencontre de l'Occident et de l'Orient, occasion pour les Russes, les Tatars, les Persans, les Chinois, d'échanger leurs marchandises, leurs langues et leurs mœurs.

L'hôtel Tsentralny où nous logeons, neuf et très confortable, se trouve à l'emplacement de l'ancienne foire, sur l'esplanade qui occupe une sorte de presqu'île entre la Volga et l'Oka. A minuit, tout est sombre et silencieux. Une énorme statue de Lénine se dresse au milieu de l'esplanade. L'adresse de l'hôtel est : « 12, rue des Soviets ». La ville avait été rebaptisée Gorki par les communistes, elle est redevenue Nijni-Novgorod en 1993, mais les marques de l'ancien régime subsistent un peu partout. Quel rapport les Russes entretiennent-ils avec leur récent passé ? Cette question ne cessera de nous intriguer, à chaque étape du voyage. Je note, après coup, que les autorités locales, dans le programme de visites pour le lendemain, n'avaient pas inclus la maison-musée où Andreï Sakharov, le physicien dissident, fut exilé en 1980 pour six ans. La ville était alors interdite aux étrangers et ressemblait à une prison. L'exilé, qui avait reçu en 1975 le prix Nobel de la paix, était dans l'impossibilité de communiquer avec l'extérieur. En 1986, un officier du KGB vint lui installer le téléphone. Premier appel : Mikhaïl Gorbatchev en personne, qui lui annonçait sa libération. L'appareil téléphonique est, dit-on, la pièce de choix du musée.

Nous n'avons donc vu ni le musée ni le téléphone. Cette omission signifie-t-elle que les pouvoirs publics regrettent ce premier signe de la décomposition de l'URSS ? (Les Russes, nous aurons maintes fois l'occasion de le constater, n'aiment pas Gorbatchev, qu'ils accusent d'avoir démantelé l'empire.) Ou, au contraire, est-ce la honte d'avoir séquestré si longtemps l'illustre savant qui nous a frustrés de cette visite ?

J'étais venu une première fois à Nijni-Novgorod en 1994, dans la ville à peine rouverte, en compagnie de Ferrante Ferranti, le photographe français qui fait partie du groupe. Nous gardons de ce séjour un des plus beaux souvenirs de ce lointain voyage en Russie. Nous fûmes reçus à la bibliothèque pour enfants, où vingt-cinq mille élèves avaient à leur disposition trois pianos (voyait-on ça, dans la France de Mitterrand ?), des milliers de livres et, parmi les auteurs français traduits, Rabelais, Hugo, Flaubert, Zola, Maupassant, Alexandre Dumas. En notre honneur, les enfants réunis ce jour-là furent invités à se mesurer dans un jeu littéraire franco-russe. On leur lisait quelques lignes, ils devaient identifier l'auteur et, si possible, le livre ou la circonstance. Quel poète russe avait écrit à Paris ces vers ? Les élèves avaient entre quatorze et seize ans. Deux levèrent la main : « Marina Tsvetaïeva ! » (Génie proscrit de la culture officielle soviétique, elle avait fini par se pendre, en 1941). A qui s'adressait Tourgueniev dans cette page ? « Pauline Viardot ! » De quel roman de Balzac était tiré ce passage ? Encore deux ou trois mains : « *La Peau de chagrin* ! » Aux premières notes de la habanera jouée sur le piano, toutes les mains se dressèrent : « Mérimée ! Bizet ! » Les plus rapides recevaient un livre en cadeau.

Comme il n'y avait à l'époque qu'un ou deux restaurants, et très chers, les dames de la bibliothèque préparaient elles-mêmes nos repas. Nous prenions le petit déjeuner et le déjeuner dans leurs bureaux, sur les tables d'où elles avaient écarté leurs papiers. Elles concoctaient chez elles, dans d'énormes marmites qu'elles apportaient à pied, de copieuses portions de tourte à la viande ou de porc à la russe. Leur gentillesse, leur bonne humeur, leur souci de faire plaisir à l'hôte, nous nous en souvenons encore. Ce mélange de bonhomie conviviale, de culture littéraire et musicale, de sollicitude pédagogique envers les enfants, voilà ce qu'était la Russie il y a vingt ans, et ce qu'elle reste en grande partie, malgré les dérives qui seules retiennent l'attention des médias.

A l'université, cent cinquante étudiants et vingt professeurs m'écoutèrent parler en français de la psychobiographie, sans perdre une nuance de l'exposé sur un sujet absolument nouveau pour eux. Qu'il ne suffît pas, pour comprendre une œuvre, de l'expliquer par la société et l'économie de son époque, comme un pur produit de l'histoire, sans chercher si elle ne plongeait pas ses racines dans des sources inconscientes, voilà qui semblait les intéresser, jusqu'au moment où l'ancienne et puritaine Russie se réveilla tout à coup et rejeta ce qui paraissait une offense à l'honneur national. Les professeurs se pincèrent le nez, les garçons se mirent à rire en apprenant que Tchaïkovski, qu'on leur avait toujours appris à considérer comme un compositeur modèle, par sa vie comme par sa musique, était un homosexuel, à qui ses tourments, dans la Russie des tsars aussi rigoriste que l'URSS de Staline, avaient inspiré ses œuvres les plus fortes, en particulier le lamento final de sa sixième et dernière symphonie, « pathétique ».

7

Baroque russe

Le samedi 29 mai 2010 au matin, j'ouvre ma fenêtre sur la Volga, dont quelques bateaux plats remontent lentement le cours, comme sur les vieilles gravures où des convois de barges chargées de bois et de céréales, des vapeurs à roues remorquant des peaux d'Astrakhan illustrent la légende du fleuve le plus long d'Europe et le plus sacré de la Russie, autrefois trait d'union et piste de guerre entre la Moscovie, les Tatars de la Horde d'Or et les tribus de l'Asie centrale, entré ensuite dans l'histoire religieuse par les monastères de Iaroslavl et de Kostroma, dans l'histoire artistique par les peintres impressionnistes de Plious, dans l'histoire militaire par la bataille de Stalingrad (rebaptisé Volgograd). Nous le suivrons jusqu'à Kazan, avant d'obliquer plus à l'est.

Devant l'hôtel, fraîcheur du premier soleil sur l'esplanade. Au pied du Lénine en bronze figurent un soldat avec son fusil et un ouvrier avec son marteau. Des jeunes montent sur le socle et se font photographier. Ils rient et se poursuivent dans le soleil levant : ici aussi, il est difficile de savoir s'ils sont fiers du grand homme ou heureux de s'en être débarrassés. Peut-être ne savent-ils même pas qui il était ? Aucun tag, aucune inscription vengeresse. Une joie de vivre, spontanée, apolitique, éclate sur les visages.

Peu de circulation dans les rues. Majorité de vieilles Lada, ces utilitaires robustes et désuètes, résistantes aux chocs et au gel, seules voitures de l'ère communiste, qui ont disparu de Moscou.

Nous commençons la visite par la plus intéressante des anciennes rues marchandes, la Rojdestvenskaya. Parallèle à l'Oka, elle en est séparée par une rangée de maisons. Pour avoir une idée de la richesse et de la puissance de cette classe marchande, il faut aller voir l'église Stroganov, construite à mi-parcours de la rue, au pied de la colline. Les Stroganov marchands (à ne pas confondre avec les Stroganov aristocrates, dont le palais, à Saint-Pétersbourg, est un des joyaux de la perspective Nevski) avaient autant de goût que d'argent. L'un d'eux fit bâtir, en 1719, cette église, exemple de « baroque russe », si cet oxymore a un autre sens que de suggérer le style composite qui sert de trait d'union entre l'Occident et l'Orient.

Elle se présente comme un long palais classique de deux étages à dix fenêtres, surmonté, à une extrémité, d'une superstructure compliquée de deux étages qui soutiennent cinq bulbes. Le clocher, lui aussi biscornu et chargé d'ornements, se dresse, comme toujours en Russie, un peu à l'écart. L'église vient d'être restaurée. Les colonnes sculptées blanches des façades tranchent avec éclat sur le rouge de la brique. Quatre des bulbes sont en écailles de couleur. Une croix d'or finement ajouré les surplombe. Le bulbe supérieur est tout en or, en forme de couronne sous une croix d'or semblable aux autres. Le plus remarquable est la profusion d'ornements qui décorent les fenêtres. Chacune est entourée de colonnes et de bas-reliefs aussi richement sculptés que dans l'art manuélin du Portugal ou sur les façades des églises et des palais sud-américains. Oves, grappes, guirlandes, coquilles, volutes, chicorées, pots à feu, chapiteaux frisés comme des choux, le tout à profusion. Ce flamboiement contraste avec la sobriété de l'architecture orthodoxe traditionnelle. Etrange alliance d'exhibitionnisme mercantile et de rigueur majestueuse.

Toutes les comparaisons, toutes les métaphores seraient bonnes, aucune ne rendrait compte du talent avec lequel les architectes, ne pouvant introduire, conformément au veto de l'Eglise orthodoxe, de statues dans la décoration, ont tourné cette interdiction du visage et du corps humains. Ils ont gonflé, tordu, entrecroisé, entrelacé les motifs géométriques et floraux en une lumineuse explosion sensuelle. Théophile Gautier décrivait cette église « comme un toit de mosquée sur une église de Jésuites ». Cinq lignes plus haut, en quête d'une définition impossible, il saluait en cette opposition des contraires l'union du rococo allemand et du style byzantin.

Après avoir séjourné, en 1858, à Saint-Pétersbourg et à Moscou, l'écrivain s'aperçut qu'il ignorait Nijni-Novgorod. « Et comment peut-on vivre sans avoir visité Nijni-Novgorod ? D'où vient que les noms de certaines villes vous préoccupent invinciblement l'imagination et bourdonnent pendant des années à vos oreilles avec une mystérieuse harmonie, comme ces phrases musicales retenues par hasard et qu'on ne peut chasser ? » On comprend l'admiration de Baudelaire pour Gautier. « Le nom de Nijni-Novgorod, tracé par un doigt tentateur, brillait en capricieux caractères slavons entremêlés de fleurs sur le fond étincelant des orfèvreries et des iconostases. »

Suit une subtile analyse musicale des cinq syllabes énigmatiques. « Aucune mélodie ne résonnait plus délicieusement à notre ouïe que ce nom vague et lointain ; nous le répétions comme une litanie sans en avoir presque la conscience ; nous le regardions sur les cartes avec un sentiment de plaisir inexplicable ; sa configuration nous plaisait comme une arabesque d'un dessin curieux. Le rapprochement de l'*i* et du *j*, l'allitération produite par l'*i* final, les trois points qui piquent le mot comme ces notes sur lesquelles il faut appuyer nous charmaient d'une façon à la fois puérile et cabalistique. Le *v* et le *g* du second mot possédaient aussi leur attraction, mais l'*od* avait quelque chose d'impérieux, de décisif et de concluant, à quoi il nous était impossible de rien objecter. »

La foire exerça tant d'attrait sur Gautier, la visite des églises lui causa de tels transports, les forêts de cierges, les constellations de lustres, les dorures des iconostases l'éblouirent si fort de leurs reflets métalliques mêlés aux rayons des lumières, il fut si ébloui de leurs éclairs brusques et de leurs phosphorescences, qu'il en oublia de s'interroger sur le sens profond de cette imagerie. Entrons dans l'église Stroganov. L'iconostase, faite de bois sculpté et de panneaux peints, est d'une richesse exceptionnelle. Il est difficile en effet, devant l'église et à l'intérieur, de s'arracher à l'enchantement de ces fioritures et de ces dorures, pour se rappeler que ces marchands ne cessaient de mêler à leurs soucis mercantiles des préoccupations religieuses. C'est Alexis, l'acteur russe de notre groupe, sans cesse en lutte contre les idées reçues sur son pays, qui me montre, sur un plan, le symbolisme de l'église Stroganov.

Elle s'appelle en réalité « église de la Nativité de la Vierge » et occupe un point de la ville basse. A cette église correspond, juste à l'aplomb au-dessus d'elle, dans la ville haute, l'église dite « église de la Dormition de la Vierge ». La vie de la Vierge, pivot de la chrétienté, se décline selon une ligne verticale. De chaque côté de l'église Stroganov, à mi-hauteur, se trouvent deux autres églises : à droite (si l'on regarde d'en bas l'église Stroganov), celle qui est dite « église de l'Annonciation », à gauche celle qui est dite « église de l'Ascension ». Ces quatre églises, par leur disposition géographique, forment un signe de croix. Le signe de croix orthodoxe, qui se fait de droite à gauche, ce qui explique que l'Annonciation soit à droite, avant l'Ascension, apothéose de la doctrine.

A ce symbolisme religieux se superpose aujourd'hui une intention politique. Nous avons vu, à l'intérieur de l'église Stroganov, dans une chapelle latérale, une icône représentant Nicolas II, sa femme et leurs cinq enfants assassinés. Tous portaient l'auréole des saints. Qui a eu l'idée de faire peindre cette icône, qui a eu le pouvoir de la placer là ? L'autorité ecclésiastique, désireuse de ranimer le souvenir de la monarchie ? Ou s'agit-il d'une initiative populaire ? L'icône est fade à souhait, de style Saint-Sulpice.

8

A la recherche de Maxime Gorki

En poursuivant la rue Rojdestvenskaya (rue de la Nativité), nous longeons de magnifiques façades en assez bon état, couleur pastel, vieux rose, vieux vert, ornées de pilastres qui relient les étages et donnent de la hauteur à l'immeuble. Les fenêtres, encadrées de colonnes, sont parfois surmontées d'un fronton triangulaire, sous une corniche elle-même richement ouvragée. Sur une maison plus grande et de plus noble apparence que les autres, des têtes de femmes sculptées en haut des pilastres nous indiquent que c'était ici le palais de la prostitution. Enorme édifice de deux étages, avec sept fenêtres de chaque côté d'un porche majestueux. Les femmes, enguirlandées de grappes, regardent au loin comme des sphinx, un sourire figé sur les lèvres.

Sur une petite place, une femme est assise sur un pliant devant un tonneau jaune monté sur deux roues : c'est un réservoir ambulant de kvas, cette boisson à peine alcoolisée à base de seigle, dont on continue, semble-t-il, à faire aussi grande consommation que dans les romans de Tourgueniev. J'en achète un verre : c'est frais, léger, aromatisé, un peu acide, et tellement plus agréable à boire en pleine rue, sous les arbres au début de leur feuillaison, tiré d'un tonneau jaune qui s'arrête ici ou là, que sur les tables d'une propreté douteuse d'un café enfumé.

A côté du tonneau, il y a un kiosque où l'on vend des journaux, des plumes, de la papeterie. J'avise *Le Garçon à la corbeille de fruits* du Caravage, reproduit sur la couverture d'un album. Acquisition immédiate. Les reproductions de ce « Tout Caravage » (enfin, presque tout), numéro 15 d'une série sur les peintres, sont tout à fait honorables. Je suis frappé de trouver *L'Amour vainqueur* de Berlin, ce jeune garçon nu qui écarte les jambes avec une impudeur qui ferait tomber le peintre aujourd'hui sous le coup de la loi. En pleine rue, dans un kiosque, pour 159 roubles (l'équivalent de 4 euros), on peut avoir accès à un monde encore interdit il y a peu, et qui redevient tabou en Occident au fil des récents scandales. Quel chemin parcouru en Russie depuis que, à l'université de Nijni-Novgorod, seize ans plus tôt, on me déniait le droit d' « offenser » Tchaïkovski en lui attribuant des inclinations contraires aux « bonnes mœurs » !

Plus loin, voici une belle maison rouge, carrée, à trois étages, qui a servi de cadre à l'asile de nuit décrit dans *Les Bas-Fonds* de Gorki. La rue Kojevennaya (« rue du Travail-du-Cuir ») prolonge la rue Rojdestvenskaya. Alexandre Dumas, en route pour le Caucase, a habité au numéro 16 une maison blanche, toute simple. Presque en face, façade à colonnes d'un ancien restaurant (Les Colonnes) où Gorki a écrit en 1902 *Les Bas-Fonds*. Il venait là bavarder avec son ami le chanteur Fiodor Chaliapine, son cadet de cinq ans. Celui-ci lui révéla qu'autrefois, lors de son premier concours de chant, il n'avait obtenu que le deuxième prix, la victoire étant revenue à un garçon maigre. « C'était moi ! » dit Gorki à son ami devenu la plus célèbre basse russe de tous les temps.

Nous n'avons qu'une journée à passer à Nijni-Novgorod, le temps presse. La guide locale, l'immanquable directrice de notre programme (dans chaque ville nous serons ainsi pilotés), nous dit qu'avant de monter au kremlin, étape obligatoire, nous avons encore à visiter le musée de l'Histoire de l'artisanat, un autre musée folklorique, une galerie d'art. « Et la maison du grand-père de Gorki ? » demandai-je. Cette maison, évoquée en termes inoubliables dans les souvenirs d'enfance de l'écrivain, était ce qui m'intéressait le plus à Nijni-Novgorod. Mais non, cette visite n'était pas prévue, répondit la jeune femme avec une gêne visible. Toutes ces guides sont interloquées lorsqu'on casse leur discours : vieux réflexe soviétique, même chez les plus jeunes qui n'ont pas connu le temps où on leur demandait de réciter une leçon avec interdiction de dévier. J'insistai cependant, soupçonnant une cause plus profonde d'embarras.

— Bon, on y va.

Gorki est né dans cette ville, qui a été rebaptisée « Gorki » en son honneur, de son vivant, en 1932. L'écrivain a-t-il été entraîné, corps et biens, dans la chute du régime ? Ce nom de « Gorki » évoque-t-il trop cruellement l'époque où la ville interdite était coupée du monde ? Seconde hypothèse : l'embarras devant Maxime Gorki et le désir de nous distraire de son œuvre par des visites de musées folkloriques cachent-ils un malaise d'une bien autre gravité ? La Russie a-t-elle autant de mal à gérer le problème Gorki que le problème Sakharov ?

Les choses se compliquent du fait que, si Sakharov est à l'étranger une figure unanimement admirée, Gorki, même à l'étranger, prête à controverses. Par exemple, dans le guide « Transsibérien » de Lonely Planet (le seul guide sur le sujet, clair et dans l'ensemble bien fait), je lis, au chapitre sur Nijni-Novgorod : « Les inconditionnels de Maxime Gorki peuvent visiter le musée Gorki [cette maison de son grand-père]. » La formule exprime bien la suspicion qui pèse sur l'écrivain et qui empêche, en Russie comme à l'étranger, de le mettre au rang des plus grands écrivains russes.

Etre « inconditionnel » de Gorki n'a d'ailleurs aucun sens, car jamais un écrivain n'a été aussi déchiré au plus profond de lui-même, sachant qu'il n'avait pas toujours agi selon ses convictions. Que lui reproche-t-on, que se reprochait-il à lui-même ? D'être rentré en URSS, de son exil italien, en 1928, de s'être rallié alors publiquement à Staline et d'être devenu en quelque sorte le porte-parole du pouvoir, le chantre du régime soviétique, la caution intellectuelle de la barbarie. Il y aurait de quoi en effet jeter un complet discrédit sur cet homme et sur son œuvre, si l'on négligeait un faisceau de circonstances d'une importance capitale.

1° Gorki, né en 1868, avait quelque cinquante ans au moment de la révolution d'Octobre. Le gros de son œuvre était derrière lui, et ce serait d'une mauvaise foi insigne que de le juger d'après ses engagements politiques tardifs. Les premières nouvelles où il met en scène épaves et déclassés de l'ancienne Russie, des romans comme *La Mère* ou *Thomas Gordeiev,* des pièces de théâtre comme *Les Bas-Fonds* ou *Les Petits-Bourgeois* restent des chefs-d'œuvre, où la dénonciation de la misère sociale dans la Russie des tsars s'élève à la dimension épique.

2° Il était lui-même d'origine modeste, petit-fils d'un teinturier, et aucun écrivain occidental n'a subi si jeune tant d'épreuves. Forcé dès dix ans de gagner sa vie, il fut tour à tour voleur de planches, garçon de magasin chez un marchand de chaussures, garçon boulanger, surveillant de chantier à la foire, marinier sur un chaland qui descendait la Volga, débardeur, tout en lisant en cachette, à la lueur de mauvaises chandelles, Alexandre Dumas, Balzac, Walter Scott, Dickens. Jeune homme, il se passionna pour les idées nouvelles et se lia à des réseaux clandestins d'étudiants, ce qui lui valut d'être arrêté et emprisonné. Lorsqu'il commença à écrire, rien d'étonnant qu'il ait pris pour héros les va-nu-pieds avec qui il avait partagé sa jeunesse, les déracinés, les nomades, les parias, grands par leur soif de liberté, dressés contre l'injustice, en guerre avec l'ordre social qui étouffe la personnalité humaine. D'où ce mélange de réalisme cru et de romantisme exalté qui imprègne ses livres. Idéalisme candide, à la pointe d'un scalpel acéré.

3° Avec son expérience de l'oppression exercée par les classes dirigeantes (essentiellement les marchands qu'il avait vus à l'œuvre dans sa propre ville), rien d'étonnant non plus qu'il ait applaudi quand a éclaté une révolution appelée de ses vœux. Il fallait un changement radical pour briser l'immobilisme autarcique, et Gorki, qui avait dépeint dans *La Mère* – roman interdit par la censure, mais dont la circulation clandestine assura le succès prodigieux – l'éveil de la conscience de classe dans le prolétariat russe, ne pouvait manquer d'approuver l'aboutissement politique de son travail littéraire. Quitte à déchanter très vite : mais ce désenchantement immédiat, qui s'en souvient ? Qui cite les pages où, dès 1917, il dénonce en Lénine un « bateleur de foire qui ne ménage ni l'honneur ni la vie même du prolétariat » ? Qui s'imagine la violence avec laquelle il a fustigé « les crimes honteux, insensés et sanglants » de ce « Napoléon du socialisme » ? Un demi-siècle avant Soljenitsyne, Gorki n'était pas moins âpre contre les techniques d'asservissement du Kremlin. « La politique soviétique est une politique de trahison de la classe ouvrière. [...] Tout ce que j'ai dit sur la brutalité barbare, sur la cruauté des bolcheviks poussée jusqu'au sadisme, sur leur inculture, sur le fait qu'ils pratiquent une expérience abjecte sur le peuple et anéantissent la classe ouvrière, je le maintiens, persiste et signe. » (*Pensées intempestives*, 1918.) Textes négligés, oubliés, par les thuriféraires soviétiques de Gorki, pour des raisons évidentes, mais aussi par les historiens occidentaux, décidés à propager une image entièrement négative de l'écrivain.

« Lénine, Trotski déshonorent la Révolution. » Pourtant, cela ne voulait pas dire que la Révolution n'était pas bonne en soi. La Révolution était bonne en soi, elle était nécessaire, et jamais rien, jamais aucun argument ne put résoudre Gorki à rejoindre le camp des émigrés, des Russes « blancs », et à partager leur nostalgie stérile d'un avant-guerre détesté.

En exil à Capri, il attendait. Le communisme égalitaire avait failli, une nouvelle catégorie de seigneurs remplaçait l'ancienne, les esclaves restaient des esclaves, mais comment nier les avantages acquis au peuple russe en matière de santé publique, logement, enseignement, sécurité de l'emploi, protection sociale ? Pour la première fois de son histoire, il avait accès aux livres, au théâtre, aux stades, aux piscines, aux soins, aux vacances. Gorki ne pouvait ni désapprouver les artisans d'un tel progrès ni les blanchir de leurs crimes.

4° Sur l'insistance de Staline, il se décida enfin à rentrer. Il accepta du dictateur une somptueuse villa à Moscou, se répandit en éloges sur le régime, revint sur son opinion de Lénine par des palinodies honteuses, osa écrire que « le travail des tchékistes apporte le témoignage probant de l'humanisme du prolétariat » (la Tcheka, devenue à cette époque la Guépéou, étant la police secrète experte en tortures et assassinats). Pourquoi ce revirement ? Par vanité d'être courtisé par Staline ? Par aveuglement ? Par crainte de donner des gages aux ennemis de l'URSS ? Par souci d'apporter au front antinazi l'appui de son immense prestige, comparable seulement à celui qu'avaient connu un Hugo, un Zola, un Tolstoï ?

Il était cependant trop honnête pour ne pas nourrir des doutes sur la légitimité de la tyrannie et sur le bien-fondé de sa propre attitude. Tandis qu'il encensait officiellement le pouvoir, il confiait ses angoisses à ses amis. Dans ses écrits, perçaient çà et là des allusions qui n'échappaient pas au Kremlin.

En deux semaines, en 1936, il fut emporté par ce qui fut déclaré officiellement une grippe, explication qui ne convainc plus personne aujourd'hui. Selon une version « romantique », Staline lui aurait envoyé en cadeau une boîte de chocolats empoisonnés. Il aura recouru à une méthode plus rusée, déjà employée en d'autres occasions, la froide exécution médicale : une piqûre, ordonnée aux médecins qui soignaient l'écrivain.

Tel était Gorki, avec sa loyauté foncière, son impossibilité de choisir entre l'hypocrisie capitaliste et l'imposture soviétique, ses profondes désillusions politiques, son amertume d'avoir aidé par ses livres à instituer un système qu'il désavouait, tel était l'homme dont l'enfance s'était déroulée à Nijni-Novgorod. Il faut être bien léger pour condamner, après coup, lorsque toute la lumière est faite, des événements environnés, pour ceux qui en étaient les victimes autant que les acteurs, d'ombres et de contradictions.

André Gide se trouvait à Moscou lors de la mort de Gorki, et il prononça, sur la place Rouge, à côté de Staline et des autres dignitaires du Parti, un discours de funérailles resté fameux, le 20 juin 1936. Il ne savait presque rien de ce que je viens d'exposer, mais, intéressé comme il était par toute expérience nouvelle, il mit d'emblée l'accent sur la place unique occupée par les livres de Gorki dans l'histoire de la littérature.

« La culture est demeurée longtemps l'apanage d'une classe privilégiée. Pour être cultivé, il fallait des loisirs : une classe de gens peinait pour permettre à un très petit nombre de jouir de la vie, de s'instruire, et le jardin de la culture, des belles-lettres et des arts restait une propriété privée où seuls pouvaient avoir accès non les plus intelligents, les plus aptes, mais ceux qui, depuis leur enfance, s'étaient trouvés à l'abri du besoin[1]. »

Et de saluer en Gorki celui qui, non seulement était issu du peuple, mais avait sorti la littérature du ghetto de la classe privilégiée pour en faire un bien universel. « J'ai assisté hier au défilé du peuple devant le catafalque de Gorki. Je ne pouvais me lasser de contempler cette quantité de femmes, d'enfants, de travailleurs de toute sorte dont Maxime Gorki avait été le porte-parole et l'ami. »

Il est dommage que Gide, alors « compagnon de route », ait terni cet hommage si juste par des considérations générales qui le montrent aussi naïf et aveugle en 1936 que le sera Sartre en 1952. « Le sort de la culture est lié dans nos esprits au destin même de l'URSS. Nous la défendrons. » Constatant que, jusqu'à présent, dans tous les pays du monde, l'écrivain de valeur avait été un insubordonné, un combattant, il ajoutait : « Aujourd'hui, en URSS, pour la première fois, la question se pose d'une manière très différente : en étant révolutionnaire l'écrivain n'est plus un opposant. Tout au contraire, il répond au vœu du grand nombre, du peuple entier, et, ce qui est le plus admirable : de ses dirigeants. »

---

1. Ces idées qu'un petit nombre de privilégiés exploitent pour leurs loisirs culturels le travail de dizaines de milliers d'ouvriers (du livre, du spectacle, etc.) et que la culture moderne, par ses recherches, sa difficulté, sa complexité, étant de toute façon d'un accès impossible à la masse, ne peut être dite universelle, sont reprises au pamphlet, alors encore célèbre, de Léon Tolstoï, *Qu'est-ce que l'art ?* (1898).

Commentant ultérieurement ces lignes, dans un appendice à *Retour de l'URSS*, Gide notait : « C'est ici que je me blousais ; je dus bientôt, hélas ! le reconnaître. » Notons le comique involontaire de ce verbe : « se blouser » appartient typiquement au langage de cette « classe privilégiée » dont Gide se félicitait que Gorki eût rompu le cercle. Avant de partir pour l'URSS, il s'était laissé « blouser » par l'illusion lyrique du communisme, mais il eut la loyauté et le courage de le reconnaître dans le petit livre qu'il rapporta de son séjour.

Si un esprit aussi lucide, aussi aigu que Gide, a pu céder un temps à cette illusion, comment reprocher à Gorki, qui n'était pas, lui, un voyageur de passage mais vivait englué dans l'épaisseur ténébreuse de la réalité soviétique, comment lui reprocher d'avoir cru aux promesses de 1917 ?

N'oublions pas ce qu'était la Russie avant la Révolution : une autocratie bloquant toute réforme, la possibilité de « jouir de la vie » réservée à une étroite minorité. Gorki avait grandi avec ce sentiment que la situation était sans issue – à moins de renverser de fond en comble la société et l'Etat. Amer, il l'avait toujours été, choisissant comme pseudonyme d'écrivain, à la place de ses vrais nom et prénom, Alexis Pechkov, le nom de Gorki (« Amer », en russe) et le prénom de Maxime, comme pour signifier le débordement, le trop-plein de l'amertume éprouvée depuis le plus jeune âge.

La petite maison de bois où nous entrons, protégée de la rue par une palissade, a été le berceau de son enfance. Sa mère, restée veuve peu après sa naissance, l'avait emmené vivre chez ses grands-parents. Le grand-père était un tyran, méchant et cruel, qui fouettait jusqu'au sang le garçon. Les oncles étaient faux, envieux et cupides. La mère, résignée, humiliée, se remaria avec une brute qui la frappait. Elle mourut bientôt. La grand-mère était, dans cet effroyable mélo, la seule figure humaine, vieille femme d'une douceur et d'une bonté inépuisables, grosse, ronde, ridée, conteuse de fables, source vivante de poésie.

Tout respire aujourd'hui le calme feint et la paix des musées inhabités, dans cette isba traditionnelle reconstituée avec soin, meublée de tables recouvertes de nappes, de canapés, de malles, de gros coussins. Reconstituée, c'est vrai, mais est-ce une raison pour ne pas se laisser émouvoir par un décor où ont pris naissance une œuvre forte et une expérience littéraire unique dans son genre ? Un samovar de cuivre pend par une chaîne à une poutre du plafond bas. Au mur est accrochée une guitare. Un grand poêle de faïence chauffait toute la maison, et des lits étaient suspendus au-dessus du poêle. On a laissé le banc où le grand-père dénudait et frappait à tour de bras l'enfant. On a laissé le fouet. Un autre que Gorki aurait condamné sans appel ces violences. Il comprit, plus tard, que la méchanceté gratuite de son grand-père, ancien haleur de chalands sur la Volga, était l'expression inconsciente du désarroi populaire, dans un pays écrasé par le despotisme gouvernemental, par la misère et l'ignorance.

9

Quand un romancier rencontre ses personnages

Enfin, la guide réussit à nous emmener au kremlin (avec un petit *k*, le « kremlin » étant le nom commun de la citadelle qui couronne toute ville ancienne en Russie). C'est un ensemble de bâtiments, de cours, de prairies, de bois, assez vaste et suffisamment protégé pour avoir pu abriter les habitants en cas d'invasion.

Entre de puissantes tours rondes coiffées de toits coniques, de hautes murailles rouges de brique bordent l'escarpement verdoyant qui surplombe la Volga. Chacune de ces tours porte un nom aux sonorités chatoyantes : Kladovaya, Ivanovskaya, Tchassovaya, Porokchovaya, Nickolskaya, Taïnitskaya. Celle qui est presque noyée dans le feuillage des arbres, nous fait remarquer la guide, bruit de syllabes qui glissent comme de la soie : Borissoglebskaya. Elle parle de ces tours, pourtant ramassées et robustes, comme de femmes. Selon une légende, une petite fille qui remontait le sentier menant du fleuve à la colline fut enlevée et emmurée dans la brique des remparts. Laquelle de ces tours son âme continue-t-elle à hanter ?

Comme il n'y a pas d'article défini en russe, certains noms peuvent être indifféremment masculins ou féminins. Ainsi, du fleuve qui coule au pied du kremlin, on peut dire qu'il est la Volga, comme l'usage en France s'en est répandu, ou le Volga, comme l'écrivaient encore dans leurs romans Alexandre Dumas et Jules Verne. Si imposantes que soient les murailles et touchantes les légendes, on oublie ce décor et ce folklore pour être tout entier à la jouissance de la vue sur le fleuve, qui s'étale, bleu, jusqu'à l'autre rive bordée de forêts à l'infini.

« Et voici le palais de l'ancien gouverneur », nous dit la guide qui, insensible à nos envies de contemplation, ne nous a accordé que quelques minutes devant cet incomparable spectacle. Elle n'a pas lâché son idée de nous présenter chaque édifice du kremlin. « C'est maintenant le musée d'art. Voulez-vous le visiter ? » Malgré les icônes du XIVe siècle et les beaux tableaux modernes qu'il renferme (entre autres de Vassili Sourikov et de Nikolaï Roerich), ces mots de « ancien palais du gouverneur » ont éveillé en moi un souvenir purement littéraire, qui a fait remonter dans ma mémoire un épisode je crois unique dans toute l'histoire de la littérature.

Alexandre Dumas avait écrit en 1840 *Le Maître d'armes,* un de ses tout premiers romans, qui a pour cadre la Russie et la Sibérie. C'est un excellent roman, qu'on peut mettre en parallèle avec *Michel Strogoff*, pour constater quelle différence essentielle sépare ces deux génies : alors que l'intérêt de Jules Verne se porte surtout sur la géographie de l'empire russe, avec le compte des verstes, l'examen de la nature du sol, la description exacte du climat, la notation des variations atmosphériques, le calcul de la largeur des fleuves, le souci de l'emplacement des bacs, Alexandre Dumas prête toute son attention à l'histoire, ne négligeant aucune anecdote susceptible d'éclairer le lecteur sur le règne des différents tsars, et commentant chaque ville, chaque monument qu'il visite par le souvenir d'un événement qui y est arrivé, quelquefois des siècles plus tôt.

Non sans glisser des remarques où il prend de la hauteur. Ainsi, à propos de l'assassinat de Paul Ier ourdi par son entourage, avec l'accord tacite de son propre fils, il énonce une vérité qui sera confirmée par les luttes d'influences dans le Kremlin soviétique : « En Russie, à part les conspirations de famille, le souverain n'a rien à craindre que des grands, son double rang de pontife et d'empereur, qu'il a hérité des Césars, comme leur successeur oriental, le faisant sacré pour le peuple. » Staline disait : « les Russes ont besoin d'un dieu et d'un tsar, je suis les deux », quitte à devoir veiller, avec l'obsession jalouse que l'on sait, sur les intrigues de couloir.

Au point de départ du *Maître d'armes* : l'affaire dite des « décembristes » (« décabristes » en russe), ce petit groupe de nobles qui voulurent profiter de la mort d'Alexandre Ier et de l'avènement du nouvel empereur, Nicolas Ier, en 1825, pour changer le régime politique de la Russie par une constitution qui limiterait le pouvoir de l'autocratie et abolirait l'esclavage. Ces nobles avaient fait en qualité d'officiers les campagnes de France contre Napoléon, découvert la philosophie des Lumières et apprécié quels avantages pouvaient découler de la liberté. Ils complotèrent, rallièrent à eux trois mille soldats qu'ils rassemblèrent, à Saint-Pétersbourg, sur la place du Sénat, un jour de décembre. Nicolas Ier choisit de réprimer durement la rébellion : troupes d'élite, tirs à la mitraille, soixante victimes. Les meneurs furent arrêtés, cinq d'entre eux condamnés à mort. On fit venir d'Allemagne deux bourreaux. Deux des cinq cordes ayant cassé, les deux condamnés qu'elles étaient destinées à étrangler, cessant d'être soutenus, tombèrent au fond de l'échafaud, où l'un se brisa la cuisse et l'autre le bras. On remonta les blessés sur la plate-forme, et on les rependit à nouveau. Ces exécutions bestiales émurent toute l'Europe. Michelet fit observer que, même au Moyen Age, un pendu manqué était toujours gracié. Le nouveau tsar voulait commencer son règne en étouffant par un massacre particulièrement ignominieux ce qui apparaît comme ayant été la première révolution russe.

Trois cents autres conjurés furent envoyés en prison, une quinzaine exilés en Sibérie. Le « maître d'armes » de Dumas est un professeur d'escrime français venu chercher fortune à Saint-Pétersbourg. Il y rencontre une compatriote, Louise Dupuy, établie comme modiste dans la capitale russe. Cette jeune Française est la maîtresse du comte Alexis Waninkoff, lequel, ayant pris part à la conspiration, fait partie du lot des déportés. La jeune femme décide de suivre son amant, jusqu'au cœur de la Sibérie, au-delà d'Irkoutsk. Nicolas Grisier, le maître d'armes, pour ne pas la laisser s'exposer seule aux innombrables dangers du voyage, se détermine à l'accompagner. C'est lui qui est censé raconter l'aventure à Dumas, lequel donne à chaque épisode une amplification romanesque : passage périlleux de l'Oural, tempête de neige, combat nocturne contre les loups, chasse à l'ours, souffrances dues au froid et à la faim.

Dans les auberges d'étape, on envoyait un jeune garçon chercher dans la forêt des chevaux sauvages pour relayer. Le plus fort moment du livre est le passage où un de ces jeunes garçons, qui a dû longtemps errer dans la nuit polaire pour trouver les animaux, les ramène au camp, puis, d'épuisement semble-t-il, s'écroule devant le feu en gémissant. « Je voulus le relever, et je le saisis par la main ; mais je sentis avec horreur que mes doigts entraient dans ses chairs comme dans de la viande cuite. » Le malheureux était gelé. Tous les efforts pour le ranimer furent vains. Il mourut au bout de quelques heures.

L'histoire du *Maître d'armes* est tirée d'un fait divers, le comte et sa maîtresse française ont bien existé et celle-ci a bien rejoint celui-là en exil, seuls leurs noms ont été changés (à peine pour le comte). Le livre, bien entendu, fut interdit par la censure impériale, ce qui l'aida à remporter en Russie un succès prodigieux. Nicolas Ier entra un jour à l'improviste chez sa femme qui s'empressa de cacher un livre sous les coussins du divan. « Vous lisiez, Madame ? – Oui, Sire. – Voulez-vous que je vous dise quel livre vous lisiez ? Vous lisiez le roman de M. Dumas, *Le Maître d'armes.* – Comment savez-vous cela, Sire ? – Pardieu ! ce n'est pas difficile à deviner, c'est le dernier que j'ai défendu. »

Le livre, de l'excellent Dumas pourtant, reste presque inconnu en France, ce qui est aussi surprenant que le sort échu à *Michel Strogoff*, le seul roman de Jules Verne que les Russes ignorent.

Dumas, qui voulait visiter la Russie, ne reçut pas l'autorisation de se rendre dans un pays dont son livre critiquait implicitement, trois ans avant la dénonciation explicite dont Custine se chargera, le régime politique, l'arbitraire policier, la sévérité carcérale, tout en témoignant une ardente sympathie pour les qualités humaines et morales du peuple russe. Il lui fallut attendre la mort de Nicolas Ier et l'avènement du tsar libéral Alexandre II, pour recevoir cette autorisation. Il partit le 15 juin 1858, à cinquante-six ans. Après un séjour d'un mois à Saint-Pétersbourg et de deux mois à Moscou, il s'embarqua sur le Volga en direction du Caucase, fit escale dans quelques villes de l'Anneau d'Or qui nous émerveillent mais le touchèrent peu. A Kostroma, le splendide couvent de Saint-Hypatius le laissa froid, il ne s'intéressa qu'à une petite maison comprise dans l'enceinte monastique, parce qu'elle était le berceau de la famille Romanov, et que les boyards y avaient été chercher en 1613 Michel, le fondateur de la dynastie.

Dumas arriva le 3 octobre à Nijni-Novgorod, où il visita la foire, dont il donne une description beaucoup moins brillante que Jules Verne, comparant, pour le fourmillement de la foule et l'animation populaire, les quais du fleuve à la rue de Rivoli un soir de feu d'artifice. Ne pas voir plus de différence entre les Russes, Chinois, Persans, Arméniens, Kirghiz, etc., de *Michel Strogoff* et les « bons bourgeois de Paris » ! En homme de théâtre, il s'amusa de « cette immense scène où trois cent mille personnes jouaient en plein air une de ces comédies où, comme dans les pièces antiques, le dieu Mercure fait le dénouement. » Le gourmand nota qu'on vendait dans cette foire pour quatre cent mille francs de noisettes, le pacha qu'on y écoulait pour trois millions de pierreries. Enfin, il déposa sa carte chez le gouverneur, qui l'invita à prendre le thé en le prévenant qu'il lui réservait une surprise.

Dumas demanda à quelle heure on prenait le thé à Nijni : de dix à onze heures du soir, lui fut-il répondu. Il tira de sa malle l'habit noir, le pantalon noir, le gilet blanc, la cravate blanche et les bottes vernies qui n'avaient pas servi depuis Saint-Pétersbourg, et, à dix heures précises, il fit son entrée au palais du Gouvernement. Autour du général gouverneur se trouvaient réunis quelques princesses de sa famille ainsi que des intimes de la maison.

A peine Dumas avait-il pris place dans leur cercle, que la porte du salon s'ouvrit, et qu'on annonça : « Le comte et la comtesse Annenkov ». Ces deux noms le firent tressaillir, comme le rappel d'un souvenir vague. Le gouverneur le conduisit aux nouveaux venus : « M. Alexandre Dumas », leur dit-il. Et à lui : « M. le comte et Mme la comtesse Annenkov, le héros et l'héroïne de votre *Maître d'armes.* »

« Je jetai un cri de surprise, et me trouvai dans les bras du mari et de la femme. » Il est en effet plus unique que rare, que des personnages imaginés par un romancier surgissent devant lui en chair et en os dix-huit ans après. Le roman se terminait par le mariage en Sibérie de Louise Dupuy et d'Alexis Waninkoff, et voilà que Pauline Xavier et Alexis Annenkov étaient une femme et un homme qui le remerciaient maintenant d'avoir donné une publicité si glorieuse à leur aventure. Le nouvel empereur Alexandre avait gracié le comte après trente ans d'exil. Interdit de séjour à

Saint-Pétersbourg et à Moscou, le comte avait été laissé libre de s'établir dans n'importe quelle autre ville de son choix.

Le Maître d'armes était devenu si populaire en Russie qu'un marchand de toile, à la foire de Nijni, vendait des mouchoirs représentant une des scènes de ce roman, celle où la télègue qui conduit Louise/Pauline est attaquée par les loups. La conversation chez le gouverneur aboutit à la constatation que l'afflux des déportés dans la Sibérie du Midi avait aidé puissamment au développement de la région. « Il a été reconnu que c'était un pays magnifique, prodigalement riche et, grâce aux proscrits que l'on y envoie et qui, en général, sont la fleur de l'intelligence, de deux siècles plus avancé que le reste de la Russie. »

Avant le départ pour Kazan, prévu à 21 h 15, notre journée s'acheva par une rencontre avec des étudiants, à l'Université linguistique. Hélas, on ne broderait plus aujourd'hui aucune scène d'aucun de nos romans sur aucun de leurs mouchoirs. Ces étudiants, qui s'exprimaient fort bien en français, étaient dans une ignorance presque complète de ce qui s'écrit en France depuis cent ans. Leurs professeurs auraient dû les préparer mieux à cette rencontre, pour qu'elle s'avérât fructueuse. Les échanges se bornèrent à de courtoises banalités : « C'est la première fois que vous venez en Russie ? Que pensez-vous de notre ville ? etc. » Mais leurs professeurs, sans doute, n'étaient pas plus avancés qu'eux. La culture française des Russes s'arrête à Zola, à part trois ou quatre noms contemporains, que j'aurai la charité de ne pas citer. Aucun des écrivains de notre groupe ne leur était connu, et il faut sans doute moins incriminer les soixante-dix ans de gel soviétique, le retard phénoménal des traductions, les difficultés de la distribution des livres en Russie (celui qu'on peut acheter à Saint-Pétersbourg est introuvable à Moscou, à plus forte raison en province), l'éloignement géographique, etc., que la mutation de la littérature française. Les Russes sont restés très attachés à l'aspect *humain* des œuvres d'art, ils veulent qu'on leur parle de ce qui les intéresse, de ce qui les touche, selon la grande tradition de Tolstoï, Tchekhov, Pasternak, alors que les écrivains français, obsédés depuis Proust par les problèmes formels et par le souci de ne pas demeurer à l'arrière-garde, ne se préoccupent guère d'être compris ou pas, d'émouvoir ou pas – à part ces trois noms (il y en aurait quelques autres) qui ont choisi de devenir populaires par la médiocrité.

10

Kazan

« Vers Kazan ! Vers Kazan ! » Qui a vu le grand film d'Eisenstein, *Ivan le Terrible*, ne peut oublier le cri de guerre lancé par le tsar et ses troupes avant de partir à l'assaut de la ville tatare.

Il y a une dizaine d'années, le ministre des Affaires étrangères français offrit un déjeuner au président argentin. Je fus invité à ce repas, où je n'avais absolument pas ma place, n'ayant aucun rapport, de près ou de loin, avec l'Argentine. Comme on avait convié tous les intellectuels et artistes argentins qui vivaient à Paris – Hector Bianciotti, Mme Silvia Baron Supervielle, Rafael Arias, Jorge Lavelli –, j'en ai conclu que les services du Quai d'Orsay avaient, pour grossir le bataillon, opéré une rafle sur tous les patronymes en *-ez*, avec une chance sur vingt de tomber juste.

Je me trouvai assis à côté du chef du protocole, haut personnage promis à une ambassade. Il revenait justement de Russie, où il avait accompagné le ministre, et, chose assez rare pour l'époque, la délégation française avait poussé une pointe jusqu'à Kazan.

A cette nouvelle, je me dis que je ne perdrais pas tout à fait mon temps dans cette réception à laquelle j'avais eu le tort de venir. Plein de curiosité, les oreilles encore pleines du cri de guerre d'Ivan le Terrible et avec la vision restée intacte des archers tatars décochant du haut des remparts leurs flèches contre les soldats russes, j'interrogeai avidement mon voisin. Je me souvenais aussi qu'avant de s'établir à Nijni-Novgorod, la grande foire avait lieu à Kazan, et que, dans la musique de Moussorgski, passent des échos de cette foire.

— Peuh ! me dit le chef du protocole. Cette ville ne présente rien de bien intéressant. En moins d'une heure on a tout vu.

Puis, me livrant son souvenir le plus vif :

— A l'hôtel, il n'y avait même pas d'eau chaude pendant la journée ! Figurez-vous ça !

Enfin, tirant la conclusion politique de sa visite :

— Les Russes sont plus pauvres, nettement plus pauvres que les Américains.

Voilà de quelle étoffe sont faits nos diplomates. De quoi me faire rêver avec plus de force encore à ce qui pouvait se cacher derrière ces paroles éclatantes : « Vers Kazan ! Vers Kazan ! »

A 6 h 10, le dimanche 30 mai, le train nous déposa sur le quai de la gare où deux jeunes filles aux joues roses, d'une fraîcheur virginale qui contrastait avec les vives couleurs de leur costume national, nous souhaitèrent la bienvenue d'un sourire enjôleur et nous invitèrent à prendre une portion d'un volumineux et traditionnel gâteau de pâtes sucré, un peu gras pour mon goût. Puis un autobus nous conduisit au Chaliapine Palace (le chanteur était originaire de Kazan), hôtel encore plus luxueux que celui de Nijni-Novgorod.

Nous étions arrivés dans la capitale du Tatarstan, république musulmane, où les Tatars sont soucieux de préserver leur langue et leur religion, tout en cohabitant pacifiquement avec les Russes, qui forment la moitié de la population.

Ivan le Terrible avait invoqué le motif religieux pour justifier l'annexion politique. Les drapeaux de l'armée russe portaient l'image du Sauveur. Le tsar prit d'assaut Kazan en 1552. La ville fut mise à sac, la grande mosquée rasée, les Tatars confinés dans un quartier réservé, leurs minarets transformés en clochers. Ils restèrent bannis dans ce quartier, à l'est de la ville, jusqu'au règne de Catherine II. 1552 : c'est l'année où Ronsard publiait les *Amours de Cassandre.* « Mignonne, allons voir si la rose... » Pendant que les flèches musulmanes s'abattaient sur les soldats russes, pendant que les soldats russes, après l'assaut vainqueur, saccageaient, pillaient, rasaient l'ancienne capitale de la Horde d'Or, un poète français avait tout loisir de pétrarquiser tranquillement.

A Moscou, la basilique Basile-le-Bienheureux fut édifiée pour célébrer la prise de la ville. J'avais mal jugé ces neuf bulbes, multicolores et taillés de toutes les manières, chacune plus bizarre l'une que l'autre, en les croyant jaillis d'une imagination capricieuse. Sur l'austère place Rouge, ils me semblaient une fantaisie d'un kitsch plaisant mais saugrenu, alors qu'ils ne sont rien d'autre, au fond, qu'un hommage à la civilisation tatare, perçue alors comme un mélange de faste oriental et d'extravagance barbare.

Ivan le Terrible ordonna la reconstruction complète du kremlin de Kazan, et c'est par là que notre visite a commencé. L'architecte de Basile-le-Bienheureux fut chargé de bâtir la cathédrale de l'Annonciation. Plus sage qu'à Moscou, il suivit le modèle traditionnel : cinq coupoles, quatre petites et une grande, toutes les cinq d'or et d'azur et parsemées d'étoiles.

A côté se dresse une tour de brique de sept étages, qui penche légèrement. Elle porte le nom de la princesse Sumbeka, laquelle, pressée par Ivan le Terrible de coucher avec lui, ne consentit à lui céder que s'il faisait construire pour elle cette tour. A peine la tour fut-elle achevée que la princesse grimpa au sommet et se jeta du septième étage dans le vide. Elle n'était pas de l'espèce des « mignonnes » qui s'en laissent conter au milieu des roses.

Au monastère de la Vierge-de-Kazan, on fait la queue (pas moi) pour s'incliner devant une petite icône de la Vierge, tenue pour miraculeuse. Cette icône, volée autrefois, se trouvait à Rome, quand le pape Jean-Paul II accepta de la rendre contre la construction à Kazan d'une église catholique. Donnant donnant. Alexis m'explique qu'on ne dit pas en russe « Vierge », mais « mère de Dieu ». Et de m'exposer les conséquences politiques et sociales de cette nuance de langue :

— Les orthodoxes n'ont jamais opprimé ni persécuté personne. Nous n'avons eu ni les croisades ni l'Inquisition. Chaque paysan grandit sous le regard de Dieu, ce qui le préserve de toute violence religieuse.

En tout cas, aujourd'hui, Kazan donne l'exemple d'une cohabitation pacifique entre les religions. Le roi d'Arabie Saoudite a offert, en 2005, pour le millième anniversaire de la fondation de la ville, une mosquée beaucoup plus grande que la cathédrale de l'Annonciation. En plein kremlin, elle affirme la revanche de l'islam sur Ivan le Terrible et la prédominance tatare à Kazan. Appelée Kul Sharif, elle porte le nom de l'imam qui défendit la ville devant les troupes russes et fut tué dans l'assaut. Elle est toute neuve, bien sûr, et plus blanche que le sucre ; mais on regrette qu'elle ait un air si ostensiblement nouveau riche.

Un détail des mœurs qui avaient cours au XIXe siècle, rapporté par Dumas, indique le climat de tolérance qui règne depuis longtemps à Kazan. Mahomet défend le vin, mais l'autorise comme remède dans certaines maladies. Les marchands de vin de Kazan portaient sur leur enseigne le mot *balzam* (pharmacie). Le Tatar assoiffé entrait dans la boutique, buvait une rasade et ressortait guéri.

Comme tous les kremlins russes, celui-ci abrite dans ses remparts, au-dessus du Volga et de son affluent la rivière Kazanka, un grand nombre de palais, la plupart de style néoclassique. Le musée de l'Ermitage de Saint-Pétersbourg a choisi l'un d'eux comme annexe. J'ai vu une exposition de peintres français : quatre Poussin, deux Lorrain, trois Hubert Robert, deux Joseph Vernet, un Lancret, un Boucher, un Nattier. De toutes les écoles, la française est la mieux représentée dans les collections de l'Ermitage : goût du classique (Poussin, Lorrain) dans un pays qui n'avait pas de classiques, goût des ruines (Hubert Robert, Vernet) pour combler l'absence de passé architectural. La nostalgie de l'Antiquité et des ruines était si forte au

XVIIIe siècle que les souverains faisaient bâtir dans les parcs de leurs châteaux, autour de Saint-Pétersbourg, de fausses ruines, aqueducs à moitié démantelés, temples auxquels il manquait des colonnes, ponts écroulés, arches disjointes, inspirés précisément des toiles d'Hubert Robert.

Sous la porte d'un autre palais, voici l'endroit où le jeune Maxime Gorki se tira par amour une balle dans la poitrine. Il faisait ses études à l'université de Kazan, tout en gagnant son pain par de menus métiers plus ou moins licites. Il descendait au bord du Volga, sur les quais où il gagnait quelques kopecks, en se mêlant à la foule des débardeurs, des va-nu-pieds, des filous. Ce furent là, dit-il, au contact de cette plèbe misérable, « mes universités » (titre du troisième volet de son autobiographie), parmi les parias de la terre, dont l'existence s'écoulait sans espoir ni autre consolation que les heures passées au cabaret ou à boire de la vodka dans les buissons près du fleuve. « Chienne de vie ! » clamaient-ils, sans faire le moindre effort pour essayer de la changer, ni songer aux moyens de se libérer de leur misère. Navré de cette inertie, le jeune homme pensait déjà, lui, que cet ordre des choses n'était pas admissible, et qu'il fallait travailler à l'émergence d'un monde nouveau. Descendre le Volga avec Gorki, de Nijni-Novgorod à Kazan, c'est descendre le courant de l'histoire russe.

En comparaison du quartier sordide des portefaix et des dockers, seul le faubourg tatar paraissait à l'étudiant un lieu de vie acceptable. Là, « des gens affables et débonnaires menaient une existence singulièrement propre et parlaient un russe comiquement déformé : le soir, du haut des minarets élancés, la voix étrange des muezzins les appelait dans les mosquées ; je m'imaginais que chez les tatars toute la vie était bâtie sur un autre modèle, ignoré de moi, qu'elle ne ressemblait en rien à l'existence que je connaissais et qui ne me réjouissait guère ».

Il est curieux de constater comment le « mythe tatar », échappant pour une fois à l'idée reçue d'une peuplade farouche et hostile (les « Tartares », image horrifiante née d'une agglutination sémantique abusive), était marqué pour le jeune homme d'un signe positif : étrangeté, mais douce et prometteuse. Il rêvait que la vie était meilleure dans cette communauté marginale – le « comiquement déformé » rétablissant pourtant dans son esprit malgré lui nationaliste la supériorité de la nation russe.

Le suicide manqué laissa à Gorki une faiblesse pulmonaire dont il est possible que Staline ait profité pour le mettre sous surveillance médicale et détenir ainsi le moyen de le liquider à sa guise.

Avant ce « fils du peuple », le comte Léon Tolstoï avait fréquenté l'université de Kazan, fondée par Alexandre Ier en 1804. Il y étudia, à la faculté des lettres orientales, outre les matières de base et les trois principales langues européennes, l'arabe et le turco-tatar. Il avait dix-sept ans, et, comme il le raconte dans *Jeunesse*, y donna la première preuve des contradictions qui le tourmentèrent pendant le reste de son existence, et qui lui ont valu auprès des esprits légers, qui ne songent pas que s'il ne les avait pas lui-même avouées nous ne saurions rien de ses fautes, une réputation d'hypocrisie. Après s'être fixé des « règles de vie », sévère liste de devoirs religieux et moraux, qui comprenaient l'éloignement des femmes et l'abstention de mets trop sucrés, le jeune homme ne tarda pas à y manquer, en se rendant au bordel et en perdant sa virginité avec une fille publique, action dont il se repentit aussitôt. « Je restai ensuite au pied du lit de cette créature et je pleurai », confia-t-il plus tard à son secrétaire. Les études rigides ne convenant pas à son tempérament trop libre pour ne pas préférer la lecture de Montesquieu et de Rousseau à l'enseignement de ses professeurs, il abandonna l'université au bout de la deuxième année.

Il ne s'était pas mêlé au monde tatar et semble même l'avoir ignoré, occupé qu'il était à devenir un jeune homme « comme il faut », c'est-à-dire capable de faire bonne figure dans les réunions mondaines. Acquérir une parfaite maîtrise de la langue française, voilà ce qui lui paraissait la première des obligations, étude qui reléguait au rang de corvée celle du turco-tatar. A le voir dans sa jeunesse préoccupé avant tout de l'arrangement de sa chambre et du rapport entre ses chaussures et son pantalon, on mesure le chemin parcouru par l'homme qui écrirait cinquante ans plus tard *Hadji Mourat*, défense et illustration des guerriers du Caucase, de leurs mœurs, de leur langue.

Après Tolstoï, on cite pour l'université de Kazan un étudiant beaucoup plus sérieux et assidu, Vladimir Oulianov, le futur Lénine, natif de Simbirsk – ville du Volga au sud de Kazan –, inscrit à la faculté de droit. Il en fut exclu pour avoir été mêlé au mouvement de revendication des étudiants. Comme cette agitation tenait plus de la ruade spontanée que de la subversion organisée, la plupart des rebelles furent réintégrés. Mais pas Oulianov : non qu'il se fût montré, en 1887, plus mûr, plus actif que les autres

– élève studieux, il ne participait que de loin à la vie politique –, mais parce que son frère aîné, Alexandre, surpris la même année à Saint-Pétersbourg avec quelques complices en possession d'une bombe artisanale, avait été arrêté, jugé, condamné à mort comme membre d'un cercle révolutionnaire. Il fut pendu dans la forteresse Pierre-et-Paul, le 8 mai. Du frère aîné, la suspicion du pouvoir retomba sur le cadet. Certains historiens attribuent au supplice d'Alexandre le virage de Vladimir, qui se mit alors à lire Tchernychevski et Marx, et se prépara à s'engager dans le mouvement révolutionnaire. L'université lui était fermée, mais il poursuivait ses études par correspondance. Sans prendre plus d'intérêt que Tolstoï, semble-t-il, aux singularités du monde tatar.

11

Le poète et le danseur

La ville a perdu aujourd'hui beaucoup de ce caractère qui arrachait des cris d'enthousiasme à Dumas. « Kazan a l'air de s'élever au milieu d'un immense lac et présente, avec son vieux kremlin que n'a jamais atteint aucun incendie et les clochers de ses soixante-deux églises, un aspect des plus fantastiques. » Les gravures d'époque montrent en effet, dressée sur un socle à la jonction du Volga et de la Kazanka, une floraison de flèches, de tours, de coupoles. On dirait le mirage d'une cité jaillie hors de l'eau. Les maisons de bois, dont l'alignement pittoresque au-dessus du ravin ravissait le voyageur, existent-elles toujours ?

Nous avons quitté Kazan sans visiter le quartier tatar. Je soupçonne notre guide de nous en avoir délibérément écartés pour nous cacher l'état de délabrement où doivent être ces croulantes bâtisses, laissées pour compte dans le renouveau général. Sans eau courante et avec une électricité précaire, on se garde de les restaurer, si l'on s'en rapporte à Claude-Marie Vadrot, qui a parcouru à nouveau, en 1992, l'itinéraire suivi par le héros de Jules Verne (*Sur les pas de Michel Strogoff*, Plon, 1993). « Les habitants viennent tirer de l'eau de bornes sur le trottoir, notait le reporter, et de vieilles maisons de bois plus que centenaires paraissent sombrer dans le sol. »

On comprend que les autorités préfèrent nous montrer les réussites de la russification : soit les grands immeubles soviétiques, qui ont de l'allure, soit les buildings témoins du récent boom économique. Qu'avons-nous besoin d'aller voir ce qui est resté en marge du progrès ?

Toute empreinte de la Tatarie ne s'est pourtant pas effacée.

On sent, moins à des détails d'architecture qu'à de petits signes dans les mœurs, qu'on n'est pas tout à fait dans une ville russe. Par exemple, tandis que je remontais, à droite de l'hôtel, la rue Baoumana, un violent orage me surprit. M'étant réfugié sous un porche, je constatai avec surprise que les gens continuaient à marcher dans la rue, sans se presser malgré la pluie torrentielle. Leurs vêtements ruisselaient, ils n'en avaient cure. Certains semblaient y prendre plaisir. Deux jeunes filles levèrent le visage et fermèrent les yeux avec bonheur sous les cataractes qui tombaient du ciel. Des garçons se mirent torse nu. Non seulement le parapluie, mais tout essai de se protéger de la fureur atmosphérique, semble indigne aux descendants de la Horde d'Or.

La rue Baoumana, piétonne et rénovée avec goût, est bordée de beaux palais dans le style russe : colonnes, frontons, guirlandes sur fond pastel. L'orage passé, je repris mon chemin et arrivai au carrefour où cette rue croise une avenue. Et là, je trouvai, émerveillé, un double témoignage, et de l'importance de la poésie dans l'empire russe, et du sentiment national tatar à Kazan.

A ce carrefour, qui est le plus important de la ville, est posé, sur une stèle, le buste d'un poète, Nikolaï Goumilev, auteur de recueils parus dans les premières années du XXe siècle, *Perles*, *Ciel étranger*, *La Colonne de feu*. A l'endroit où se serait dressée, en France, la statue d'un général ou d'un homme politique, on avait mis l'effigie d'un poète. Chef du mouvement « acméiste » fondé en 1912 (du mot grec « acmé », fer de lance), qui prônait l'éloignement du symbolisme et le retour à des sentiments vigoureux exprimés dans une forme sculpturale, Goumilev, resté un expérimentateur sans grande popularité, n'a guère dépassé le cercle des connaisseurs. Auteur d'avant-garde, il n'était absolument pas de cette étoffe dont sont faits les bardes qu'on commémore sur les places publiques.

Nous avons trop longtemps langui dans les abîmes ;
Des fauves déchaînés, forçant leurs pâles tombes,
Nous retenaient meurtris aux nœuds de leurs étreintes,
Nous jetaient sur des rocs hantés par le tourment.

(trad. Jacques David)

Goumilev avait été le premier mari d'Anna Akhmatova – autre figure de proue, avec Ossip Mandelstam, du mouvement acméiste – puis, trois ans après leur divorce, la Tcheka avait ordonné de fusiller, en 1921, ce membre de la Garde blanche.

Ce n'est pas comme martyr, mais comme poète, que la ville de Kazan l'honore. Imagine-t-on le buste de Vielé-Griffin ou celui de Moréas au croisement de la rue de Castiglione et de la rue de Rivoli ?

Mon étonnement et mon admiration grandirent quand j'eus appris les circonstances suivantes. Il y a quelques années, pour orner ce carrefour, la municipalité (sans doute à majorité russe) avait décidé d'y ériger une statue de Pierre le Grand. Les Tatars firent valoir, pour s'opposer à cette mesure, que le tsar avait proclamé l'orthodoxie seule religion admissible : il ne pouvait donc être question, dans une ville à moitié musulmane, d'avaliser par un monument officiel un arrêt aussi inique. Goumilev se trouvant être d'origine tatare, il fut choisi comme symbole de Kazan. Victoire de la Tatarie sur la Russie, mais d'abord de la poésie sur la politique.

Les Russes durent eux-mêmes applaudir à ce choix, proches de leurs poètes comme ils sont. Plusieurs épisodes fameux dans leur histoire récente illustrent cette proximité, disparue en Occident. Evguenia Guinzbourg, déportée en Sibérie par le pouvoir soviétique, attendrit ses gardiens en leur récitant par cœur des vers de Pouchkine. Les bagnards du goulag, selon le témoignage de Chalamov, portaient tatoués sur leurs bras des vers de Sergueï Essenine. A Saint-Pétersbourg, le projet de détruire l'hôtel d'Angleterre où le même Essenine s'était suicidé en 1925 (ou avait été liquidé par la police) provoqua à la fin des années 1980 la première révolte populaire contre les autorités soviétiques.

Mme de Staël entendait encore les gondoliers de Venise réciter, en s'appuyant sur leur aviron, des stances du Tasse et de l'Arioste. Il y a beau temps que, en Italie comme dans le reste de l'Europe, la poésie s'est retirée sur des îlots abrupts d'accès presque impossible. Les gondoles de Venise, aujourd'hui, dégoulinent de chansons napolitaines à l'intention des touristes japonais.

A l'autre bout de la rue Baoumana, je tombe sur le théâtre, qui affiche sur sa façade un immense et magnifique portrait de Rudolf Noureev jeune, saisi dans l'éclat et le rayonnement de sa beauté. Noureev reste un trait d'union idéal entre la Sibérie et la France, puisque, né dans un wagon de troisième classe du Transsibérien, près du lac Baïkal, non loin d'Irkoutsk, le 17 mars 1938, c'est à Paris qu'il faussa compagnie aux sbires du KGB, le 6 juin 1961, à l'aéroport du Bourget.

Je pensais, d'après cette affiche et d'après la gloire qui l'entoure dans le monde entier, que le danseur était très populaire en Russie et en particulier à Kazan. Lui-même aimait à souligner ses origines tatares et musulmanes. « Nous sommes tatars, de Bachkirie », souligne-t-il dans son autobiographie. « Seuls dans les steppes de l'Oural, les Bachkirs n'ont jamais perdu la force, l'indomptable caractère qui leur a permis, au Moyen Age, d'être redoutés de l'Asie à la Neva. Je ne peux pas définir, exactement, ce que c'est, pour moi, d'être tatar et non russe, mais je ressens la différence dans ma chair. Notre sang tatar, je ne sais pourquoi, coule plus vite, est toujours prêt à bouillir. Je crois aussi que nous sommes plus languissants, plus sensuels que les Russes : il y a une certaine douceur asiatique en nous, mais aussi une fougue, celle de nos ancêtres. Nous sommes un mixte curieux de tendresse et de brutalité – un mélange assez rare chez les Russes. »

Mélange de tendresse et de brutalité, de sensualité et de fougue, énergie indomptable alliée à quelque langueur orientale, douceur prompte à s'enflammer : Noureev définissait lui-même son art poétique, sans craindre de reconnaître sa dette envers son pays et son ethnie d'origine. La fausse étoffe de carrés de mosaïque multicolores qui drape sa tombe à Sainte-Geneviève-des-Bois sera d'inspiration tatare, ainsi que la couverture rouge et or qu'il portait sur l'épaule lors de sa dernière apparition à l'Opéra de Paris.

Il me paraissait donc normal que le théâtre de Kazan rendît hommage au plus grand génie de la danse depuis Nijinski. En réalité, on avait mis cette affiche pour patronner, en quelque sorte, un festival de ballet. Publicité inutile, tant les Russes sont épris d'art chorégraphique. Ils remplissent les théâtres sans avoir besoin d'un aiguillon particulier.

De toute façon, comme je ne tardai pas à m'en apercevoir, Noureev demeure en Russie, sinon un parfait inconnu, du moins une pâle image sans beaucoup de consistance. Aucun des Russes de notre groupe ne partagea mon émotion quand ils découvrirent son portrait. Aucun ne connaissait sa légende. A peine avaient-ils entendu parler de lui. Déclaré traître en 1961, condamné par contumace à sept ans de prison pour haute trahison, il avait été radié de la culture russe, de la mémoire russe, avec cette efficacité dont savait faire preuve la censure soviétique. Interdiction de prononcer son nom, de montrer son image. Il disparut, comme s'il n'avait jamais existé. Et de ses bonds, de sa force sauvage, de son magnétisme animal, de ses hautes pommettes tatares et de ses yeux fendus en amande, il ne restait que le souvenir vague d'un des quelques transfuges qui avaient réussi à passer en Occident.

Noureev revint une première fois en URSS en 1987, non pour danser, mais pour se rendre à Oufa, capitale de la Bachkirie, située sur la rivière Bielaia, au pied des monts Oural, à l'est de Kazan. C'est là qu'il avait passé son enfance, c'est là qu'il s'était initié à la danse, dans le corps de ballet du théâtre. Trente-deux ans après, il allait embrasser sa vieille mère, qui ne le reconnut sans doute pas et mourut trois mois plus tard.

Il revint une seconde fois en URSS, en 1989, invité par le théâtre Kirov de Leningrad, dont il avait été danseur étoile à vingt ans. Au programme, *La Sylphide*. Atteint depuis plusieurs années du sida, il n'avait plus ni la jeunesse ni les capacités physiques pour soutenir un rôle aussi éprouvant. Ce fut un consternant échec, le désastre artistique se doublant d'une condamnation morale des mœurs qui l'avaient causé. Trois représentations étaient prévues. La dernière dut être annulée. S'il était resté quelque bribe du mythe Noureev dans l'esprit des amateurs russes de danse, un tel fiasco ne put qu'enterrer la légende.

12

Le batelier du Volga

Le premier assaut contre Kazan ayant échoué, Ivan le Terrible se retira avec ses troupes dans une île du Volga en amont de la ville, Sviajsk, assez vaste pour abriter cent cinquante mille hommes. Le tsar passa un hiver dans cette île à préparer le second assaut, non sans y implanter la bagatelle de trois cathédrales. Au XIXe siècle, les bagnards en route pour la Sibérie faisaient étape dans cet enclos transformé en prison. Comme toujours, en Russie, le moindre arpent de terrain remue dans la mémoire des siècles d'histoire et de tragédies.

On a mis à notre disposition un bateau qui nous a emmenés à Sviajsk, où nous sommes restés l'après-midi entier. Etaient prévus à bord une rencontre avec des écrivains tatars et un débat sur la « multiconfessionnalité », mais de retour à Kazan, vers 22 heures, nous nous aperçûmes qu'on ne nous avait présenté aucun écrivain tatar et qu'aucun débat sur aucun sujet n'avait eu lieu. La splendeur du paysage découvert pendant les deux heures de navigation à l'aller, l'excitation de visiter une île légendaire, l'intérêt du spectacle qu'on nous offrit au retour, tout cela nous avait détournés de nos devoirs « culturels ». Si j'ai regretté de n'avoir pas connu les écrivains tatars, il n'y avait pas lieu de nous désoler d'avoir échappé au débat. Sans préparation sérieuse, il aurait été aussi vain que tous ceux qui ont suivi, à chaque étape de notre voyage.

En arrivant au bateau, une sorte de bateau-mouche d'une cinquantaine de places, avec une salle intérieure et des bancs au-dehors, nous fûmes accueillis sur la passerelle par un jeune officier (trois galons sur l'épaule) en vareuse blanche décolletée et pantalon bleu marine, et ce fut la première surprise. Les mains croisées dans le dos, les cheveux courts retombant en frange sur le front, un sourire de bienvenue aux lèvres, il me parut être un exemplaire aussi accompli de la beauté masculine russe (ou tatare) que l'Apollon du Belvédère avait été le modèle de la beauté grecque. Les yeux surtout étaient extraordinaires, couleur eau du Volga, clairs, transparents, avec une nuance de malice pour ces étrangers qui le photographiaient sans vergogne. Muet, il se laissait faire docilement, comme s'il eût été une statue. Aussi parfait qu'une statue, il l'était vraiment, variante nordique du chef-d'œuvre de Léocharès. Sans difficulté, il nous dit son nom : Pavel. Pavel-Apollon n'était autre que le commandant de bord. La passerelle retirée, il monta dans l'habitacle du pilote et le bateau démarra.

Pendant deux heures nous remontâmes le fleuve, qui coule dans une vallée immense, entre des forêts qui descendent jusqu'aux rives, où elles ne laissent place qu'à un mince liséré de sable. A part un monastère aux coupoles bleues niché entre les arbres, nous ne vîmes aucune construction. Je songeais, dans ce décor « magique », à ce qu'avait été le Volga, dans la mythologie populaire : un lieu de peine et de souffrance. Disparus les haleurs, dont la vue indigna Dumas : « La seule industrie de ces malheureux est de traîner à la remorque les bateaux de marchandises qui descendent et qui remontent le Volga, c'est-à-dire le métier que font chez nous les chevaux de halage : leur nombre est mesuré au tonnage des bâtiments qu'ils remorquent. J'en ai compté jusqu'à quarante attelés à cette rude besogne. Ils reçoivent, pour douze heures de travail, douze kopecks, dix sous à peu près. » Plus radical encore dans la dénonciation du scandale, le célèbre tableau d'Ilia Repine au Musée russe de Saint-Pétersbourg est le chef-d'œuvre de cette peinture réaliste de la fin du XIXe siècle, qui entendait faire prendre au peuple russe conscience de sa misère. Douze hommes enchaînés tirent à force d'épaules une lourde gabarre, douze forçats accablés de fatigue et de douleur. Ils sont âgés et résignés, sauf un jeune homme qui garde l'énergie de relever la tête, comme s'il annonçait les révoltes à venir. Gorki avait cinq ans lorsque ce tableau fut peint.

Aujourd'hui, un bateau de croisière conduit par Apollon promène au milieu d'une nature magnifique, sur le fleuve où passent des barques à moteur, des touristes qui pourraient croire que tout est devenu idyllique en Russie. Je sais qu'il faut rester constamment en garde contre les impressions que nous fournissent les organisateurs du voyage, soucieux de nous présenter leur pays sous une *bella figura*. Il me semble pourtant que j'ai constaté à Kazan, par la propreté des rues, l'abondance des magasins dans la Baoumana piétonnière, la bonne humeur des habitants, la qualité de leurs vêtements, un air de prospérité générale qui semble avoir mis fin à des siècles de pauvreté et de souffrances. Nous avons tous eu la même impression, et aucun de nous ne se sent gêné de participer à cette partie de plaisir offerte si généreusement. Le cadeau est d'autant plus précieux qu'aucun moyen public ne dessert l'île, inaccessible sans un bateau privé.

Débarquement à Sviajsk et promenades à l'infini dans ce territoire à peine accidenté, sans voitures. Pas de village, mais, çà et là, éparpillées sans ordre, de vétustes maisons de bois aux fenêtres sculptées. De toute part on écoute, on respire la palpitation du fleuve. Nous partons à l'aventure sur des pistes de terre. Peu de rencontres : l'île semble presque inhabitée, les maisons à l'abandon. Une haute cathédrale aux murs sombres est fermée. Enfin nous sautons une barrière pour entrer dans un chantier interdit (mais il n'y a ni gardien ni ouvrier au travail) et pénétrer dans une église en cours de restauration. Les parois blanches gardent des vestiges importants de fresques peintes du temps d'Ivan le Terrible, plus d'un siècle après Roublev, mais dans le style fixé par ce moine. Scènes de la vie de la Vierge (comme il sied à une église appelée « cathédrale de la Dormition »). Sur les piliers, des personnages en armure ont la rigidité et la majesté des archanges.

Si intéressantes que soient ces peintures, je trouve qu'elles ne conviennent pas au lieu. Malgré les efforts de christianisation d'Ivan le Terrible et l'implantation de trois cathédrales, nous sommes en terre païenne, où restent en vigueur, nous dit-on, les cultes d'adoration de l'eau, du soleil, de la terre. La principale fête s'appelle « Sabantouy », qu'on pourrait traduire par « gala de la charrue ». Chants, danses, luttes à main nue entre jeunes gens, courses de chevaux dont le vainqueur reçoit un mouton, tels sont les rites destinés à rendre propices les divinités de l'abondance et de la récolte.

Nous serions restés encore longtemps à arpenter l'île dans tous les sens, moins à la recherche de quelque chose « à voir » – l'absence de curiosités historiques faisant pour une partie le charme du lieu – que pour prolonger l'enchantement de nous sentir aussi loin du monde, encerclés par les bras puissants du fleuve, mais Apollon, à 20 heures précises, quand le soleil commençait à décliner, nous rappela au bateau par trois coups brefs et discrets de sirène.

On nous avait préparé un spectacle, qui dura l'heure et demie nécessaire au retour. Sur une scène aménagée à l'arrière du bateau prirent place deux jeunes gens et trois jeunes filles en costume tatar, à la fois instrumentistes, danseurs (danseuses) et chanteurs (chanteuses). Si prévenu que je fusse contre les exhibitions folkloriques, et bien que cette troupe fût manifestement un ensemble professionnel (il se produit d'ailleurs en Russie et à l'étranger, je reconnus les visages sur les affiches de leurs tournées), nous étions déjà trop loin de l'Europe pour garder le soupçon que le spectacle ne fût pas authentique.

Coiffés d'un haut bonnet plat en forme de tambourin ceinturé d'un bandeau à fioritures dorées, les garçons portaient des bottes, un pantalon bouffant beige serré aux chevilles, une chemise souple orange dont le col et les manches répétaient les motifs du bonnet. Les filles étaient vêtues avec plus de faste : robe blanche descendant jusqu'aux pieds, terminée par trois rangées de volants qui dépassaient d'un manteau rouge orné d'une bordure jaune et renforcé aux épaules d'une patte de fourrure blanche, coiffe de velours entourée d'une couronne de fourrure blanche, voile blanc tombant des oreilles au-dessous du menton, écharpe blanche.

Tous étaient d'une jeunesse et d'une beauté remarquables, les yeux brillants, les dents éclatantes. Mais il y avait une différence énorme entre les deux sexes. Autant les garçons étaient minces et agiles – c'étaient du reste eux les véritables danseurs, ils bondissaient, ils tournoyaient, ils virevoltaient en virtuoses –, autant les filles, grasses, maquillées de rose, un sourire stéréotypé sur les lèvres, ressemblaient à des poupées, à des potiches. Elles bougeaient à petits pas, idoles plutôt qu'actrices. Je reconnus qu'en Tatarie régnait le même code de beauté qu'en Sicile : minceur nerveuse aux hommes, opulence charnelle aux femmes. Joie de vivre sur le visage mobile des garçons, bonheur de se laisser contempler sur le visage pétrifié des filles. Aux premiers le rôle actif, aux secondes l'indolente quiétude que procure le sentiment d'une plénitude physique qui se suffit à elle-même.

Cela dit, le spectacle fut fascinant. Faute de pouvoir participer à un vrai « Sabantouy » célébré en pleine nature, nous avions l'impression d'assister à un raccourci de la fête païenne en l'honneur de la terre nourricière. D'étranges instruments de musique, recourbés en forme de cornes et de trompes, ponctuaient les différentes scènes, maniés par les garçons qui soufflaient dedans sans cesser de danser, comme on voyait autrefois les faunes escorter de leurs sauts et des accents de leurs flûtes et de leurs buccins le char de Dionysos. Pendant ce temps, les filles piétinaient gracieusement, ou composaient des rondes en soulevant leur voile blanc.

Furent exécutées diverses danses tribales, de chasse, de guerre, de cueillette, extraordinaires de mouvement et d'éclat. L'énergie, la fougue dont Noureev faisait une spécialité tatare, se donnèrent libre cours, devant la poignée de spectateurs que nous étions. Les garçons, épris de leur propre virilité et soucieux de nous éblouir par leurs acrobaties, ne s'abandonnèrent que rarement à l'autre composante du tempérament national, s'ils la possédaient. Pas de douceur orientale pour ralentir le bouillonnement du sang. Quant aux filles, elles étaient trop empruntées et molles pour suggérer la moindre idée de volupté.

Les divinités agricoles furent particulièrement honorées. Je me souviens de la danse de la pluie comme du plus haut moment du spectacle : les garçons lançaient leurs bras en l'air pour invoquer la pluie et se baissaient ensuite rapidement pour la décider à tomber, tandis que les filles tournaient à petits pas, implorant, à leur façon plus modeste, le ciel de favoriser les récoltes.

13

Trois roubles

Le lendemain fut consacré à des « rencontres », avec la presse, avec la ministre de la Culture, avec des lecteurs. Dans une librairie du centre commercial, genre FNAC, ce furent des étudiants qui vinrent dialoguer avec nous. Nous étions pour eux des sortes de bêtes curieuses, puisqu'ils ignoraient tout de nos livres. Aurions-nous été des plombiers ou des informaticiens, ils nous auraient regardés avec le même intérêt, celui qu'on porte à des étrangers venus pour la première fois d'une contrée lointaine. Ce que nous écrivions leur importait peu, ils voulaient seulement savoir si nous aimions leur ville, si nous connaissions leur littérature. Ils furent navrés d'apprendre que, de leur poète national, Gabdoulla Toukaï, le « Pouchkine tatar », nous ignorions jusqu'au nom.

Cependant, je m'aperçus qu'un jeune homme maigre et dégingandé, de figure ingrate, me dévisageait derrière ses lunettes avec une certaine insistance. Peut-être ces « rencontres », sur lesquelles j'ai l'air de rendre un jugement si sévère, se justifient-elles, non par ce qui y est dit dans les micros, mais par la trace toute symbolique qu'elles peuvent laisser dans l'âme d'un spectateur. Les creuses discussions littéraires servent alors de brouillard qui recouvre les questions sérieuses qu'on ne peut pas aborder publiquement, mais qui passent par la voie plus secrète de l'échange silencieux.

Après les réunions, il était d'usage que les assistants fassent signer à chacun de nous le livre préparé par des professeurs russes, imprimé par les services de l'ambassade de France à Moscou et distribué gratuitement. Chacun de nous y était représenté par un chapitre (pas toujours le meilleur) d'un de ses ouvrages (souvent secondaire), les quelques pages étant publiées en français et en russe. Les jeunes filles étaient toujours plus nombreuses et plus promptes à demander une signature, hâte indifférenciée qui soulignait le caractère fétichiste de toute l'opération.

Le jeune homme à lunettes était resté le dernier. Il s'approcha timidement et me demanda si je connaissais Jean Genet. Puis il me tendit un bout de papier et me demanda un autographe pour « son ami » Rousslan. La démarche me parut étrange. Il ne parlait guère mieux le français que moi le russe. J'appris qu'il s'appelait Ivan. Il balbutia quelques mots en français pour me dire que Rousslan tenait à mon autographe à cause de mon « parcours ». Enfin il tira de sa poche pour m'en faire cadeau une petite boîte ronde de bois, sculptée de reliefs floraux. Elle contenait trois pièces soviétiques d'un rouble, l'une à l'effigie de Tchekhov, l'autre de Tolstoï, la troisième de Tchaïkovski, datées de 1989 et 1990. J'eus à peine le temps de le remercier qu'il avait déjà disparu.

A mon avis, c'était un gay qui avait saisi cette occasion pour témoigner sa reconnaissance à celui qui avait milité pour une cause encore bien précaire en Russie. L'homosexualité y a été dépénalisée en 1993 par Eltsine, les camps psychiatriques de « redressement » ont cessé d'être une menace pour cette catégorie de citoyens, mais leur situation n'est pas pour autant assurée. Ils ont contre eux l'opinion d'un peuple profondément homophobe (comme il est antisémite et raciste), les commérages, la pression de leurs logeurs et de leurs employeurs, les brutalités policières (lors de la Gay Pride de Moscou). En somme, s'ils sont libres légalement, ils continuent à vivre dans une semi-clandestinité. Il en était de même en France, il y a cinquante ans, dans la France de De Gaulle et de Mirguet[1], jusqu'à l'explosion libératrice de mai 1968.

Ivan : je me rappellerai toujours sa figure longue et triste, sa discrétion anxieuse, son humilité fugitive. Son geste de me tendre les trois pièces de monnaie dans leur écrin tatar est resté un des plus beaux souvenirs de ce voyage. Jamais je n'ai tant regretté que l'insuffisance de nos connaissances linguistiques nous ait empêchés d'avoir un échange enfin intéressant, d'où il aurait tiré peut-être quelque encouragement pour s'assumer avec plus d'indépendance. Mais ce fut, malgré notre impossibilité de nous parler, une

1. Paul Mirguet, député de la Moselle, présenta le 18 juillet 1960 un amendement à une loi s'attaquant aux « fléaux sociaux » (alcoolisme, tuberculose, prostitution…). L'amendement incluait parmi ces fléaux l'homosexualité, « contre [laquelle] nous avons le devoir de protéger nos enfants ».

vraie « rencontre », de celles qui n'ont pas besoin de mots pour marquer l'esprit.

Ivan (ou Rousslan) n'avait pas choisi au hasard les trois portraits gravés sur les roubles. Si Tchekhov et Tolstoï s'adressaient à l'écrivain, la présence de Tchaïkovski ne pouvait être qu'un message à l'intention du militant. Le symbole était fort, tel un sceau d'alliance entre un étranger de passage et un étudiant de Kazan qui ne se reverraient jamais plus.

14

Ekaterinbourg

Départ de Kazan, le lundi 31 mai, à 19 h 55, et cap à l'est, vers Ekaterinbourg, où nous arriverons le lendemain à 13 h 48, heure locale, qui correspond à 11 h 48 à Moscou. Deux heures, déjà, de décalage horaire. Ekaterinbourg se trouve de l'autre côté de l'Oural, au pied de la chaîne montagneuse, là où commence la Sibérie.

Pendant la matinée du 1er juin, j'ai observé par la fenêtre du train ces montagnes, en comparant ce que je voyais avec les descriptions de Jules Verne. Celui-ci n'était jamais allé en Russie. Il soumit le manuscrit de *Michel Strogoff* à Tourgueniev, qui ne releva, paraît-il, qu'une seule erreur, sur les mœurs. Il aurait pu signaler à son ami que l'Oural central, par où passent Michel Strogoff comme le Transsibérien aujourd'hui, culmine à 500 mètres d'altitude et ne présente ni les « défilés étroits », ni les escarpements périlleux, ni aucune de ces difficultés effroyables que se figurait Jules Verne. L'impeccable géographe, pour donner plus de force dramatique à son récit, a pour une fois violenté la réalité. Je n'avais sous les yeux que des collines de faible hauteur et de douces pentes boisées, entre lesquelles le train se faufilait sans effort.

La différence entre les routes russes et les routes sibériennes était frappante : au lieu de chaussées goudronnées, il n'y avait plus que des chemins mal empierrés, souvent des pistes de terre, plus ou moins défoncées, qui desservaient de petits villages de bois à toits de tôle. Nous étions passés dans un autre monde, fait de pauvreté et de simplicité. Première impression, image fugitive, qui seraient bientôt démenties par la révélation des villes sibériennes, plus riches que les villes russes.

L'arrivée à Ekaterinbourg, à 13 h 48 ponctuelles, fut spectaculaire. Sur le quai de la gare, nous attendait une fanfare, composée de soldats en uniforme et d'un officier grand, gros et gras, qui d'un geste de la main déchaîna un tonnerre de trompettes et de trombones. Musique lente, un rien solennelle, dans la meilleure tradition soviétique, comme il convenait pour accueillir une délégation officielle descendue du Transsibérien au kilomètre 1814. Puis, tout à coup, sans transition, la belle ordonnance, la tenue stricte et la discipline militaire de l'orchestre basculèrent dans une bacchanale effrénée. L'officier lança une jambe en l'air, se mit à faire des bonds, tandis que les soldats chaloupaient et dansaient en tirant de leurs instruments des couacs volontairement comiques. La parodie dura dix bonnes minutes : c'était comme si, soudain libérée d'un siècle de conformisme, l'armée affirmait son mépris de tout ce qui est grave et convenu. Rien n'était plus stupéfiant que de voir le grand, gros et gras officier s'éclater en cabrioles, commander le désordre et entraîner ses hommes dans une ronde sarcastique et bouffonne. Je songeais au film *Roma* et au défilé de mode des évêques montés sur des patins à roulettes : eh bien, ce qui eut lieu sur le quai de la gare d'Ekaterinbourg, le mardi 1er juin, entre 13 heures et 13 h 15, était plus fort et plus drôle que le meilleur Fellini.

Installation à l'hôtel Oneguine, dont le luxe eût été à peine déplacé à Doubaï, bien que la rue où il est situé porte encore le nom de la révolutionnaire Rosa Luxemburg. Ce contraste me rappelait quel double visage présente la ville dans l'imaginaire russe. Centre minier et industriel déjà florissant sous l'empire, Ekaterinbourg, dès l'époque de Pierre le Grand, faisait le commerce de toutes sortes de pierres précieuses et de pierres dures, améthystes, topazes, opales, calcédoines, aigues-marines, émeraudes. Les superbes vases en malachite qui émaillent le parcours dans le musée de l'Ermitage proviennent de cette ville. En même temps, le soviet de l'Oural, basé ici, se montra après la révolution d'Octobre le plus dur et le plus implacable – comme le rappelle le sinistre épisode du 16 juillet 1918. Aujourd'hui, la prospérité sibérienne découle des puits de pétrole et des nappes de gaz ; et la poussée des gratte-ciel témoigne que le temps de la rébellion et du combat est révolu, toutes les contradictions s'effaçant dans le culte consensuel de l'argent.

Première visite à pied dans la ville. Nous sommes chagrinés de voir tant de beaux immeubles 1920-1930 en si piteux état. Ekaterinbourg se trouve avoir été un des centres les plus importants de ce qu'on appelle le « constructivisme » ; c'est là que les idées lancées par des peintres et des sculpteurs furent appliquées avec le plus d'éclat à l'architecture. Cent quarante bâtiments furent construits, une centaine d'autres projetés. Un tel ensemble est unique au monde : occasion de rappeler aux dénigreurs systématiques de l'URSS quelle place y occupaient, au début de l'ère communiste, les recherches artistiques. Sous l'influence de Pevsner, Tatline, Rodtchenko, Malevitch, Kandinsky, l'avant-garde souhaitait orienter l'art vers la production d'objets utilitaires et « construits ». « Retrouver les bases saines de l'art – la couleur, la ligne, la matière et la forme – dans le domaine de la réalité qui est celui de la construction pratique », tel était le programme exposé dans le manifeste publié par Tatline et Rodtchenko en 1923.

Guerre à l'art pour l'art donc – lequel n'a jamais été en honneur en Russie, les artistes ayant le sentiment d'avoir un devoir à remplir envers le peuple, qu'il ne faut pas brutaliser par des recherches trop provocantes, intéressantes seulement pour les professionnels –, mais quête de formes unissant la beauté et la fonctionnalité. L'architecture permettait, en outre, de réorganiser la vie sociale selon des principes rationnels.

C'est précisément ce que nous observons dans les rues d'Ekaterinbourg, cette alliance de rigueur géométrique et d'harmonie communautaire, réalisée par la seule structure des immeubles, laissés nus, sans décoration extérieure. Quand il y a des balcons ou des encorbellements, ils présentent le plus souvent une forme triangulaire, coupante, aux antipodes de toute idée de « joli ». Beaucoup de place est faite, dans les façades et dans les volumes, aux carrés, aux cubes et aux cylindres. Ce souci de puiser dans la machine une source de poésie porte aussi la marque, il me semble, d'Eisenstein et de Malevitch.

Parmi les plus beaux immeubles, je cite ceux que j'ai notés, au hasard de nos promenades. Rue Tchapaev : un garage (1920), dont la façade présente un arc circulaire inscrit dans un triangle. Sous l'arc, ornement constitué d'un carré rouge emboîté dans un carré bleu, l'allusion à Malevitch étant ici évidente, et l'« ornement » réduit à deux éléments géométriques.

Rue du 8-Mars : building de la Prombank, élevé en 1920 par Gouriev et Gourevitch, deux ailes en équerre reliées par un corps central arrondi. L'architecte a privilégié la ligne horizontale, dont il a assoupli la rigidité par cette partie rebondie ornée d'un balcon lui-même curviligne. La fonctionnalité se mesure à la taille des fenêtres, différente selon les trois étages, et à l'asymétrie des deux façades planes.

Rue de la Banque : building Yarmarkom, construit par Babykine (1925-1927) sur un plan asymétrique. Des pilastres saillants encadrent de vastes fenêtres. La Maison de bains, 38, rue Kouïbychev, bâtie par Sokolov – la date, 1926-1927, est inscrite sur la façade comme un timide élément de décoration, justifié par le haut hiératisme du nombre –, est un gros édifice rouge qui privilégie la ligne verticale, soulignée par d'épais pilastres reliant les deux étages et masquant presque les fenêtres, pourtant hautes. L'hôtel Central, rue Malychev, édifié par Doubrovine entre 1926 et 1928, utilise aussi les pilastres pour séparer les fenêtres et isoler chacune, en sorte qu'elles ne semblent pas disposées horizontalement sur chaque étage, mais verticalement sur les quatre étages. Sous le dernier étage, un bandeau gris, tranchant sur le jaune pâle de la façade, rétablit la primauté de la ligne horizontale. De cette combinaison résulte l'élan dynamique imprimé à cet immeuble massif.

Le building de la Banque d'Etat, rue Vaïner, œuvre de Valenkov (1926), consiste en un bloc de béton gris aéré par de spacieuses fenêtres. Le building du Comité exécutif régional, 32, avenue Lénine, édifié par Zakharov, Makarov et Neyman (1930), alterne, selon les étages, fenêtres cintrées, fenêtres carrées et fenêtres rectangulaires. Le gris uniforme est relevé par l'orange des pilastres, ce qui en atténue à peine l'austérité. Le palais de justice, rue Malychev, œuvre de Zakharov (1932), juxtapose une tour, un cylindre et un bâtiment carré. Toujours de très larges fenêtres, comme symboles de l'ouverture à la société et au peuple.

L'ensemble réalisé, avenue Lénine, vers 1930, par Antonov et Sokolov pour les familles des employés du NKVD comprend une résidence carrée de cinq étages, un hôtel semi-circulaire de dix étages (devenu aujourd'hui l'hôtel Isset), des boutiques, un club, une polyclinique, une garderie d'enfants, des terrains de sport et de jeux, exemple de cité idéale, conçue pour permettre à une communauté de vivre dans un périmètre restreint une vie sociale complète.

Et nous continuons sans lassitude à nous promener. Les formes, tour à tour cubiques ou cylindriques, les angles droits et les courbes (celles-ci n'étant jamais gratuites, comme dans l'art baroque), les arêtes saillantes et les renfoncements se succèdent, sans la moindre monotonie, les architectes cultivant l'asymétrie et disposant les divers éléments de manière à créer la surprise.

C'est un art sévère, sans ornements, sans fioritures, l'art du socialisme et de la rigueur. La variété des structures et la façon chaque fois différente de les combiner et de les emboîter constituent le seul apport esthétique. Ainsi le club Dzerjinski, 69, avenue Lénine, construit par les architectes Sokolov, Antonov et Toumbasov en 1931, présente toutes les formes possibles : galerie horizontale, bloc cylindrique, pans de façades sans fenêtres, larges baies, assemblés dans une composition ascétique mais plaisante à l'œil par la diversité même des éléments. Il est possible de reconnaître, dans l'agencement du bloc et de la galerie, la forme de la faucille communiste. A l'intérieur, un remarquable escalier en spirale est à la fois aussi nu que du Le Corbusier et aussi fou qu'un escalier baroque de Guarini. On songe évidemment aux expériences qui étaient menées à la même époque en Allemagne par le Bauhaus.

Le nombre d'architectes engagés indique la fièvre d'innovations qui avait saisi Ekaterinbourg. Antonov et Sokolov venaient de Moscou, Reisher et Zakharov de la faculté sibérienne d'architecture de Tomsk, Babykine et Toumbasov étaient originaires d'Ekaterinbourg. Les monuments publics n'étaient pas les seuls à bénéficier de leur talent. Ils appliquaient le même programme aux immeubles d'habitation, hauts parfois de huit étages.

Nous avons vu successivement : au 13, avenue Lénine, la maison jaune et rouge (Sokolov, 1930) dont quatre colonnes rondes scandent le corps central, les ailes étant dotées de balcons, tantôt à trois pans, tantôt semi-circulaires ; l'immeuble de la rue Sheinkman (architecte inconnu, 1930), de couleur verte, qui serait presque une barre soviétique, déjà, sans les pilastres à chapiteaux du rez-de-chaussée et la variété des fenêtres ; l'immeuble jaune du 48, rue Kouïbychev (1930), où les parties plates de la façade alternent avec des parties bombées, cylindres verticaux pourvus de quatre étages de loggias ; le complexe de la rue du 8-Mars, énorme bâtiment animé par les ressauts et les renfoncements de la façade qui se reflète dans l'eau d'un bassin.

Colorer les immeubles était dans la tradition russe : on sait comment les palais de Saint-Pétersbourg se distinguent par leurs teintes vert pistache, rouge framboise, jaune abricot, bleu turquoise, moyen de mettre un peu de lumière sous les ciels bas et gris. Mais à Saint-Pétersbourg, la variété des couleurs entrait dans le programme baroque général. Ici, on est frappé de voir le même procédé appliqué à des structures austères, à des façades puritaines.

La mairie, bâtie dans le style constructiviste, a été rhabillée et « humanisée » en 1949, par l'adjonction d'un portail imposant. Hautes colonnes, médaillons qui portent la faucille et le marteau, soldat et marin en bas-relief : le monument d'origine n'est pourtant pas défiguré par ce replâtrage stalinien, où l'introduction de motifs figuratifs (la faucille, le marteau) et de personnages (le soldat, le marin) est typique de l'évolution du régime.

Ce qui passe pour la tentative la plus audacieuse et le chef-d'œuvre du constructivisme est le château d'eau, devenu l'emblème de la ville. Son délabrement fait pitié. D'une blancheur mate à l'origine, il est craquelé, écaillé, grisâtre. Bâti en 1928 par Reisher, il consiste en une tour de ciment sur laquelle s'appuie un cylindre haut perché qui repose sur quatre grêles piliers carrés. De petites ouvertures rondes découpées dans le cylindre et un belvédère aménagé aux quatre cinquièmes de la hauteur allègent la masse de ciment. L'ombre du cylindre sur la tour donne à ce dépouillement un aspect fantastique à la De Chirico. L'ensemble propose une étonnante combinaison de lignes verticales et de lignes circulaires. Le maigre longiligne met en valeur le ventru bombé. Le réservoir peut contenir sept cents mètres cubes d'eau. Il a été reconnu comme le plus grand du monde, plus grand que son homologue de Chicago. Mais percher sept cents mètres cubes sur de minces pilotis était peut-être sacrifier la « fonction » à l'exploit esthétique. En tout cas, à peine terminé et rempli, le château d'eau explosa, et le quartier fut inondé. « Y eut-il des noyés ? » demandons-nous à notre guide. Celle-ci, pour une fois dégelée, répond : « Personne ne s'enquit de ce détail. La seule question était de savoir : qui serait fusillé ? »

Réunis ensemble, ces édifices constructivistes formeraient un paysage cubiste des plus étonnants. Eparpillés dans la ville, beaucoup sont à l'abandon, et il semble qu'on n'a cure de les restaurer. Peut-être parce que la passion de bâtir et d'innover ne s'est pas arrêtée après 1930, malgré la pause des années communistes. Sverdlovsk – tel était le nom d'Ekaterinbourg entre 1924 et 1991 – retourna, à partir de 1934, sur l'ordre des autorités locales, au style russe traditionnel, la pompe stalinienne venant en renfort à la majesté néoclassique. L'introduction de nombreux éléments décoratifs, chapiteaux, bas-reliefs, médaillons, guirlandes, grappes, gerbes de blé – cette facilité bannie par les constructivistes – était destinée à prouver la prospérité apportée par le nouveau régime. La Maison de loisirs commencée en 1932 dans le style constructiviste fut modifiée en 1940 par l'adjonction d'un portique à chapiteaux et d'une niche semi-circulaire contenant un groupe sculpté qui représente des soldats de l'Armée rouge debout devant leur canon. Après ce temps d'arrêt, dès 1990, la ville a repris son rôle à l'avant-garde de l'architecture. La guide est fière de nous montrer que la ville n'est pas restée figée dans son passé. Elle met sous nos yeux une ancienne photographie du théâtre-cinéma Kosmos, édifié en 1967. « Voici ce qu'il est devenu après la restauration de 2004 », ajoute-t-elle. Nous découvrons un superbe palais de métal et de verre, qui ne déparerait pas le nouveau Berlin.

On reconstruit et on construit, et on ne peut pas dire que l'esprit constructiviste se soit éteint, quand on a vu (je cite de nouveau au hasard) les centres commerciaux « Nord », rue Nachdiv-Vassiliev (2006) ou « Limerence », rue Voïvodine (2007-2008), la Banque de l'Oural, rue Sacco-et-Vanzetti (2004-2006), l'hôtel Voznessenski, rue Mamine-Sibiryak, le nouveau palais de justice, rue de Moscou (2006), les bâtiments administratifs des rues Bolchakov, Repine et Radichtchev (2008), l'immeuble d'habitation « Brigantina », rue Tokarey (2008). Pour finir, panorama sur les gratte-ciel, tantôt ronds, tantôt ovales, tantôt carrés, de la rue Nikonov (2004-2006) – une vue qui témoigne que les nouveaux riches n'ont pas perdu l'enseignement des vieux maîtres.

« Eh bien ? » nous demande la guide. Eh bien, c'est vrai, l'élan donné par Tatline et Rodtchenko continue d'agir. Les architectes contemporains s'inspirent délibérément des années 1920-1930, le plan de développement du grand Ekaterinbourg (la ville compte déjà un million et demi d'habitants), développement dont on prévoit la fin pour 2025, implique le respect du style de ces années. Les matériaux ont changé (métal, verre), la hauteur des édifices s'est élevée, mais c'est toujours la même recherche de formes coupantes et sévères, le même laconisme, rendu dynamique par des ruptures de plans et des combinaisons audacieuses de volumes.

15

Soirée à l'opéra

Au musée des Beaux-Arts, deux beaux tableaux italiens : un *Saint Sébastien* de Rustici (vers 1600), très jeune, tout nu, à demi couché, fort alangui, sous l'œil de deux jeunes femmes qui paraissent seulement attentives à lui ôter ses flèches ; et un *Caïn et Abel*, de Luca Giordano, dans la grande manière du peintre. Agent de la colère divine, l'ange chasse Caïn qui s'enfuit en abandonnant le corps de son frère. Abel gît au premier plan, renversé sur le dos, dénudé.

Je note aussi une drôle d'assiette de 1890, légendée en français – c'était l'époque du rapprochement diplomatique entre la France et la Russie : au-dessus d'un soldat français en costume et képi bleus, se penche un soldat russe plus grand de deux têtes, équipé de hautes bottes, d'une épée, d'un baudrier portant l'aigle impériale et d'un casque surmonté de l'aigle à deux têtes. Le soldat français est un « chasseur à pied », le soldat russe un « chevalier-garde ». « France et Russie », est-il écrit au-dessus d'eux, et, au-dessous : « On a souvent besoin d'un plus petit que soi. » Impossible de savoir si l'assiette est russe ou française. Je pense qu'elle est russe – le français étant alors langue courante en Russie – et qu'elle reflète la conviction russe que tout ce qui n'est pas russe est « petit ». Tolstoï a souligné, en même temps que son dos « gras », la petite taille de Napoléon.

Je vois que l'opéra affiche ce soir *Le Barbier de Séville.* L'œuvre de Rossini sera chantée en russe, pour moi attraction supplémentaire. Je me souviens d'une *Bohème* chantée en russe au Mariinski : c'était très différent de ce qu'on entend d'habitude, aussi beau. On aurait dit du Tchaïkovski. Le chœur des balayeurs au troisième acte ressemblait au chœur des moissonneurs dans *Eugène Onéguine*, avec la même nuance mystique.

Juliette, une jeune fille de l'ambassade de France qui fait une partie du parcours avec nous, a la gentillesse de nous procurer deux billets et de s'offrir à m'accompagner. Je suis avec Ferrante le seul du groupe que cette expédition intéresse – ce qui ne m'étonne pas plus que cela, bien que j'aie du mal à admettre qu'on puisse comprendre quelque chose à la Russie en restant étranger à la vie musicale du pays.

L'opéra est une bonbonnière à l'italienne, moderne et assez laide. Les chanteurs ? Passables dans l'ensemble, sauf celui qui tient le rôle d'Almaviva et détonne cruellement. Rosina et Figaro chantent juste et campent bien leur personnage. Le meilleur est la basse dans le rôle de Basile. Fort et barbu comme Raspoutine, il en impose. L'air de la calomnie devient une leçon de politique, dans la bouche d'un pope madré et arrogant.

Les décors consistent en cylindres qui ne cessent de tourner et de s'emboîter : vision kitsch d'une Andalousie d'opérette, à moins que ce ne soit une réminiscence des cylindres constructivistes. Costumes blancs. Le chef de la police salue militairement et gesticule par saccades comme un polichinelle : on sent que la haine du régime policier a inspiré cette caricature.

Mais caricaturale, la mise en scène l'est tout entière. Le spectacle fait rire, par le ridicule de ce qu'on voit. Rossini veut faire rire, mais il n'est jamais ridicule. Il possède le génie comique, qui consiste à révéler dans un personnage le défaut qu'il ne soupçonne pas lui-même et dont il se croit exempt : la vanité pour Figaro, la coquetterie pour Rosina, la conviction qu'il est encore jeune pour le vieux *dottor* Bartolo. Le sens du comique fait défaut au tempérament russe. Je le savais depuis longtemps, cette soirée me le confirme. Les Russes excellent dans le sarcasme, la dérision, mais leur histoire a toujours été trop cruelle, trop tragique, pour leur permettre une légère détente par l'humour, par le rire. La comédie russe tourne invariablement à la farce dénonciatrice, le rire russe à la raillerie amère. Gogol, Boulgakov, Chostakovitch, Pelevine, quand ils veulent être comiques, ne réussissent qu'à persifler. Ce n'est pas le fait d'être chanté en russe qui rend ce *Barbier* grotesque. Le spectacle est ridicule parce que la gaieté fine n'est pas dans les cordes d'un peuple ravagé par des siècles de despotisme et de violences. Tous les effets sont appuyés, la charge contre la police n'étant que l'exemple le plus frappant de cette incompréhension de l'ironie rossinienne.

Justement, le lendemain, est prévue une « rencontre » sur le thème : « Peut-on justifier la violence dans l'Histoire ? » A l'entracte, Juliette me dit que ce thème n'a pas été choisi seulement à cause d'Ekaterinbourg et en mémoire de la nuit du 16 juillet 1918, mais parce qu'ici la violence n'a cessé de sévir et sévit encore.

— Dans les années 1990, après la chute du communisme, la mafia était formée des sportifs du complexe industriel. Beaucoup de crimes furent commis, surtout entre jeunes. Il y a un cimetière des jeunes tués de la mafia. On appelait la ville : Chicago.

— Curieux, ce rapprochement. En découvrant les édifices constructivistes, j'ai souvent pensé à Chicago, mais pour une autre raison. Cette ville est connue pour avoir été en Amérique le laboratoire et le chantier de l'architecture d'avant-garde.

— Aujourd'hui, il y a une violence latente, qui s'exerce à tous les échelons de la société. Vous avez vu une ville prospère, des centres commerciaux modernes. La région de l'Oural est la plus riche de Russie, mais qui profite de cette richesse ? Vingt pour cent des jeunes sont séropositifs, l'alcoolisme dévaste, les abandons d'enfants sont plus nombreux que partout ailleurs.

— Nous avons chez nous la violence capitaliste, les fermetures d'usines, le culte exclusif du profit, l'abandon où sont laissées les cités, une mendicité beaucoup plus importante qu'en Russie.

— Mais au moins on en parle, de ces fermetures d'usines, du scandale des banques, des problèmes des banlieues. Ici, motus et bouche cousue. Savez-vous en quoi consistent les cures de désintoxication ? Pendant un mois on leur met les menottes, puis ils restent onze mois en prison.

J'objecte qu'il n'y aurait pas tant de centres commerciaux, et si bien achalandés, sans le développement d'une classe moyenne, qui adoptera les mêmes principes moraux que dans le reste de l'Europe, tolérance, respect de l'autre, paix sociale. Très remontée contre la Russie de Poutine, Juliette croit me gagner à sa cause en faisant état des brutalités exercées par la police contre les manifestants de la Gay Pride de Moscou.

— Ils se sont fait tabasser. Que pensez-vous de ces violences ?

— Je pense que la Gay Pride n'est pas le meilleur moyen de convaincre un peuple encore profondément homophobe. L'action doit commencer par la presse, les livres, les films. Il en a été ainsi en France. Il faut travailler l'opinion, la préparer, non la braquer par une manifestation qui lui présente d'ailleurs un courant minoritaire et une fausse image de l'homosexualité. Il y a cinquante ans, la Gay Pride eût été impossible en France. Impossible et contre-productive. On ne change pas la mentalité des gens en les scandalisant. Or, sur la question que vous venez de soulever, la Russie en est au point où était la France il y a cinquante ans.

Autour de nous, le public commence à refluer vers la salle. Les spectateurs sont de tous les âges ; je compte un nombre important d'enfants. Les tenues ont changé, depuis vingt ans. On s'habillait encore, pour aller au théâtre. La « sortie » en vêtements soignés faisait partie du rituel communiste. La séparation entre monde du travail et monde du loisir était un des sujets d'orgueil du régime. La cravate affranchissait le prolétaire. Aujourd'hui, le goût de la musique reste aussi vif, mais dépouillé de tout apparat social. Jeans et tee-shirts.

Au deuxième acte du *Barbier*, le *dottor* Bartolo, vieux jeu et hostile à la musique moderne, montre au maître de musique de sa pupille comment on chantait jadis. Et de se lancer dans un « air ancien » qui m'incite à faire un rapprochement avec un air du même genre entendu dans *Eugène Onéguine.* Dans ce dernier opéra, un certain M. Triquet, vieux tuteur français autrefois au service de Mme Larina, chante en français un « air ancien », délicieux pastiche du XVIIIe siècle, dédié à la « belle Tatiana », la jeune fille de la maison. La ressemblance est si frappante entre l'« air ancien » du *dottor* Bartolo et celui de M. Triquet que je me demande si Tchaïkovski ne s'est pas inspiré ici de Rossini. A ma connaissance, personne ne s'est jamais posé la question. C'est pourtant le même style désuet, la même voix chevrotante, ce sont les mêmes manières ampoulées, la même sénilité de gestes, les mêmes ronds de jambe façon Versailles.

Mettons « Tatiana » à la place de « Rosina », et réciproquement : les deux couplets sont interchangeables. En tout cas le chanteur qui tenait le rôle de Bartolo a chanté son couplet comme il aurait chanté celui de M. Triquet. Il n'a pas résisté à faire du Tchaïkovski, dans un passage où Tchaïkovski avait imité Rossini.

16

Double crime

Nicolas II ayant abdiqué en mars 1917, le gouvernement provisoire présidé par Kerenski se trouva fort embarrassé : que faire du souverain déchu ? On décida de l'expédier, avec sa famille et quelques-uns de ses proches, en Sibérie. Première destination : Tobolsk, à l'est d'Ekaterinbourg. Le choix de cette ville, qui était alors la capitale de la Sibérie occidentale, présentait, aux yeux de Kerenski, un double avantage. L'ambigu chef de la première révolution montrait qu'il était sans complaisance pour le tsar, tout en garantissant sa sécurité. Tobolsk avait été tout au long du XIXe siècle un lieu de déportation ; Dostoïevski, sur la route du bagne, y avait séjourné ; c'était venger tant de condamnations injustes que d'y confiner maintenant l'empereur. En même temps, cette ville de province, relativement prospère, restait à l'écart de l'agitation révolutionnaire.

A cette époque, elle n'était pas desservie par le train, et l'on y arrivait en bateau de Tioumen, situé sur la ligne du Transsibérien. Des tractations pour faire passer la famille impériale en Angleterre échouèrent. A Ekaterinbourg, le soviet de l'Oural, connu pour être le plus radical, réclamait les prisonniers. Nicolas II et Kerenski savaient qu'il n'y avait aucune clémence à espérer de cette ville, peuplée d'ouvriers, hostiles par principe au trône, et de vieux-croyants, catégorie de fidèles que les Romanov, depuis Pierre le Grand, exilaient en Sibérie.

Octobre arriva, Lénine prit le pouvoir. Logés dans la grande résidence du gouverneur, pourvus de ressources suffisantes, Nicolas II et les siens menaient à Tobolsk une vie de famille relativement libre. Ils pouvaient lire la presse, correspondre comme bon leur semblait, assister à la messe dans l'église, nouer des contacts avec la population locale. A Moscou on était toujours dans l'embarras à leur sujet. Les dirigeants bolcheviques étaient divisés. Les bruits d'une évasion possible commencèrent à courir. Les armées blanches de l'amiral Koltchak approchaient. Le soviet de l'Oural se montra de plus en plus pressant. Enfin, de Moscou, l'ordre fut donné, en avril, de ramener le tsar dans la capitale. La ligne du chemin de fer passait par Ekaterinbourg, en sorte qu'on se pose depuis un siècle une question qui n'a jamais été élucidée. Voulait-on vraiment, en haut lieu, rapatrier la famille impériale, en vue d'un procès public, comme le souhaitait Trotski, ou comptait-on sur le soviet de l'Oural pour intercepter le train et faire passer le tsar en jugement, compromis qui lavait le gouvernement de toute responsabilité dans ce qui pourrait advenir ?

L'empereur et l'impératrice, accompagnés d'une de leurs filles, Marie, arrivèrent le 30 avril à la gare d'Ekaterinbourg. Une foule d'énergumènes les attendait sur le quai, si furieuse, si déchaînée, qu'on fit reculer le train en banlieue. Les ex-souverains furent conduits en voiture dans la maison du marchand Ipatiev, réquisitionnée depuis plusieurs jours, un hôtel de deux étages construit à flanc de coteau avenue Voznessenski, et pourvu d'électricité et d'eau courante, froide et chaude, un luxe pour l'époque. Mais les prisonniers, relégués au second étage, sous la garde d'ouvriers débraillés, firent l'objet d'une surveillance beaucoup plus étroite et vexatoire qu'à Tobolsk. Leur isolement était complet. En butte à toutes sortes de brimades, ils ne pouvaient plus communiquer avec l'extérieur. Le 15 mai, on badigeonna leurs fenêtres de peinture blanche, autant pour les empêcher de regarder dehors que pour les soustraire à la vue des passants. Le 23 mai, ils furent rejoints par leurs quatre autres enfants. La famille se trouva entassée dans trois pièces. Les geôliers poursuivaient les jeunes filles de plaisanteries obscènes. Le matelot Nagorny, qui prenait soin du petit garçon hémophile, s'opposa à un gardien qui cherchait à voler sa chaîne d'or à l'enfant. Il fut immédiatement arrêté, conduit à la prison de la ville et fusillé.

Le sort de la famille impériale restait incertain. Qui a pris la décision du massacre ? Envisageait-on de tuer le tsar seul, ou l'extermination de la famille fut-elle d'emblée programmée ? Ces questions aussi n'ont jamais été tirées au clair. Lénine donna-t-il l'ordre ? Ou, mis au courant des intentions du soviet de l'Oural, fit-il exprès de ne pas intervenir ? Le 4 juillet, les gardes de la maison Ipatiev furent remplacés par un peloton de tchékistes, commandé par le glacial Iakov Iourovski, que ses proches définissaient comme « intelligent et cruel ».

Le 16 juillet, il distribua à ses hommes des revolvers Nagan, se réservant pour lui-même un Colt à barillet de sept cartouches et un Mauser équipé d'un chargeur de dix cartouches[1]. A huit heures du soir, il monta à l'étage où logeait la famille impériale et annonça aux prisonniers qu'il allait les mettre à l'abri de la colère des ouvriers et des vieux-croyants. Ils s'habillèrent et le suivirent au sous-sol, dans une sorte de cave. Tous les témoins ont souligné le calme et la grandeur d'âme montrés en cette occasion par Nicolas II, qui ne pouvait être dupe. Peut-être se souvenait-il du sang qu'il avait lui-même sur les mains. Le 9 janvier 1905, ses troupes avaient tiré sur la foule pacifique venue réclamer du pain devant le palais d'Hiver. Connaissait-il les vers où le poète Ossip Mandelstam évoque les centaines de victimes de ce « dimanche rouge » ? « Chaque bonnet d'enfant, chaque gantelet, chaque châle de femme abandonné ce jour-là piteusement sur la neige de Saint-Pétersbourg rappelait à chacun que le tsar devait mourir, que le tsar mourrait. » Nicolas II porta lui-même dans ses bras son fils Alexis, âgé de quatorze ans, mais somnolent, malade, presque infirme.

Les époux, les cinq enfants, la dame de compagnie Demidova, le médecin de famille Botkine, le cuisinier Kharitonov et le valet Troup, onze personnes en tout, furent alignés dans la cave sur la paroi du fond. Les

1. Renseignements puisés dans le livre de Pierre Lorrain, *La Fin tragique des Romanov*, Bartillat, 1998.

douze tchékistes se mirent sur trois rangs. Iourovski lut à haute voix l'arrêt de mort prononcé par le comité exécutif de l'Oural. Après quoi les nervis déchargèrent leurs armes à bout portant. Nicolas II s'effondra, tué sur le coup. L'impératrice Alexandra et la grande-duchesse Olga tombèrent à leur tour. Le tsarévitch, animé d'une vitalité soudaine, rampait sur le sol : il fallut l'achever de deux balles dans la tête. Les trois autres grandes-duchesses, Marie, Tatiana, Anastasia, résistèrent plus longtemps, car les balles ricochaient sur les bijoux et les pierres précieuses dissimulés dans leurs corsets. Elles furent achevées à coups de baïonnette.

Le reste de la nuit se passa à emporter les corps dans un camion jusqu'à un coin perdu de la forêt où ils furent arrosés d'acide et inhumés dans une fosse commune. Alexis et la plus jeune des grandes-duchesses furent enterrés dans un autre endroit de la forêt, après qu'on eut brûlé leurs cadavres, afin que ne restât aucune trace de ces deux crimes, particulièrement odieux. La morale bolchevique elle-même considérait l'exécution d'enfants comme un acte barbare.

La nouvelle de la tuerie se répandit aussitôt, mais la disparition des corps et l'impossibilité de les retrouver alimentèrent longtemps la rumeur selon laquelle il y aurait eu des survivants.

La maison Ipatiev fut démolie en 1979, non sur l'initiative de Boris Eltsine, comme on le répète par erreur, mais par ordre de Iouri Andropov, alors président du KGB. Eltsine, premier secrétaire de la région de l'Oural, ne fit qu'appliquer les directives de Moscou. Les communistes craignaient que la maison du supplice ne devînt un lieu de pèlerinage pour les nostalgiques de l'empire.

On sait combien cette crainte était vaine. En 1998, les restes des Romanov furent exhumés et envoyés à Saint-Pétersbourg, et leurs tombeaux placés dans la cathédrale Pierre-et-Paul, sous la même voûte que les sépulcres de Pierre le Grand et de ses successeurs. Le transfert et la solennité funèbre eurent lieu dans l'indifférence générale. En 2000, on commença à élever, à l'emplacement de la maison Ipatiev, une église expiatoire, dite Cathédrale-sur-le-Sang. Inaugurée en 2003, elle attire beaucoup plus les touristes alléchés par l'horreur de la tragédie, que les improbables sympathisants monarchistes.

Nous voyions de loin, dressé sur un monticule, l'édifice blanc surmonté des cinq coupoles dorées traditionnelles, sans nous décider à le visiter. Nous aurions voulu une simple stèle et des fleurs. Enfin, il fallut obtempérer au désir de certains d'entre nous, et l'autobus nous emmena à l'église. Très laide en soi, par le style qui transpose en version nouveau riche la pureté de l'architecture orthodoxe, c'est une pure horreur morale, qui pue l'argent. Verrue de marbre et d'or, foire aux médailles et aux bibelots, brocante de fausses icônes, supermarché de produits dérivés, elle assassine une seconde fois les Romanov. Les habitants indignés par l'énormité des fonds employés à la construction du sanctuaire ne l'appellent pas « Na Krovi » (sur le sang), mais « Na Garajakh » (sur le garage), parce qu'on a construit un parking sous l'église. Pas de petit profit pour les trafiquants de souvenirs. Comment se recueillir dans un tel endroit ?

17

Philosophie du sacrifice

Visite à Ouralmash, le quartier industriel d'Ekaterinbourg, sous la conduite d'un homme qui n'est pas un guide mais, si j'ai bien compris, un responsable de l'administration.

— L'assassinat de la famille impériale, nous dit-il, eut deux conséquences capitales. D'abord, l'essor de l'industrie lourde.

Je ne suis pas surpris par l'exposé d'une théorie qui me confirme dans l'idée que la civilisation russe repose sur un paradoxe peu compréhensible aux Occidentaux.

— Iourovski, le chef du peloton d'exécution, déclara que la grande cité industrielle serait construite là où était enterrée la famille impériale. En réalité, l'inhumation avait eu lieu à quelques kilomètres, il était le premier à le savoir, mais le sens restait le même : la nouvelle Russie ne pouvait naître que du sacrifice de l'ancienne Russie. Le sacrifice de l'empereur et de sa famille était nécessaire pour que la Russie connaisse un nouveau destin et s'émancipe définitivement de son passé.

Cette idée de la nécessité du sacrifice m'évoque aussitôt quantité d'épisodes mystérieux de l'histoire russe. A l'entrée de l'exposition « Sainte Russie », que le Louvre a présentée au printemps 2010, se dressaient les deux hautes figures des frères Boris et Gleb, premiers martyrs russes et protecteurs de la nation. D'emblée, par leur vie, par leur exemple, ils ont offert à la Russie un de ses thèmes fondateurs, qui dépasse de loin une signification strictement religieuse. Fils cadets du prince Vladimir baptisé en 988, ils furent assassinés par leur frère Sviatopolk, lors de la guerre de succession pour le trône de Kiev qui suivit la mort de Vladimir. Ce qu'il y a de plus marquant dans l'histoire de Boris et Gleb, c'est qu'ils consentirent librement à se faire tuer. Loin d'opposer aucune résistance, ils acceptèrent de plein gré la mort. Ils attendirent leurs bourreaux en priant, dans l'idée qu'ils sauveraient la Russie par cette immolation volontaire.

On trouve ici, exprimé dès le Xe siècle, le thème du sacrifice comme principe régénérateur. Boris et son frère Gleb – le premier avec des cheveux courts et une barbe, le second imberbe avec des cheveux longs, comme pour anticiper les vicissitudes de la mode capillaire et pileuse en Russie – furent canonisés, pour avoir ouvert une voie qui serait largement suivie, le sacrifice pouvant être tantôt volontaire et tantôt imposé par une instance supérieure pour le salut de la nation.

Les vieux-croyants montaient librement sur le bûcher. Pierre le Grand fit mettre à mort son propre fils, non par cruauté paternelle, mais pour donner l'essor à cette Russie nouvelle qu'il voulait construire. Le tableau de Nicolas Gay, au Musée russe de Saint-Pétersbourg, montre très bien la pensée du tsar. Il semble dire à son fils, debout devant lui : « Laisse-toi tuer, accepte de quitter la vie, pour le bonheur de notre peuple. » Et l'autre, tête baissée, accepte le verdict sans donner aucun signe de rébellion.

A l'autre bout de l'histoire russe, rappelons ce que Lénine déclara, devant le congrès des comités de paysans, quelques jours après la nuit de l'Oural : « En Angleterre et en France, ils ont exécuté leurs rois il y a des siècles, mais avec les nôtres nous avions du retard. » Autrement dit, nous n'avons pas liquidé les Romanov parce qu'ils étaient coupables, mais parce que le régicide est une étape obligatoire sur la route du progrès. Trotski, sur un ton mineur qui la rabaisse un peu, a justifié cette philosophie du sacrifice par les avantages pratiques qui en découlèrent pour les bolcheviks. « Il fallait exécuter le tsar et les siens pour effrayer, horrifier et écœurer l'ennemi, mais aussi pour secouer nos propres troupes et leur montrer qu'il n'y avait plus de marche arrière possible et que devant nous se tenait ou la victoire totale ou la destruction totale. » (*Journal d'exil*, 9 avril 1935.)

Ce thème de la victime expiatoire court à travers la littérature, la musique, le cinéma, dans les profondeurs de la pensée russe, indépendamment de toute application pratique. Chez Dostoïevski, bien sûr, où le geste des suicidés – nombreux – a toujours une valeur sacrificielle, mais aussi chez des écrivains réputés plus « sages », plus posés, tels Tourgueniev, Tolstoï ou Pasternak.

Dans la nouvelle *Moumou*, Tourgueniev met en scène un serviteur sourd-muet (il ne peut dire que « mou-mou », d'où son surnom), qui a placé toute son affection dans sa chienne. Une nuit, celle-ci ayant réveillé la patronne par ses aboiements, le serviteur est sommé d'aller noyer l'animal. On s'attend à ce que Gérasime se rebelle contre cet ordre inique. Loin de protester, il attache une pierre au cou de la chienne et s'en va la jeter dans la rivière.

Dans *Maître et Serviteur,* de Tolstoï, on voit le maître Vassili et son cocher Nikita surpris par une tempête de neige, qui bloque leur traîneau bâché en rase campagne, au milieu de la plaine, blanche à perte de vue. La seule chance de survie pour l'un des deux est que l'autre se couche sur lui au fond du traîneau et le recouvre de la chaleur de son corps. Si le cocher avait rempli cet office, il y aurait eu « service » et non « sacrifice ». Le maître, subvertissant le code social, se dévoue pour sauver son cocher et proclamer implicitement la valeur sacrée de l'abnégation. « La tempête continuait toujours. La neige dansait en tourbillons épais et recouvrait le corps de Vassili Andreitch, le cheval glacé qui tremblait de tous ses membres, le traîneau déjà plus qu'à moitié enseveli, et, tout au fond du traîneau, sous son maître mort de froid, Nikita qui dormait, réchauffé. »

Résurrection, le troisième grand roman de Tolstoï, n'est qu'une longue variation sur ce thème. Le prince Nekhlioudov, touché par la grâce qui a dicté jadis la conduite des frères Boris et Gleb, suit de son plein chef en Sibérie, sans que rien l'y oblige, une femme condamnée aux travaux forcés. Il espère, par le sacrifice de sa position sociale, de sa fortune, de son confort, se racheter et en même temps sauver la Russie du malheur qui l'opprime.

Le thème du sacrifice domine la symbolique religieuse du *Docteur Jivago*. Pasternak, dans le poème qu'il prête à Iouri Jivago, confond l'image de Hamlet avec celle du Christ au jardin de Gethsémani.

Moussorgski, dans son opéra majeur, *Khovanchtchina*, exalte le sacrifice des vieux-croyants. Gogol fait le sacrifice de son propre chef-d'œuvre, en jetant dans le feu la seconde partie des *Ames mortes*. Tchaïkovski, condamné à mort par un tribunal d'honneur pour une affaire de mœurs, accepte le verdict et avale le poison, alors qu'il pourrait très bien s'expatrier en Europe, où sa gloire lui assurerait une situation confortable. Tolstoï quitte son domaine, son confort, pour aller mourir seul. Le courage des soldats russes, qui faisait l'admiration de Malaparte, lors la « Grande Guerre patriotique », est légendaire : toujours l'aspiration au sacrifice. Mystique du sacrifice, encore, dans l'héroïsme des assiégés de Leningrad, qui auraient pu se rendre sans déshonneur à l'armée allemande beaucoup plus forte militairement ; dans la soumission des victimes du goulag ; dans l'acceptation fataliste, par des millions de Russes et pendant les dizaines d'années du communisme, d'un sort inacceptable. Et je me pose une autre question, politiquement incorrecte : pourquoi Staline a-t-il « sacrifié », lors des grandes purges, l'élite de ses généraux, de ses ingénieurs, de ses techniciens ? Folie de despote ou obéissance inconsciente au code russe des valeurs ?

Eisenstein a filmé comme une Crucifixion la mort des péons mexicains enterrés dans le sable. Tarkovski a intitulé un de ses films *Sacrifice,* etc. Impossible de rien comprendre à la Russie tant qu'est ignorée cette déraison du sacrifice, la toute-puissance de ce désir/délire d'immolation : l'idée principale étant qu'il faut, de temps à autre, amputer la société d'un innocent ou d'un groupe d'innocents pour assurer la survie collective. On meurt parce que seulement de la mort peut rejaillir la vie : le monde procède par ruptures et par bonds, ce qui revient à nier la croyance occidentale dans le progrès.

Pendant que je remue ces idées, notre mentor nous a amenés au pied d'une énorme statue de bronze.

— Et voici la seconde conséquence du crime. La cité industrielle bâtie sur les corps de la famille impériale a été copiée sur Versailles. La statue au-dessus de vous est celle de Grigori Ordjonikidze, géorgien, compagnon de Staline, ministre de l'Industrie lourde. Les trois avenues qui partent en éventail devant vous s'appellent avenue Lénine (au centre), avenue Ordjonikidze et avenue de la Culture. Cette disposition était conçue dans un triple but : inculquer aux ouvriers le sens de la discipline, faire leur admiration, perpétuer en version prolétarienne l'ordre monarchique.

Nous partons explorer Ouralmash, qui comptait au temps de sa splendeur de trente à quarante mille ouvriers. On fabriquait dans cette ville satellite des machines agricoles, des locomotives, des derricks – des tanks et des avions pendant la Guerre patriotique. Les grands architectes constructivistes participèrent à la construction des usines, des buildings administratifs, des résidences d'ouvriers. L'ensemble fut dessiné sous la direction de P.V. Oransky, de manière à combiner la fonction industrielle et la vie sociale, en réservant des bâtiments aux activités culturelles et récréatives. Les édifices paraissent aujourd'hui abandonnés. Nous arrivons au club des ouvriers, de proportions majestueuses. A l'entrée, au-dessus de la porte, il y avait une effigie de Staline, qu'on a effacée, mais qui ressort quand il pleut.

L'intérieur est à la fois sévère et somptueux. L'escalier d'honneur, tapissé de mosaïques sur les rampes, est orné aux murs de deux grands tableaux. On voit sur l'un Lénine entre des drapeaux rouges, sur l'autre une troupe d'ingénieurs en marche. Une belle affiche du temps de guerre montre un ouvrier en casquette, en chemisette, les mâchoires serrées, l'œil dur, le bras nu tendu lâchant une nuée d'avions au-dessus d'un parc de chars d'assaut. « Plus de métal, plus d'armes », est-il écrit au-dessus de sa paume ouverte vers le ciel. Légende complétée par une inscription en lettres rouges placée au bas de l'affiche : « Avec les obus, les chars, les millions de tonnes d'acier, les ouvriers de l'Oural tiennent leur serment sacré. »

Dans la grande salle du club sont alignés sur les murs les médaillons des révolutionnaires et des prophètes de la Révolution. Voici Marx, Engels, Lénine. On n'a pas craint de joindre Tolstoï à Gorki. Le désir de trouver des cautions intellectuelles au régime a même fait annexer Wagner ! Le médaillon de Staline a été enlevé. Dans le cartouche, à la place, on a gravé une phrase de Lénine : « L'art appartient au peuple. »

Comme nous revenons vers la sortie en parcourant des galeries rendues plus solennelles par l'austérité du plan géométrique, l'homme qui nous guide émet cette opinion surprenante : « Albert Speer [l'architecte de Hitler] aurait approuvé ce décor. »

L'après-midi, lors du débat sur la violence organisé par la Bibliothèque régionale, un jeune Russe fait part de ce qu'il a constaté à Paris. Visitant une exposition sur la dernière guerre, il a remarqué la place faite aux soldats américains, anglais, français, canadiens, australiens, etc., mais le rôle des soldats russes, le sacrifice des millions de soldats russes tués au front, étaient passés sous silence. Cette négation de l'effort de guerre soviétique, sans lequel les Allemands seraient peut-être restés invincibles, scandalisait le jeune homme. Il n'y a pas besoin d'être russe, et encore moins d'éprouver la moindre sympathie à l'égard du régime soviétique, pour éprouver cette indignation. Il y avait là une double offense, à la vérité historique et à la philosophie du sacrifice. J'emporterai gravée dans ma mémoire, en guise de réparation, l'image de l'ouvrier lâchant des avions dans le ciel de sa paume grande ouverte.

18

A travers la forêt

Départ d'Ekaterinbourg le mercredi 2 juin à 21 h 21, et, le lendemain, journée de train jusqu'à Novossibirsk, où l'arrivée est prévue à 18 heures.

Je croyais que ce trajet serait ennuyeux, et comptais sur une journée de lecture, en piochant dans un des nombreux livres dont je m'étais muni. A peine si je pus soustraire une heure ou deux à la contemplation du paysage. Le défilé des pins, des mélèzes, des bouleaux a quelque chose d'ensorcelant. La vitesse réduite du Transsibérien donne l'impression qu'on se promène à pied ou à cheval au milieu des arbres. Comme il n'y a le long de la voie ni autoroute, ni grille de protection, ni route, ni station-service, ni garage, ni hangar, ni maison d'aucune sorte, et qu'on n'aperçoit aucun être humain, l'impression d'illimité est décuplée par la solitude immense qui enveloppe la taïga. Si intéressantes que soient les villes où l'on s'arrête, le voyage en Transsibérien, c'est d'abord le spectacle d'une nature dilatée à perte de vue et constamment dans son état sauvage.

En Europe, la vue est bornée, l'extase morcelée par 1° : le changement continuel du paysage : à des champs cultivés succède une forêt, à une plaine un relief accidenté, chaque vallée est entourée de collines ou de montagnes, etc., en sorte que l'œil, sautant d'une impression à l'autre, n'a jamais le temps d'épuiser la jouissance du même, et qu'on ne goûte que de petits plaisirs successifs ; 2° : la présence humaine : une maison, un homme ou une femme, une voiture se trouvent toujours dans le champ visuel, si bien que la curiosité va à ces vies innombrables fugitivement entrevues, au lieu de s'abolir dans une incuriosité libératrice.

Ici, on n'attend rien, on ne cherche rien de nouveau, avec cette conséquence que tout est à chaque instant nouveau, par l'approfondissement qu'on fait du même. La beauté pure ne lasse jamais. L'*Odyssée*, à un degré moins intense *Guerre et Paix*, seraient les équivalents littéraires du voyage à travers la taïga, sans atteindre à cet affranchissement du pittoresque qui donne son plus grand prix à la forêt sibérienne. Ici, pas de détail qui retienne plus qu'un autre ; on ne *détaille* pas la taïga, on se laisse prendre, envoûter, annihiler par la succession indéfiniment répétée de l'identique.

Il faudrait un poète comme Baudelaire pour rendre cette impression d'être dépossédé de soi-même par le recommencement ininterrompu du beau et la rumination symphonique de l'absolu. Aucun musicien, pas même Tchaïkovski dans ses compositions marquées au coin de la torture morale, pas même Rimski-Korsakov dans ses opéras panthéistes ou Scriabine dans ses *Poèmes* déroulés sans interruption, n'a réussi à rendre cet état de grâce permanent qu'on éprouve à regarder de simples arbres apparaître et disparaître derrière la vitre du train.

Ce n'est ni gai ni triste, l'humeur psychologique n'a rien à voir là-dedans. Les yeux grands ouverts à dévorer l'espace, je n'en viendrai jamais à bout. J'admire, jusqu'à la limite de mes forces. La forêt *est* devant moi, dans tout l'éclat de sa présence, le pin *est*, le mélèze *est*, le bouleau *est*, à la fois isolé dans sa splendeur et fondu dans la masse de ses semblables.

Et la mer ? me direz-vous, la mer ne donne-t-elle pas la même sensation de beauté sans frontières ? La grande différence avec la taïga, c'est que la mer est stérile, monotone, qu'elle se répète sans se renouveler. La forêt est une personne vivante, qui meurt chaque hiver et ressuscite chaque printemps. Le jeudi 3 juin 2010, elle pousse ses branches et ses feuilles avec une impétuosité bouleversante. Son temps est compté, elle sait qu'elle ne dispose que de quatre mois, avant d'être enfouie sous la neige et la glace. Elle vit de toute sa jeunesse, de toute sa vigueur. Cette palpitation vitale, je la sens dans le plus ou moins épais de la futaie, dans l'espacement plus ou moins grand des clairières, dans les nuances de couleurs, vert tendre de l'épicéa, vert foncé du pin et du sapin, bleuté du mélèze, blanc du tronc des bouleaux, variations légères indispensables à ma volupté. Pour que le même reste le même, il faut qu'il change imperceptiblement.

Si j'ajoute que le train ne fait que côtoyer la frontière méridionale de la Sibérie, le long du Kazakhstan, et que la plus grande partie de la Sibérie, encore plus sauvage, s'étire vers le nord à travers la toundra désertique jusqu'aux confins polaires, la conscience de n'être qu'un minuscule atome dans cette étendue sans limites, l'ivresse de me sentir si insignifiant et de sentir si négligeables les efforts de l'homme pour dompter cette nature, la conviction que dans aucune autre contrée du monde je ne pourrais vivre une expérience aussi radicale de dépersonnalisation et de déculturation, m'ôtent le regret que nous ayons « manqué » tant de villes célèbres. Nous n'aurons visité ni Tobolsk, ni Omsk. J'aurais surtout voulu voir Tomsk, moins pour ses fameuses maisons en dentelle de bois, que pour retrouver l'emplacement du camp tartare où l'émir Féofar-Khan avait donné l'ordre de brûler les yeux de Michel Strogoff.

Départ de la gare de Moscou

Moscou : mausolée de Lénine et tour du Kremlin

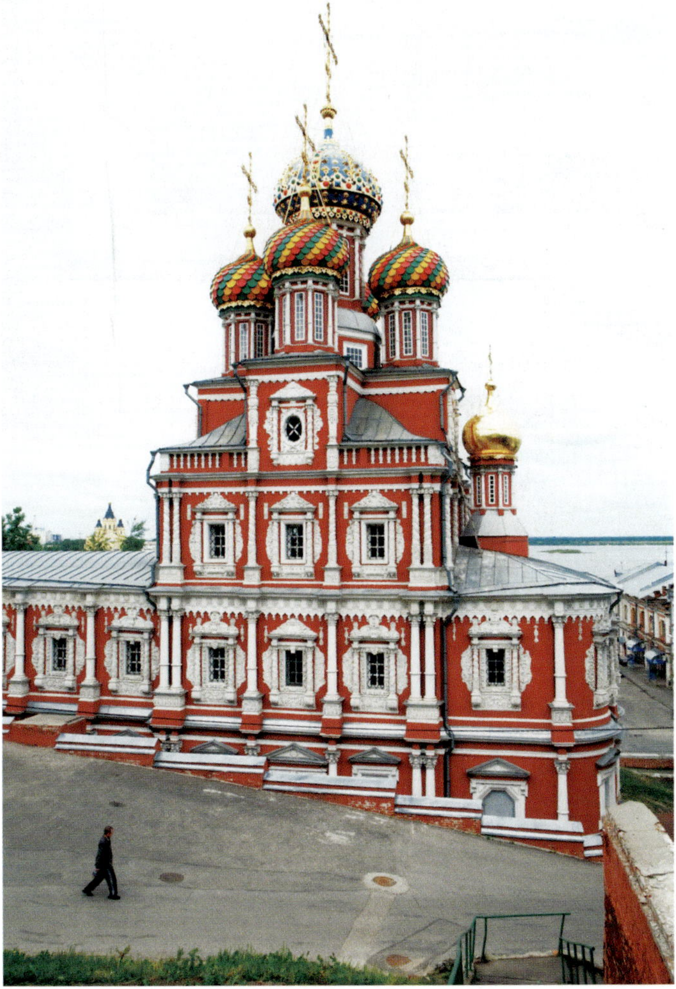

Nijni-Novgorod : église Stroganov

Nijni-Novgorod : monument à Lénine

Kazan : kremlin et mosquée

Ekaterinbourg : accueil en fanfare

Dans le train : soldat, carte du Transsibérien

Pavel-Apollon, batelier du Volga

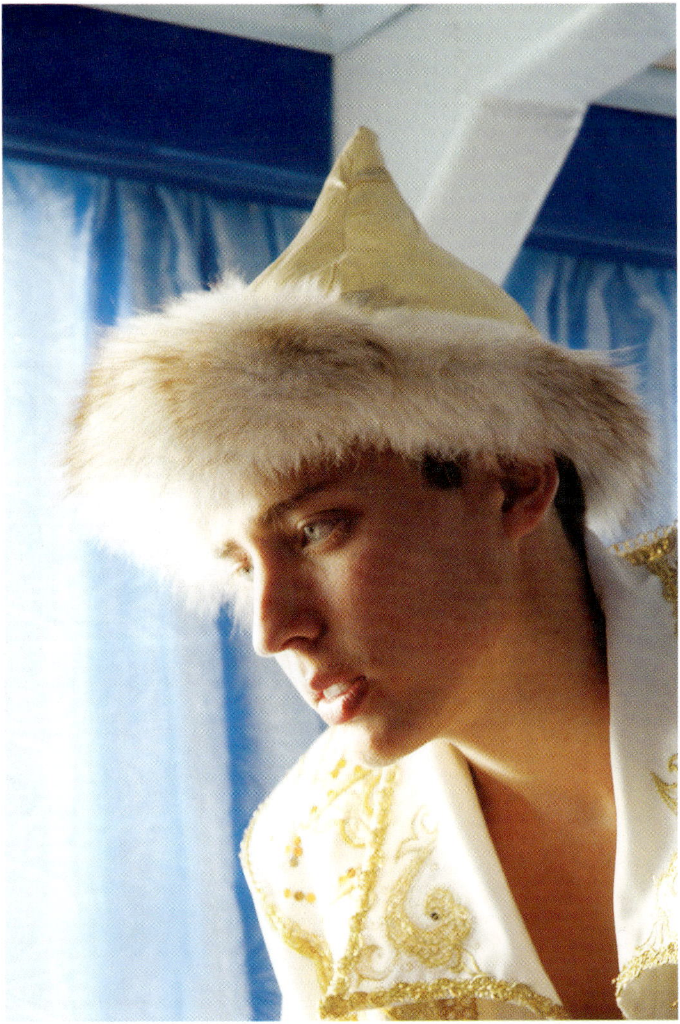

Danseur tatar sur le Volga

Ekaterinbourg : club des ouvriers

Ekaterinbourg : mairie

Ekaterinbourg : Cathédrale-sur-le-Sang

Ekaterinbourg : souterrain

Ekaterinbourg : maison constructiviste

Ekaterinbourg : le château d'eau

Train dans la taïga

Krasnoïarsk : accueil à la gare

Omsk : la gare

Novossibirsk : Gengis Khan, par Nicolas Roerich

Krasnoïarsk : Autoportrait et Cosaque, par Vassili Sourikov

Irkoutsk : maison de bois

L'Ienisseï près de Krasnoïarsk

Irkoutsk : fenêtres

Krasnoïarsk : buvette

Kazan : ruines et renouveau

Tabargataï, village de vieux-croyants, près d'Oulan-Oudé

Fleuve de Bouriatie

Lac Baïkal

Dans le train

Moulin à prières dans le datsan d'Ivolguinsk

Dans le train près d'Oulan-Oudé

Cimetière vu du train

Oulan-Oudé : statue de Lénine

Vladivostok : statue de Mandelstam

Vladivostok : plafond de la gare avec à gauche Moscou et à droite Vladivostok

19

Novossibirsk

Kilomètre 2917. 18 heures, heure locale, trois heures de plus qu'à Moscou, mais l'horloge de la gare, niant le décalage horaire, affiche : 15 heures.

Novossibirsk est né du Transsibérien, en 1893. Jules Verne ne mentionne pas cette ville, et pour cause : en 1875, elle n'existait pas. Sept cent quarante habitants en 1894, un million, soixante-dix ans plus tard, aujourd'hui troisième ville de Russie avec un million et demi. La création d'usines géantes, l'afflux continuel d'émigrés, la position de plaque tournante du transport entre les mines de charbon à l'est et les gisements minéraux de l'Oural, expliquent cette croissance, qui a été plus rapide que dans l'Ouest américain.

Nous sommes logés à l'hôtel Kongress Novossibirsk, ultramoderne et très confortable, situé en face de la gare. Par ma fenêtre, je constate que celle-ci a la forme d'une locomotive à vapeur. L'arche d'entrée dessine le rond d'une grande roue, la cheminée est tournée vers l'ouest, comme les « trois sœurs » provinciales de Tchekhov qui répètent « Moscou ! Moscou ! ». En 1893, sans doute n'acceptait-on de résider ici qu'avec la pensée de pouvoir prendre le train pour la capitale.

Le soir, après un dîner au luxueux restaurant Eskpeditsiya où l'on nous sert la nourriture habituelle, bonne salade composite, soupe grasse, viande immangeable, thé en guise de dessert, nous faisons un premier tour dans la ville. L'avenue Rouge, longue de sept kilomètres, la fend du nord au sud. Par la rue Lénine, nous arrivons place Lénine, centre géométrique de l'agglomération, où se dresse une imposante statue de Lénine en manteau flottant. Les avenues et les rues sont droites, bien arborées, les immeubles, qu'ils soient soviétiques ou plus récents, dépourvus de caractère, l'ensemble assez informe et sans intérêt. L'intérêt, je le sais, est ailleurs que dans un urbanisme hâtif et passe-partout. Les six théâtres, les cent vingt cinémas, les cent trente musées, les bibliothèques scientifiques, les institutions musicales qui abondent, indiquent clairement la vocation de Novossibirsk, comme si la ville, isolée au milieu de l'immense taïga, voulait assurer la revanche de la culture sur la nature.

Le programme des « rencontres » et des « tables rondes » pour le lendemain me décourage : « Le rôle de la littérature contemporaine dans la communication interculturelle », « Complémentarité des regards et des modes d'écriture », « Les Français en Sibérie : recherche d'un exotisme de l'extrême ou décentrement du regard ? ». Il faut avoir le culot de Benoîte Groult pour contourner des questions aussi bêtes. Je me souviens d'un colloque à Moscou, où, sommée de répondre à la demande : « L'écrivain doit-il être national ou international ? », elle répondit que ce problème ne l'intéressait pas et qu'elle parlerait de son combat féministe. La salle, qui s'endormait, se réveilla tout à coup et écouta avec passion le discours d'une femme vraie.

N'ayant pas cet aplomb, je m'arrange pour trouver un guide qui me promènera avec quelque autre déserteur dans les musées et les écoles de musique. La gentillesse de nos hôtes russes est telle que le vice-ministre de la Culture en personne, Boris M., se propose pour nous accompagner. Rendez-vous pris pour 10 heures du matin.

Le vendredi 4 juin, nous commençons par la visite du théâtre des marionnettes, qui date de 1935 et serait le plus important de Russie. Le hall, tout en marbre, refait il y a dix ans, présente une forme très originale, plusieurs plans reliés par des escaliers courbes. La salle contient deux cents places, chaque fauteuil pouvant être mis en deux positions, une position pour les adultes, une position pour les enfants. Le directeur du théâtre, petit, vif, enthousiaste, moustache espiègle, regard d'enfant, nous vante le nombre des ateliers et la qualité des équipements. Il a soixante-dix ans, et dirige depuis trente-huit ans l'entreprise. On construit sur place les poupées, les costumes, les machines. Le sujet des pièces ? Le Chat botté, le Petit Chaperon rouge, Blanche-Neige et les Sept Nains, Tom Pouce, les Trois Petits Cochons (animal très respecté des Russes, qui le vengent du mépris où on le tient en France), des contes du monde, mais aussi des problèmes d'actualité. La visite finit par le musée où sont exposées les plus belles marionnettes. Mais ce n'est pas un musée passif, souligne le directeur : il y a une estrade au milieu de la salle, où les enfants peuvent s'exercer avec certains des pupazzi et s'initier ainsi à l'art du théâtre. Car tel est le but de l'institution : apprendre aux enfants la gestuelle théâtrale et les amener à s'exprimer eux-mêmes par ce moyen.

Le directeur nous invite ensuite dans son bureau. Sur sa table de travail trône un flacon de vodka entouré d'assiettes de mini-blinis et de petits morceaux de lard glacé, spécialité de Novossibirsk. Je me défends comme je peux de boire de l'alcool si tôt dans la journée, et constate avec stupeur que le vice-ministre et le directeur engloutissent gaillardement chacun cinq verres, sans en éprouver le moindre trouble. Ils ont la politesse de ne pas remarquer que je trempe mes lèvres à la surface du liquide sans en absorber plus qu'une goutte, mais, comme ils continuent à deviser gaiement en russe, je suppose qu'ils ne ménagent pas les plaisanteries sur ces pauvres Français.

Boris M. est un bel homme d'une cinquantaine d'années, mince, droit, le visage ouvert, le regard franc. Il nous conduit ensuite au musée des Beaux-Arts, où se répète, à 11 heures du matin, la même cérémonie d'accueil, avec mini-blinis et petits morceaux de lard glacé, à cette différence près qu'au lieu de vodka le directeur du musée nous sert du whisky. Le vice-ministre, là encore, en avale cinq verres coup sur coup, tout en demeurant imperturbable. Le lard glacé serait meilleur s'il ne comportait pas deux tiers de gras pour un tiers de maigre.

Splendeur des collections de peinture. Il y a là des Repine, des Sourikov, des Kramskoï, des Brullov, grands peintres dont le Louvre ne possède pas un seul tableau, et qui restent à peu près inconnus en France. Plus étonnante me paraît l'ignorance de Nikolaï Roerich, étoile du musée de Novossibirsk, qui conserve une soixantaine de tableaux de ce visionnaire. Plus étonnante, car c'est lui qui a fait les décors des *Danses polovtsiennes du prince Igor* de Borodine portées sur la scène du Châtelet par les Ballets russes en 1909, puis du *Sacre du printemps*, pour la première, illustre et scandaleuse représentation du ballet de Stravinski, au Théâtre des Champs-Elysées, le 29 mai 1913.

Il avait non seulement fait les décors et le rideau de scène, mais participé à l'élaboration du livret, sur la demande de Diaghilev qui savait sa passion pour les mœurs des anciennes tribus slaves et sa compétence dans ce domaine. Stravinski se rendit en juillet 1911 dans la propriété près de Smolensk où Roerich résidait. Les deux hommes se mirent ensemble au travail. La légende rapporte que le compositeur arriva par un train de marchandises, dans un wagon qu'il partagea avec un taureau. Peut-être puisa-t-il dans le tête-à-tête avec le fauve et dans l'odeur de son pelage le génie de restituer les rondes païennes du *Sacre* dans toute leur vigueur animale.

Nikolaï Roerich (1874-1947) est un peu le pendant en peinture de ce qu'est Scriabine en musique, son contemporain à deux ans près. C'était une sorte d'illuminé, féru d'archéologie médiévale, qui trouva son accomplissement en voyageant dans les pays d'Asie centrale, Tibet, Mongolie, désert de Gobi. Un musée entier lui est consacré à New York. Les personnages de ses tableaux ne sont pas représentés avec des contours précis, mais comme des champs d'énergie en relation avec l'univers. Sa préférence allait aux paysages montagneux, vides d'êtres humains, aux lacs d'altitude où personne ne navigue, aux grottes creusées dans une paroi déchiquetée, aux promontoires éparpillés en îlots rocheux, aux cités fortifiées qui semblent sculptées dans le roc. Il peignit en France le mont Blanc et en Inde l'Everest, et, au départ de Tomsk qu'il avait rejoint par le Transsibérien, parcourut la Sibérie par vapeur sur les fleuves et à cheval dans les montagnes.

Les tableaux de Novossibirsk appartiennent à sa meilleure veine. Le petit format lui suffisait pour exprimer sa quête de « l'éternelle beauté ». Sévères paysages du Nord figés dans un bleu métallique, pics glacés se détachant sur un fond rose surnaturel, minuscules figures de cavaliers placés dans l'immensité d'un cirque de montagnes, son univers, où la symbolique religieuse et le message spirituel se mêlent à des visions fantastiques de l'Orient, évoque cet état du monde où l'homme faisait partie de la nature.

Roerich s'inspirait des contes populaires, des anciennes bylines russes, des légendes sur les villes englouties et les mirages du désert. Il avait appris de Gauguin la technique de simplification par aplats, et d'Arnold Böcklin le mystère des villes en flammes. En littérature, il avait une prédilection pour les drames symbolistes de Maeterlinck, *La Princesse Maleine*, *Pelléas*, *Les Aveugles*, dont seul le manque de fonds l'empêcha de construire les décors.

Le rideau de scène du *Sacre* représente des pierres pointues disposées en cercle devant un tertre rocailleux vert foncé et brun, éminence couronnée d'un gros rocher dont le profil évoque une forme humaine à genoux. Des piquets surmontés de crânes et de peaux de bête encadrent ces étranges monolithes. Lac gris et montagnes bleues dans le fond, sous un ciel mauve pâle traversé de nuées blanches. Pour les décors, austères et empreints d'une majesté rituelle, Roerich peignit un paysage diurne et un paysage nocturne, cérémonieusement semés de pierres et de crânes.

S'il tombe quelquefois dans un excès d'archaïsme, il arrive aussi à de grandes réussites. J'ai découvert à Novossibirsk ce que je tiens pour une de ses plus belles toiles. Pas plus que les autres tableaux du peintre conservés dans ce musée, elle n'est reproduite dans aucun des albums consacrés à son œuvre. De très petites dimensions, intitulée *Sorrow*, elle montre une pirogue immobile sur de l'eau. Dans la pirogue, deux formes humaines à peine esquissées se tiennent penchées en avant, inertes, sans rames ni aucun moyen de faire avancer l'embarcation. Est-ce là la cause de leur « affliction » ? L'explication serait trop prosaïque. Je crois plutôt qu'il n'y a jamais de rames pour ceux qui ont pris conscience de la démesure du cosmos et de l'inutilité de l'action.

Par la plus bizarre des coïncidences – à moins qu'il ne s'agisse d'un hommage secret –, le motif de la barque et le thème de l'inutilité d'agir ont inspiré, dans les années 1970-1980, un tableau de Natalia Nesterova exposé dans une salle du musée non loin de la salle des Roerich. L'œuvre, intitulée *Stagnation*, n'est pas mystique mais politique, et cependant le rapprochement entre les deux tableaux n'a rien d'arbitraire, dévoilant au contraire une certaine filiation. Pour dénoncer l'immobilisme de Brejnev, la femme peintre a représenté une île plantée d'arbres touffus, autour de laquelle des couples au visage morne, au regard éteint, tournent dans des barques de location, tournent en rond sans espoir, sans but et sans fin. Les bras croisés ou la main appuyée sur le bord, ils semblent englués dans ce lac pour la vie. Une seule barque est munie d'une rame, mais elle n'avance pas plus que les autres. L'homme qui la manie la laisse pendre dans l'eau verdâtre. Un des plaisanciers (le mot sonne avec une saveur trop ironique pour convenir), décidé à montrer qu'il ne veut rien faire, tient par la main le bord de son chapeau qu'il a posé précautionneusement sur ses genoux.

Version laïque des rondes mystiques de Stravinski et Roerich, la toile, peinte en tons mats dans un style faussement naïf, entre Douanier Rousseau, Front populaire et hyperréalisme, est une révélation. La peinture des années soviétiques n'était pas si nulle que cela, il faudra rouvrir le dossier.

20

La cité de la musique

Pendant la dernière guerre, la Sibérie a sauvé l'URSS. Les usines de la Russie d'Europe furent démontées et remontées de l'autre côté de l'Oural, hors de portée des avions allemands. Les opérations de sauvegarde s'étendirent au patrimoine artistique. De même qu'ils eurent soin d'envoyer dans des caches de l'Oural, par train blindé et sous la protection de canons de DCA, les chefs-d'œuvre de l'Ermitage, les Soviétiques prirent garde de mettre à l'abri des obus allemands cet autre trésor de Leningrad qu'était la Philharmonie. Evgueni Mravinski et son orchestre furent repliés à Novossibirsk. Sous la conduite d'un tel chef – il n'avait d'égal, pour le génie et la sévérité, que Furtwängler ou Toscanini –, la ville a pris son essor musical.

Pendant que les « écrivains du train », pour obéir au programme qu'on leur a fixé, font trente kilomètres d'autobus pour aller voir la cité scientifique d'Akademgorodok, visite aussi ennuyeuse que possible, diront-ils, dans un campement de cottages et d'instituts plus ou moins tombé à l'abandon, Boris M., sur ma demande, nous emmène, Hugo, un journaliste français de Moscou, très intelligent et sympathique, Ferrante et moi, à l'« Ecole de musique spéciale de Novossibirsk », célèbre dans le monde entier, parce que les professeurs du conservatoire sélectionnent ici, parmi les jeunes élèves, ceux qui leur paraissent les plus prometteurs. Zakhar Bron, en particulier, professeur de violon, y a recruté deux des stars les plus brillantes du violon contemporain, Maxime Vengorov et Vadim Repin.

Accueillis par le directeur de l'Ecole, nous parcourons les couloirs et les salles. Partout, aux murs, des photographies de Vengorov et Repin gamins. Je vois aussi des portraits de Vladimir Spivakov, autre violoniste qui a accédé à la notoriété. L'établissement compte cent soixante-dix élèves, de six à dix-huit ans. En plus d'une scolarité complète, ils s'initient à un ou deux instruments. Dans une salle de répétition, nous rencontrons une jeune femme assise au piano. C'est une professeur, visage pâle, joues hautes, transparence sibérienne, Anna Kislitsyna, qui a donné un récital salle Cortot à Paris, où elle a joué du Prokofiev, du Rachmaninov et du Messiaen, son compositeur préféré – et très aimé des Russes, pour son mysticisme doux et sa curiosité des oiseaux. Dans une autre salle, un garçon de quinze ans et une fille de seize ans répètent, concentrés, la *Première Sonate* de Beethoven pour violon et piano. Ils s'arrêtent poliment pour répondre à nos questions, et nous avons un peu honte de les avoir dérangés.

Je suis frappé par la propreté des salles, claires, lumineuses, bien entretenues. On prend grand soin des petits musiciens, parmi lesquels il y a beaucoup d'étrangers, Chinois, Coréens, Kazakhs, etc. Ils ne couchent pas dans des dortoirs, mais dans des chambres à deux lits, peintes de frais et agréables. La cantine sert quatre repas par jour. Ils disposent en plus d'une cuisine, où ils peuvent se faire un en-cas. L'Ecole abrite une salle de sport et un bloc médical. Rien n'est négligé pour le bien-être de ces enfants et de ces adolescents, dont les meilleurs compléteront leurs études au conservatoire, le troisième de Russie. De ce conservatoire est sorti aussi Dmitri Hvorostovski, le célèbre baryton, interprète idéal d'*Eugène Onéguine*.

Nous félicitons dans son bureau le directeur (vodka et lard glacé pour vingt personnes). Il nous montre une vidéo de l'orchestre de l'Ecole – concerto de Mozart où un garçon de douze ans tient la flûte solo – et nous offre un double CD de ses élèves les plus doués. Ils ont entre seize et dix-huit ans, jouent du Mozart, du Haydn, du Chopin, du Tchaïkovski, du Rachmaninov. Puis, sans se départir d'une courtoisie à peine relevée d'une nuance ironique, il nous fait une remarque sur l'exiguïté de notre groupe. Nos camarades savaient-ils qu'ils pouvaient visiter l'Ecole ? Je bafouille une excuse. Comment lui dire que les intellectuels français sont rares à s'intéresser à la musique ? Un tel aveu lui serait incompréhensible. Intellectuel ou non, tout Russe, s'il n'est pas sourd, se passionne pour la musique. Je dis que j'ai entendu puis rencontré Repin à Moscou, et que la curiosité de voir l'établissement où il avait reçu sa première formation m'a poussé à déroger au programme. Le directeur me donne d'utiles informations, je lui livre en échange les souvenirs de cette rencontre.

Né à Novossibirsk en 1971, Repin a grandi dans une famille où on ne faisait pas de musique. Sa mère était infirmière, son père peignait des affiches pour les cinémas, à l'époque où il n'y avait pas de posters. Comme l'enfant n'aimait que les jouets bruyants, les trompettes en plastique, les crécelles, les constructions de bois qui s'écroulent, sa mère l'inscrivit à l'Ecole spéciale de musique. Pourquoi ne pas tenter une carrière dans ce domaine ? Dans l'URSS, du point de vue financier, toutes les professions étaient égales. Repin, qui ne veut pas méconnaître les mérites d'une époque heureusement révolue, a souligné pour moi les avantages à mettre au crédit du régime : « Toutes les études avaient un débouché, on ne craignait pas le chômage. Seulement, on n'avait pas le droit de s'inscrire dans une filière sans perspective d'emploi. Le seul cours où il y avait de la place et un avenir, c'était la classe de violon. Va pour le violon ! J'ai été tout de suite hypnotisé. Je couchais avec mon violon. Les deux premières nuits, je n'ai pu dormir. »

Six mois plus tard, premier concours. Il le gagne, toutes classes d'âge confondues. Zakhar Bron était dans le jury. Il prend l'enfant, à six ans et demi, pour élève. A onze ans, Vadim remporte son premier concours international, en Pologne. Le voilà promu star. « Ma mère a toujours veillé à ce que la tête ne me tourne pas. » Et la tête ne lui a pas tourné. Il me souriait de ses yeux légèrement bridés, à l'orientale. Bouille ronde, fraîcheur et malice de l'enfance, tandis qu'il avalait au Café Pouchkine, le meilleur et le plus élégant restaurant de Moscou, le menu spécial de

Pâques, auquel il tenait, comme tous les orthodoxes, pour qui cette fête est la plus importante de l'année.

Et puis voici la grande aventure : le concours Reine Elisabeth, à Bruxelles, en 1989. Le plus grand concours international de violon. A dix-huit ans, il est le plus jeune lauréat de tous les temps. 1989, c'est aussi l'année où Zakhar Bron s'installe à Lübeck, en Allemagne. Repin va vivre un an dans cette jolie ville en grès rose, ouverte sur la mer Baltique, où Buxtehude tenait l'orgue au XVIIe siècle, où Jean-Sébastien Bach vint en pèlerinage, où Thomas Mann a situé *Les Buddenbrook*.

Comme il donne six ou sept concerts par mois, j'ai demandé à Repin s'il trouvait le temps de lire. « Mais naturellement. Je lis dans l'avion. » Pouchkine est sa bible – comme pour tous les Russes. Parmi ses livres préférés, il cite d'abord *Le Portrait de Dorian Gray.* Il aime Oscar Wilde pour sa façon de dire des choses sérieuses avec ironie. Puis le *Faust* de Goethe. Quelques réticences sur Tolstoï : *La Sonate à Kreutzer* le rend « malade », alors qu'il adore l'œuvre homonyme de Beethoven, qu'il a enregistrée avec Martha Argerich. Ses concertos préférés ? Il cite en premier lieu celui de Brahms, qu'il vient d'enregistrer sous la direction de Riccardo Chailly. « Mais au fond, ajoute-t-il malicieux, c'est le concerto que je suis en train de jouer que je préfère. » Beethoven, Tchaïkovski, Chostakovitch. Et le deuxième de Prokofiev. « Rien de plus beau que l'andante, cette sorte de perpetuum mobile. Il pourrait ne jamais s'arrêter. » Ne jamais s'arrêter : n'est-ce pas cela, la vraie musique, comme la vraie forêt ? « La musique, parfois, me prend comme une mer. » Encore Baudelaire… Il n'aurait pas traité de « végétaux irréguliers » les arbres de la taïga.

Repin est venu pour la première fois à Moscou en 1981, pour donner un concert. Il avait dix ans, mais déjà un nom. La ville était encore très pauvre, très sale, les boutiques vides, les queues interminables, les matrones fagotées à faire peur. Un cloaque de province, malgré la pompe des gratte-ciel staliniens et le faste inouï des stations de métro. Depuis, c'est devenu un repaire d'énergies fébriles, qui a démodé New York, une mégapole où l'argent coule à flots, où les Mercedes foncent à cent à l'heure sur les boulevards, où les filles sont encore plus jolies que leurs manteaux de fourrure. « En vingt-cinq ans, deux siècles ont passé. » Mais ce qu'il y a de merveilleux en Russie, pensais-je à part moi, c'est la permanence et la force de la tradition musicale. Rostropovitch au violoncelle, Oïstrakh au violon, Richter au piano, ces purs produits de l'époque soviétique ont trouvé des successeurs non indignes dans la nouvelle démocratie, Luganski au piano, Kniazev au violoncelle, Repin et Vengorov au violon. Et le public, lui non plus, n'a pas changé, n'a pas faibli. Dans cette immense salle Tchaïkovski, en forme d'ovale incliné, où j'ai entendu Repin, l'assistance écoutait, recueillie, médusée, son idole jouer le *Concerto* de Sibelius, avec l'orchestre de Novossibirsk dont il avait réclamé la présence. « Comment refuser mon concours à l'orchestre de ma ville natale ? Les Moscovites ont découvert son exceptionnelle valeur. »

Beaucoup de violonistes jouent les yeux fermés. Lui, il ne se concentre pas de cette manière, il garde les yeux ouverts, il a besoin de voir le public, de rester en contact avec la salle, et c'est pourquoi, sans doute, son jeu a quelque chose de direct, de frémissant, qui subjugue d'emblée. La musique n'est pas, pour lui, un monde fermé, à part, qui demanderait une préparation initiatique, il ouvre la musique aux auditeurs, il les invite à entrer. Il y a, dans cette attitude, un héritage de la tradition soviétique, et, en remontant plus loin, une constante de l'histoire russe. Les écrivains, les compositeurs, les peintres ont toujours voulu se sentir proches de ceux qu'ils cherchent avant tout à toucher. Pas de tours d'ivoire, là-bas. L'art pour l'art, l'artiste pour l'artiste : catégories inconnues.

Après l'Ecole, Boris M. nous emmène à la Philharmonie, siège de l'orchestre symphonique de Novossibirsk, le troisième de Russie. L'orchestre joue dans cette grande salle, presque tous les soirs. Il donne aussi des concerts dans les écoles et en région, et supervise vingt et un ensembles, que ce soient des orchestres ou des formations de chambre, trios, quatuors, etc. Le directeur de la Philharmonie nous invite dans son bureau, où des gâteaux secs, cette fois, accompagnent le whisky. Il nous fait cadeau d'un disque de Hvorostovski.

Enfin, le soir, toujours grâce à l'obligeance du vice-ministre de la Culture, décidément tout-puissant, nous avons des places pour l'opéra. Coiffé d'un dôme d'argent et précédé d'un portique corinthien, le bâtiment domine la place Lénine. Il est plus grand que le Bolchoï de Moscou, avec une salle de deux mille places. Il a été inauguré le 12 mai 1945, par une représentation d'*Ivan Soussanine*, premier opéra de Glinka, et premier opéra russe (1836).

Cette date de 1945 et le choix de cet opéra me font rêver. Si l'édifice a été inauguré le 12 mai 1945, huit jours après la reddition de Berlin, cela signifie que sa construction a été lancée en pleine guerre, lorsque la ville envoyait au front dix-sept avions chasseurs par jour. Quant à l'opéra de Glinka, intitulé en réalité *Une vie pour le tsar* mais rebaptisé *Ivan Soussanine* par le politiquement correct soviétique, j'aurais pu l'inclure dans la liste des œuvres qui illustrent la philosophie du sacrifice. Quel dommage que Baudelaire (toujours lui) ait ignoré la Russie et sa civilisation. Au lieu de vitupérer la disparition du sentiment mystique en France, il aurait trouvé chez Glinka l'application d'une de ses idées les plus chères. *Mon cœur mis à nu* : « Pour que le sacrifice soit parfait, il faut qu'il y ait assentiment et joie de la part de la victime. »

L'action d'*Une vie pour le tsar* se passe en 1613, l'année où Mikhaïl Romanov est choisi comme tsar. Les Polonais envahissent la Russie pour s'opposer à son élection. Ivan Soussanine est un vieux paysan attaché au domaine des Romanov. Sommé par des soldats polonais de leur indiquer la route du monastère où vit le jeune prince, Soussanine commence par refuser puis fait semblant d'accepter l'argent qu'on lui offre et se dit prêt à les conduire. Le dernier acte se déroule au milieu de la forêt. Egarés dans la neige, accablés de fatigue, les soldats accusent leur guide de les avoir fourvoyés. Soussanine se défend. Resté seul à veiller pendant qu'ils dorment autour du feu, il comprend que son sacrifice n'aura de valeur que s'ils voient leur victime y donner son « assentiment » et l'accueillir avec « joie ». Au matin, il leur révèle qu'il les a attirés dans la partie la plus reculée de la forêt, loin du tsar, qui est sauf. Les Polonais le tuent.

Ce ne pourrait être qu'un épisode de l'histoire russe. Le monologue du sacrifice, chanté par une basse, conformément au goût russe qui ne donne jamais de rôle héroïque à un ténor, mais ne reconnaît pour cet emploi que les voix graves, qui descendent jusqu'aux profondeurs mystiques cachées sous la réalité, ce monologue est ressenti si viscéralement par les Russes, qu'ils ont fait d'*Une vie pour le tsar* leur opéra national. Jusqu'en 1917, l'ouvrage de Glinka inaugurait chaque année les saisons du théâtre Mariinski à Saint-Pétersbourg et du théâtre Bolchoï à Moscou. Qu'il ait été donné à Novossibirsk pour l'ouverture de l'opéra le 12 mai 1945 ne constitue pas seulement un hommage aux soldats soviétiques morts récemment pour la patrie. *Une vie pour le tsar* a toujours plu aux Russes comme apologie de l'immolation volontaire. Ivan Soussanine a pris rang dans leur panthéon, auprès des frères Boris et Gleb.

L'opéra de Novossibirsk donne un spectacle tous les soirs. Un chef anglais, que nous avons rencontré dans le hall, nous dit qu'il a dirigé la veille une *Tosca* très bien chantée. Sont affichés pour le mois une *Bohème*, un *Lac des cygnes*, un *Prince Igor,* mais aussi le *Requiem* du contemporain Boris Tichenko. Ce soir, spectacle de fin d'année de l'école de ballet. Les danseurs et les danseuses ont de douze à dix-sept ans. Au programme de la première partie, des pièces de Minkus, Adam, etc. Les filles sont plus nombreuses que les garçons. Beaucoup de Japonaises, extrêmement gracieuses. Cantonnés dans le rôle de porteurs, conformément à la tradition Petipa, les garçons dansent peu, et se montrent assez empruntés. Après l'entracte – pour nous, dans le bureau du directeur, où nous attend un somptueux buffet de zakouski arrosé de plusieurs espèces de vodka – voici les morceaux de résistance : les deux pas de deux du *Lac des cygnes*, très bien dansés par les deux partenaires, le célèbre quadrille des petits rats, une valse humoristique de Chostakovitch, une pièce de Khatchatourian, un très drôle solo de garçon de Soloviev, le finale de *Raimonda* de Glazounov. Le tout enlevé avec autant d'élégance que d'énergie. Pourquoi les Russes, encore élèves, atteignent un tel degré d'excellence dans la danse sera un éternel sujet de réflexion.

Nos camarades qui se sont contentés de visiter les laboratoires, les serres et les lacs artificiels d'Akademgorodok, ou de disputer gravement sur la question de savoir s'ils étaient venus en Sibérie se gaver frauduleusement d'exotisme ou « décentrer » plus honnêtement leurs regards, ont emporté de Novossibirsk l'image d'une ville à éviter. Pour moi, j'y ai retrouvé tout ce que j'aime en Russie :

1° La place importante occupée par la culture. A 2 917 kilomètres de Moscou, la vie culturelle est aussi dense que dans la capitale.

2° La place importante occupée par la musique dans la culture. Je me souviens d'une visite au conservatoire de Saint-Pétersbourg. Frappé d'avoir vu un ou deux pianos dans les écoles, un piano dans les deux-pièces de mes amis, j'avais dit mon admiration et ajouté : « En France, même quand on aime la musique, on n'a pas toujours chez soi un piano. » Les professeurs me regardèrent sidérés. Je crus qu'ils condamnaient cette négligence de n'avoir pas chez soi un piano. Mais non : la formule « même quand on aime la musique » avait provoqué leur stupeur. Elle n'avait pour eux aucun sens. Aimer la musique est aussi naturel pour un Russe qu'aimer l'air qu'il respire. Je me demande si le mot « mélomane » existe dans la langue russe, et, au cas où il existerait, si on ne l'applique pas seulement à des étrangers. « Mélomane » est inutile à un peuple pour qui la musique est aussi consubstantielle que l'eau dont il se désaltère.

3° Le soin d'associer les enfants, dès leur plus jeune âge, à la culture et aux pratiques culturelles. Théâtre de marionnettes, écoles de musique, écoles de ballet : un effort, une volonté de pédagogie hérités du régime soviétique et auxquels, malgré les changements, le rejet d'une époque maudite et l'influence douteuse du mode de vie occidental, les Russes semblent rester attachés.

21

Krasnoïarsk

Départ de Novossibirsk, le 4 juin, à 22 h 35, et arrivée le lendemain matin samedi 5 juin à Krasnoïarsk. Il est 11 h 22. Le décalage horaire avec Moscou est maintenant de quatre heures. L'horloge de la gare affiche 7 h 22. Nous sommes au kilomètre 4098 du Transsibérien. De Novossibirsk à Krasnoïarsk, taïga sans interruption. Contemplation hypnotisée de la forêt à perte de vue.

Sur le quai de la gare, le comité d'accueil est composé de jeunes filles en costume (blouse et jupe brodées, bottines rouges) et d'hommes en tunique blanche, la tenue des cosaques. Krasnoïarsk est un ancien fief cosaque. Chants, danses, puis cérémonie du baiser. Une des filles pose par terre deux coussins brodés, se met à genoux sur l'un et convie le premier d'entre nous à prendre place sur l'autre. Echange de baisers (sur les joues). Une deuxième prend la relève, et ainsi de suite jusqu'à ce que tous les hommes de notre groupe aient reçu à genoux le frais contact de lèvres jeunes sur leur joue mal rasée.

L'hôtel Oktyabrskaïa, de très haut niveau comme tous ceux où on nous a logés après la fausse note de Moscou, est situé avenue de la Paix (prospekt Mira), dans la partie la plus ancienne de la ville. Celle-ci a été fondée en 1628 par des cosaques qui défendaient les frontières russes contre les hordes nomades. Ils la baptisèrent d'un nom qui signifie « Berge rouge » (Krasny Yar) et s'explique par la couleur des roches et des contreforts montagneux auxquels elle est adossée. La forteresse en bois, qui a gardé les confins pendant cent ans, s'appelait « Ostrog », parce qu'elle était faite de rondins pointus (*ostrog* = pointu). En position stratégique sur le fleuve Ienisseï, qui marque la limite naturelle entre la Sibérie occidentale et la Sibérie orientale, la ville comptait à la fin du XVIIe siècle deux mille cinq cents habitants. En 1875, selon Jules Verne, il y en avait douze mille. Le Transsibérien l'ayant rejointe en 1895, elle n'a cessé de se développer. Tant bien que mal, *tellement quellement,* comme eût dit Voltaire. Carrefour de la déportation sous l'empire, elle n'a cessé de jouer ce rôle pendant la dictature communiste. Les vieux-croyants, les décembristes, les chefs des différentes révoltes polonaises, Dostoïevski en 1849, Lénine en 1897, ont précédé les bagnards du goulag en route pour Magadan et la vallée de la Kolyma.

Promenade à pied dans la ville, qui a maintenant plus de neuf cent mille habitants et semble ne se ressentir, ni des sombres années de l'époque soviétique, ni d'avoir été interdite aux étrangers jusqu'en 1991 à cause de ses industries militaires sur lesquelles il fallait garder le secret.

Claire, aérée, elle abonde en arbres et en fontaines. Aucune barre de type khrouchtchévien, mais des maisons de quelques étages convenablement espacées. Partout, dans ce décor plaisant, nous voyons des signes d'un bien-être indiscutable, et cette impression de prospérité se renforcera encore le lendemain, qui est un dimanche. Les rues se coupent à angle droit, selon un plan qui ne laisse aucune place au pittoresque, et pourtant il s'en dégage du charme. Elles ont beau s'appeler encore « rue Lénine », « rue Karl-Marx », « rue de la Commune-de-Paris », « rue Robespierre », « rue de la Constitution-de-l'URSS », « rue de la Dictature-du-Prolétariat », elles n'imposent pas un quadrillage sévère. Il reste assez d'espace pour ne pas se sentir enfermé. Les passants détendus flânent à l'allure bonhomme de gens nourris en suffisance, poussent la porte de magasins aussi généreusement approvisionnés qu'en Europe, s'empressent aux abords de centres commerciaux flambant neufs.

Si nous avions avant de partir une vision misérabiliste de la Sibérie, cette image d'une région sous-développée, inhospitalière et sauvage est à mettre définitivement de côté. Avec ses rues ombragées, ses espaces verts, ses jets d'eau, ses enfants qui se poursuivent sur des planches, ses promeneurs qui déambulent, bien vêtus et heureux, s'attardent dans les galeries marchandes, boivent une bière aux terrasses des cafés, Krasnoïarsk ressemble à une de ces villes allemandes reconstruites après guerre sur un large pied.

Impression soudain corrigée par la vue d'un couple âgé qui a posé sur le trottoir quelques livres à vendre, soigneusement emballés dans une enveloppe plastique. Je distingue les noms des auteurs : Boulgakov le visionnaire, Ilf et Petrov les satiristes, Pasternak l'insoumis, Soljenitsyne le rebelle... Pour ces retraités, quel crève-cœur ce sera, de se séparer de ceux qui les ont nourris et aidés à traverser les années noires. Ils montrent le plus touchant des respects pour leurs œuvres, qu'ils ne veulent mettre en vente et abandonner à des mains étrangères que protégées contre la poussière et la saleté.

Nous descendons vers l'Ienisseï, retrouver, par opposition à la douceur urbaine des rues rectilignes et ombreuses, la violence de la nature sibérienne. Sur une largeur d'un kilomètre à peu près, le fleuve roule ses eaux tumultueuses. Il a inondé la terrasse du café où se donnent rendez-vous, paraît-il, les jeunes de Krasnoïarsk, non loin de la « place des 350-Ans-de-Krasnoïarsk », dominée par une statue géante de Lénine.

A propos, que pensent-ils de Lénine, qui reste omniprésent ? Des enquêtes menées dans les écoles ont montré qu'ils n'ont qu'une idée très vague de celui qui étend sa main sur leur jeunesse libérée, avec le même geste bénin qu'il avait pour expédier ses adversaires au bagne. A la question : « Qui est Lénine ? », un enfant aurait répondu : « Un poète. » Un autre : « Le premier homme à avoir quitté la mer pour marcher sur la terre ferme. » Peut-être cette réponse surprenante n'est-elle que le reflet inconscient de l'étonnement suscité par un personnage qui, renversé de son pouvoir par la société de consommation, réussit à surfer sur le nouveau régime. Il a perdu son trône mais gardé son socle dans toutes les villes de Sibérie.

L'Ienisseï est ce fleuve que Michel Strogoff eut tant de mal à franchir. Le premier des mythiques fleuves sibériens, qui n'ont pas d'équivalents dans le monde. Nul pont n'existant à Krasnoïarsk du temps de Jules Verne, on ne traversait l'Ienisseï que l'hiver, sur la glace, mais le courrier du tsar, arrivé le 25 août, ne pouvait pas attendre. Devant lui, sur une largeur décourageante, le courant se précipitait avec une impétuosité torrentielle. Les rapides, les courants, les contre-courants s'entrechoquaient dans un vacarme sourd. Michel Strogoff ne s'avoua pas vaincu. Il dénicha dans une maison abandonnée des outres pleines de koumyss (boisson fabriquée avec du lait de jument ou de chamelle, et qui semble avoir disparu), les vida, les remplit d'air, les attacha à sa *kibitka* et sous le ventre de son cheval, lança la voiture sur ces appareils flottants. Il réussit à passer, mais le courant était si fort, les tourbillons si brutaux, qu'il n'accosta à l'autre rive que onze verstes en aval, soit quelque quatorze kilomètres.

Visite à la maison du peintre Vassili Sourikov, 98, rue Lénine. J'étais curieux de voir dans quel cadre se plaisait celui que ses immenses tableaux, à la galerie Tretiakov de Moscou ou au Musée russe de Saint-Pétersbourg, classent, avec Ilia Repine, parmi les peintres d'histoire de la seconde moitié du XIXe siècle. J'avoue que ses tableaux, découverts jadis dans ces deux musées, m'ont fait rire, par leur emphase et leurs outrances. Le *Passage des Alpes par Souvarov* frise le ridicule, par une sorte d'exotisme alpin. Mais avec une meilleure connaissance de la Russie et des thèmes majeurs de la culture russe, je comprends aujourd'hui que je dois réviser mon jugement sur un peintre qui reflète si exactement, dans certains de ses tableaux, les préoccupations de son pays.

La Boyarde Morozova (galerie Tretiakov) évoque le Moscou du XVIIe siècle. La boyarde est une vieille-croyante qui, assise sur une botte de paille dans un grossier traîneau de paysan, se laisse emmener en prison plutôt que d'abjurer sa foi. Son visage flétri rayonne de la joie des martyrs. Elle entre donc très bien dans la série Gleb, Boris, Soussanine. Par sa manière de consentir au sacrifice, elle aurait plu à Baudelaire, si elle avait été peinte en couleurs plus fines et avec moins de grandiloquence. La foule bariolée massée sur son passage la regarde avec les marques du plus profond respect. Les femmes inclinent la tête en croisant les mains sur leur poitrine, les hommes soulèvent leur bonnet, une vieille mendiante tombe à genoux près d'un innocent accroupi dans la neige. Loin d'être une héroïne solitaire, la boyarde incarne l'esprit d'oblation largement répandu dans le peuple.

La précision historique se mesure au détail du signe de croix, qu'elle fait avec deux seuls doigts, et un air triomphant, obstinée à manifester la croyance pour laquelle elle est heureuse de souffrir.

Curieusement, Sourikov ne s'est pas montré aussi scrupuleux pour sa grande toile sibérienne, *Conquête de la Sibérie*, peinte en 1895 pour le deux centième anniversaire de l'annexion de la Sibérie à la Russie, rattachement qui a coïncidé avec l'arrivée du Transsibérien à Krasnoïarsk. Le peintre a représenté ses ancêtres, les cosaques du Don, entassés dans des barques sur le fleuve et fusillant à bout portant les Mongols, dans des costumes et avec des armes anachroniques, les fusils à pierre qui les équipent n'ayant fait leur apparition qu'au XVIIIe siècle. Cela dit, le tableau a de la force, Sourikov savait peindre les foules.

Sa maison a une simplicité à laquelle je ne m'attendais pas. On nous la présente comme une propriété cosaque typique du XIXe siècle : palissade circulaire, trottoir en bois conduisant de la rue au seuil, véranda couverte, deux étages de quatre pièces. A l'arrière, remise, écurie et banya (le sauna russe, un petit chalet de bois chauffé au bois). Ce qui serait en France le seul signe de richesse, un magnifique piano demi-queue dans le salon, n'est ici qu'un élément indispensable du mobilier. Les pièces de l'étage exposent de petits dessins, ainsi qu'un modèle réduit de *L'Exécution des Streltsy*, une autre de ses grandes toiles historiques. Ma préférence va à une esquisse du *Prince Menchikov en exil.* Menchikov, favori de Pierre le Grand tombé en disgrâce, a inauguré la série des déportés en Sibérie. Sourikov le représente grelottant de froid et de misère dans une isba, dont une couche de glace embue l'étroite fenêtre.

22

Echanges littéraires

Le dimanche, départ en autobus pour Divnogorsk. Une heure de car pour aller voir un barrage sur l'Ienisseï. A croire que les organisateurs se croient encore dans les années 1980, quand tout visiteur était invité à admirer les grandes réalisations industrielles de la Russie socialiste. Le barrage n'a pas plus d'intérêt que n'importe quel barrage, et il présente à nos yeux ce défaut majeur, d'enlaidir un des plus beaux paysages du monde. Heureusement qu'une halte à mi-chemin au bord du fleuve, à un endroit d'où on le surplombe, nous a permis d'observer le torrent de ses eaux sauvages qui se précipitent avec une vitesse inouïe. Son lit semble trop étroit pour ses flots en colère. Les collines boisées qui descendent des deux côtés sur les rives sont vierges de toute habitation.

Puis, crochet par le village d'Ovsianka, au bord de l'Ienisseï, patrie de l'écrivain régionaliste Astafiev. Aucun de nous ne le connaît, je crois qu'il n'est pas traduit. Nous sommes accueillis dans la maison de sa grand-mère par un chœur de vieilles femmes en costume. Une fois de plus, nous aurions tort de nous défier d'une manifestation qui, préparée pour nous, n'en garde pas moins une saveur authentique. La maison, une modeste isba en bois des années 1930, consiste en trois pièces d'habitation et un grenier. La propriété est complétée par un hangar, une remise et un banya, qui entourent un parterre de gazon et de fleurs.

Les neuf vieilles femmes se mettent en rang devant le hangar et, assises sur les marches, commencent leur petit spectacle. Quelle spontanéité dans leur chant, quelle joie sur leurs visages ! L'une entonne la mélodie, les autres la reprennent avec des variations. Elles sont ridées, fripées, édentées, mais n'éprouvent aucune gêne à montrer ce qui n'est après tout que le travail du temps et la preuve d'une longue vie de labeurs et de peines. Elles exécutent pour finir une sorte de danse, emmenée par celle qui n'a plus qu'une seule dent.

Le ciel, froid et pluvieux au matin, s'est mis soudain au bleu pur. Le thermomètre est monté en quelques heures de quinze degrés.

Nous voudrions revoir l'Ienisseï, mais le village, bien que situé sur une de ses rives, lui tourne en quelque sorte le dos. Toutes les maisons s'ouvrent sur la rue parallèle au fleuve. Seuls de petits chemins, qui descendent jusqu'à l'eau, sont aménagés dans l'intervalle étroit qui sépare deux palissades, mais l'herbe qui pousse dans les sentiers est encombrée d'ordures, et nous renonçons. On devine que l'Ienisseï inculque aux populations qui le bordent autant d'épouvante que d'admiration. Ce n'est pas pour rien que les Grecs l'appelaient « passage de Pluton ». Le dieu de l'enfer, à la fois effrayant par son enfouissement dans les profondeurs souterraines, et bienfaisant comme divinité protectrice du sol qu'il féconde, présente la même ambiguïté que le fleuve, capable aussi bien d'engloutir que de fertiliser la vallée où il roule impatient.

L'après-midi, « table ronde » à la Bibliothèque régionale scientifique, sur un thème pour une fois intéressant : « Y a-t-il un héritage de la littérature russe dans la littérature française contemporaine ? » Après que nous avons raconté notre visite à Ovsianka et déploré notre ignorance d'Astafiev, la rencontre débute par une question-piège : « En quoi l'Ienisseï se distingue-t-il du Volga ? » Les deux fleuves ont la même longueur, près de 4 000 kilomètres, le premier coule du sud au nord et se jette dans l'océan Arctique, le second du nord au sud et aboutit à la mer Caspienne, mais ce n'est pas là-dessus qu'on nous interroge, et nous sentons nous-mêmes, sans savoir si un tel commentaire leur plaira, qu'il faudrait opposer la féminité indolente du Volga à la virilité agressive de l'Ienisseï.

Devant notre embarras à répondre, un étudiant nous lit un passage de Tchekhov, en butant sur les mots français avec une maladresse charmante qui ôte tout caractère de pédanterie à son intervention. « Comparé à l'élégance, à la retenue et à la rêverie du Volga, l'Ienisseï est un géant impétueux qui s'élance maladroitement comme empêtré de ses forces. Le Volga commence sa course plein d'audace, et il l'achève avec un soupir qui donne l'impression d'une plainte. Ses espoirs cèdent à cet accablement que l'on décrit communément comme le pessimisme russe. L'Ienisseï au contraire commence par un soupir et prend fin en apothéose. Tel est mon sentiment lorsque, de la rive, j'observe, plein d'enchantement, les eaux sauvages de l'Ienisseï en furie. »

— Vous connaissez Tchekhov, mais quels autres écrivains russes lisez-vous ? demande une jeune fille, pour enchaîner avec son camarade et amorcer le débat.

Un autre garçon prend la parole pour nous reprocher de ne pas célébrer aujourd'hui le jour anniversaire de la naissance de Pouchkine. Ignorons-nous l'importance « mondiale » de ce poète ?

J'objecte qu'André Gide a traduit Pouchkine, ce qui est un témoignage autrement important de la place qu'il occupe en France. Un autre grand écrivain français a joué ce rôle de passeur entre les deux cultures : Mérimée, qui a traduit *Le Revizor* de Gogol, *La Dame de pique* et *Le Coup de pistolet* de Pouchkine, et quatre longues nouvelles de Tourgueniev.

— Lesquelles ? *Apparitions* fait-elle partie du nombre ?

— Oui.

Tourgueniev y fustige Saint-Pétersbourg, sans ménager les sarcasmes contre ses rues désertes, couleur de cendre, ses maisons gris blanchâtre, jaune grisâtre, gris lilas, rose poitrinaire, couvertes de stuc éraillé, ses sales boutiques de fruits, ses frontons grecs en plâtre, ses senteurs de poussière, de choux, de nattes, d'écorce et d'écurie. « Oui, la voilà, notre Palmyre du Nord ! » Une descente en règle, qui ne peut que satisfaire, évidemment, les habitants d'une ville jalouse de voir les touristes du monde entier se précipiter dans l'ancienne capitale des tsars, en négligeant Krasnoïarsk, où personne ne s'aventure jamais.

Ils hochent la tête de haut en bas, contents. Je suis surpris de constater qu'ils ne pensent qu'à leurs classiques. Ils sont heureux de savoir que Pouchkine, Dostoïevski, Tolstoï, Tourgueniev font sans cesse l'objet de traductions et d'éditions nouvelles, que Boulgakov et Pasternak sont dans la Pléiade. En revanche, ils montrent une étrange indifférence quand nous leur disons que des écrivains contemporains, des écrivains vivants, Axionov, Oulitskaïa, Pelevine, Sorokine, commencent à nous devenir familiers. A peine si Oulitskaïa éveille un écho au fond de leur mémoire. Ils l'auront vue à la télévision.

Sur la question de fond, que répondre ? On leur ferait de la peine en leur apprenant que le roman américain a envahi l'espace européen, et, avec le roman, le cinéma, la nourriture, le mode de vie américains. Cette peine, je l'éprouve moi-même, en comparant la place respective de la culture dans les deux pays. Quel film américain, malgré l'énorme production du cinéma aux Etats-Unis, est aussi fort que *Le Retour* d'Andreï Zviaguintsev ?

« Nous nous sommes trompés de modèle », ai-je envie de leur avouer, mais l'incongruité d'une telle déclaration m'empêche de la prononcer.

— Tchekhov a-t-il raison de parler du pessimisme russe ? Que pensez-vous à ce sujet ? demande un homme entre deux âges, dont un sourcil remonte plus haut que l'autre.

— Il me semble, répond l'un de nous, que pour la première fois dans l'histoire russe le bien-être n'est plus une chimère dont tout le monde sait qu'elle ne se réalisera jamais, mais quelque chose de parfaitement envisageable, à portée de main ou déjà possible. Il a fallu la chute du communisme pour que l'« avenir radieux » qu'il promettait cesse de paraître une imposture.

— Oui, renchérit un autre. Krasnoïarsk en tout cas nous a fait l'impression d'une ville où l'on peut être heureux.

Sont-ils satisfaits de cette réponse ? L'homme aux sourcils disparates reprend la parole.

— Aimeriez-vous vivre à Krasnoïarsk ?

— Pourquoi pas, si j'étais sibérien ?

L'affirmation manque de chaleur pour être crue. Je sens que le débat s'enlise et qu'on va nous demander, comme on l'a fait à Nijni-Novgorod, à Kazan, à Ekaterinbourg, à Novossibirsk, et comme on le fera dans les villes qui nous restent à visiter : « Aimez-vous notre ville ? Quel souvenir en emporterez-vous ? » Plus nous serons loin de Moscou, plus les questions seront pressantes, ce qui est normal de la part de gens qui ont soif de reconnaissance, mais réduit l'échange à des platitudes touristiques.

Pour remettre la discussion sur les rails, je me souviens d'un écrivain dont il n'a pas encore été fait mention, et qui pourtant, par sa position singulière dans les lettres, cadre exactement avec notre sujet. Russe de naissance, naturalisé français, écrivant ses livres en français, il a apporté dans la littérature française le souffle des grands espaces russes, la dimension épique de la taïga, envoyant par le fond « nouveau roman » et autofiction. Ecoutons-le parler du Transsibérien, au temps du communisme et des locomotives à vapeur.

« Ce train était un fantôme, un rêve, un extraterrestre. Le temps qui coulait paisiblement dans la maisonnette d'aiguilleur calquait ses rythmes sur son fulgurant passage. Chaque soir [...].

« Dès la dernière tasse de thé nous commencions à jeter des coups d'œil sur le visage de l'horloge. Nous le sentions déjà venir, ce train, qui serpentait quelque part au fond de la taïga endormie.

« Nous sortions bien en avance. Et dans le silence du soir nous l'entendions approcher. D'abord, une lointaine rumeur qui surgissait, semblait-il, des profondeurs de la terre. Ensuite, le bruit mat d'une chapka de neige tombant du sommet d'un sapin. Enfin, un tambourinement de plus en plus sonore, de plus en plus insistant.

« Quand il apparaissait, je n'avais plus d'yeux que pour la sarabande lumineuse des wagons. Et la locomotive – la vraie, l'ancienne – avec d'énormes roues peintes en rouge et des bielles étincelantes. Elle ressemblait à un monstre noir couvert de givre floconneux. Et, sur son poitrail, une large étoile rouge ! Ce bolide nocturne poussait un rugissement sauvage et nous faisait reculer de quelques pas par son souffle puissant. Ma tante agitait son lampion, et moi, j'ouvrais les yeux tout grands.

« Le confort calfeutré que je devinais derrière les vitres éclairées me fascinait. Quels êtres mystérieux abritait-il ? [...] Je savais qu'il y avait dans ce train un wagon spécial portant les inscriptions en trois langues étrangères : *Wagon-lit – Schlafwagen – Vagoni-letti*. C'est dans ces wagons que les extraterrestres qu'étaient pour nous les Occidentaux traversaient l'Empire. [...]

« Mais déjà, la bourrasque de neige provoquée par l'envolée de ce train fabuleux se calmait et on n'apercevait dans le brouillard froid au-dessus des rails que deux feux rouges qui s'estompaient à vue d'œil… »

Eh bien ! ai-je envie de dire à l'assistance, le roman d'où est tirée cette page superbe, *Au temps du fleuve Amour*, est passé complètement inaperçu en France, quand il est sorti, en 1994, aux Editions du Félin. Il a fallu attendre le prix Goncourt, l'année suivante, pour que cet écrivain fût reconnu à sa juste valeur, parmi les premiers de langue française. Alors, que signifie parler ici d'échanges littéraires entre nos deux pays, quand chaque peuple (car je ne pense pas qu'en Russie ce soit différent) ignore ce qui s'écrit chez lui, surtout parmi la production des « petits » éditeurs ? En 1994, Paris portait encore aux nues les Robbe-Grillet, les Philippe Sollers, les Le Clezio, vous mêmes ne connaissiez, de France, que les André Stil, les Pierre Gamarra, communistes patentés. Tout le monde était sourd au mugissement du monstre déchirant la « langueur brumeuse » de la taïga.

Je suis sûr de nous attirer les bonnes grâces de l'assistance, en lui faisant l'éloge du seul écrivain contemporain qui ait élevé à la dimension du mythe la Sibérie, le fleuve Amour, le Transsibérien. Peut-être même, quelque part, aura-t-il évoqué Krasnoïarsk ?

— Il ne s'agit plus d'« héritage », mais presque d'« influence ». Que la littérature française ait reçu d'un écrivain russe un sang neuf, que la Seine se soit élargie aux dimensions de l'Amour, voilà qui atteste la permanence des contacts entre nos deux pays. Sans Andreï Makine, le paysage littéraire français serait différent.

Stupeur : ce nom n'éveille absolument aucun écho dans le public, pourtant si patriote. Plusieurs livres de Makine ont été traduits en russe, mais l'ignorance de son nom et de son œuvre est si complète que j'en cherche les causes. Carence de la distribution du livre en Russie, à 4 000 kilomètres de Moscou ? Rejet d'un écrivain coupable de s'être exilé à l'étranger ? Ou simple désintérêt pour ce qui s'écrit aujourd'hui ?

Il n'y a pas plus sibérien que Makine. Né en 1957 près de Krasnoïarsk, il a vécu dans la région jusqu'à l'âge de douze ans. L'expérience de « pionnier » soviétique qu'il raconte dans ses premiers livres, c'est la sienne.

« Tout était si simple. Limpide…

« Le clairon lançait ses cris perçants. Le tambour vibrait. Et vibrait au-dessus de sa peau jaune et racornie le ciel dont nous avalions de grands pans frais et bleus en chantant nos chansons sonores. L'univers entier trépidait dans ce roulement et ces cris.

« Tout était si clair dans ce début de notre vie. Notre enfance avait l'odeur piquante du cuivre étincelant, la résonance martiale de la peau tendue.

« Et nous marchions, les jambes veloutées de poussière, à travers les chemins des champs. Toujours tout droit devant nous. Toujours vers cet horizon radieux.

« La moitié du pays était passementée des dentelles noires des barbelés. Clouée au sol par les miradors. Mais dans notre marche nous le croyions en train d'avancer, ce pays, avec nous vers ce but final, vers cet horizon si proche déjà.

« Moi, je tordais mes poumons pour que le vieux clairon recrache dans une gerbe d'étincelles ce rugissement qui était notre vie même, la joie de vivre des enfants efflanqués de l'après-guerre.

« Toi, la tête inclinée, l'œil noir et mat perdu au loin, tu versais sur la peau résonnante la grêle drue de tes bâtons. »

(*Confession d'un porte-drapeau déchu,* Belfond, 1992.)

D'Anton Tchekhov à Andreï Makine, sous le tsar comme sous Brejnev, c'est la même ironie au sujet de « l'avenir radieux », la même confiance enfantine démentie par la cruauté de l'existence, la même folie heureuse de marcher sans savoir qu'on piétine…

Une composante typiquement sibérienne distingue Makine, l'humour hautain, l'intransigeante loyauté. Voilà, incarnée par ce natif de Krasnoïarsk, ce riverain de l'Ienisseï, la légende vivante du Sibérien : avec son altière silhouette de bûcheron ; sa ferme démarche de pèlerin ; son œil clair et son regard transperçant ; la hauteur naturelle de son caractère. Il nous a raconté son étonnement, quand il est arrivé en France, de ne trouver que des paysages morcelés ; et son bonheur de découvrir, dans les Landes, sur des dizaines de kilomètres, des milliers de pins tous pareils, une nature sans accident, une non-variété, une suggestion d'infini, qui lui manquaient depuis qu'il avait quitté son pays.

23

Vie dans le train

Après un bon dîner au restaurant Ourartou rue Karl-Marx (salade + soupe + viande + thé), embarquement à 1 h 15 du matin pour Irkoutsk, où nous arriverons le lundi 7 juin à 20 h 12.

Viera nous accueille avec son sourire habituel. « *Vas dom* », nous dit-elle en nous invitant à monter dans ce qui est devenu en effet notre maison. Paradoxe : le wagon ambulant nous sert de logement fixe. Chaque fois que nous y revenons, le ménage a été fait. Tout est propre dans les compartiments, les draps bien tirés, le couvre-pied, en nid-d'abeilles blanc crème, étalé avec soin. Les compartiments, plus spacieux qu'en France, sont-ils aussi confortables ? Ils le sont beaucoup plus, si l'on ajoute à la notion de confort matériel celle de confort moral. Notre *provodnitsa* veille sur nous comme une mère, change les serviettes qu'elle pose au pied du lit, met de l'ordre sur notre table, arrange les fleurs, emporte les verres pour les laver, fournit l'eau minérale et le thé, s'assure que dans l'énorme samovar au bout du couloir, devant sa cabine, l'eau reste en permanence à quatre-vingt-dix degrés, température mesurée à un thermomètre fixé sur l'appareil.

Le seul inconvénient de ces compartiments, qui révèle le manque de sens pratique des Russes, c'est qu'il n'y a pas de filet pour ranger les bagages : on les fourre dans des coffres qui se trouvent sous les couchettes, en sorte qu'il faut se lever pour prendre une affaire, soulever la banquette, tenir d'une main le lourd couvercle dressé, éviter qu'il ne retombe en vous écrasant les doigts, sortir la valise pour l'ouvrir, fouiller dans les affaires à quatre pattes pour atteindre l'objet désiré.

Autre point délicat : il est très difficile de faire une toilette convenable, car, par mesure d'économie, l'eau ne coule dans le lavabo des W-C que si l'on maintient un doigt sur un bouton placé au-dessous du robinet, avec ce résultat que se frotter les mains ou en enlever le savon est presque impossible. Le brumisateur d'eau minérale est à recommander vivement.

Longue journée du lundi dans le train. La vie s'organise. Les uns ont bu de la vodka très tard et ne se lèvent qu'à midi. Les photographes professionnels sont à pied d'œuvre au petit matin, pour prendre, par la seule petite fenêtre qui s'ouvre, des images de la forêt éclairée par le soleil levant. Ils travaillent sans arrêt jusqu'au soir. Une opératrice de la télévision française, à l'affût dans le couloir, filme chaque détail intéressant du parcours. L'un ou l'autre des journalistes nous interviewe à tour de rôle. Mikhaïl, un Russe aux cheveux ébouriffés, rit et chante. Les autres se contentent et ne se lassent pas de regarder, car il n'y a pas deux points de vue semblables sur la taïga qui est la même sans cesser de changer. D'un compartiment à l'autre, on se fait des visites, on échange des impressions, on fait glisser une photo d'un iPhone sur l'autre. Des sous-groupes se forment, de petites coteries qui essayent de réserver pour leur usage certains de leurs émerveillements.

Entre Krasnoïarsk et Irkoutsk, le paysage se relève par des vallonnements plus ou moins accentués ; au loin apparaissent des montagnes. Le regard cherche un moment à se distraire de la taïga par un panorama plus ample. Cependant, il revient toujours aux arbres, au défilé des arbres, splendidement monotone et incomparablement varié.

Pour m'arracher à cet état hypnotique, je joue aux échecs avec Alexis, qui me bat régulièrement, comme je l'en avais prévenu. Je crois comprendre pourquoi les Russes aiment tant ce jeu et en ont acquis une telle maîtrise. L'échiquier est un carré de vingt centimètres de côté, divisé en soixante-quatre cases. Il force à concentrer son attention sur un infiniment petit. On ne peut pas rêver, en jouant aux échecs ; on ne peut pas se perdre en songeries creuses ; le jeu d'échecs, où l'on ne peut gagner que par une discipline sévère et une mobilisation de toutes les ressources mentales, est donc pour les Russes une thérapie contre le mal de l'espace et une revanche sur la démesure de leur pays.

De temps en temps un cri amène tout le monde à la fenêtre du couloir : tantôt c'est un cimetière dont l'enclos peint en bleu clair enserre des tombes disposées autour des arbres, à même la forêt ; on cherche, sans le trouver, à quel village appartient ce lieu des morts fondu dans la nature. Tantôt c'est un fleuve que le train s'apprête à franchir ; tantôt c'est le train lui-même, qui nous amuse par ses méandres. Car la ligne, au lieu d'être droite, ondule à travers les arbres, et nous voyons les wagons bleus ornés d'un bandeau jaune décrire une courbe serpentine entre deux rangées de mélèzes et de pins.

L'un d'entre nous a mieux à faire : il va rendre visite à la *provodnitsa* dans sa cabine et, sous prétexte de vouloir apprendre le russe, s'assied à côté d'elle, lui prend la main, raconte des blagues, profite de son ignorance du français pour lui déclarer son amour. Elle rit à ses paroles enflammées, mais le repousse gentiment, comme une mère que son gamin essaye d'escalader.

Ah ! voici que le train ralentit à l'approche d'une gare. Aussitôt elle se redresse, tire sur les pans de sa jupe, plaque contre son oreille son téléphone mobile. On lui annonce de combien de minutes sera l'arrêt. Les fumeurs accourent pour savoir s'ils auront le temps de descendre sur le quai et de griller une cigarette. Ils l'implorent de leur permettre de descendre. Mais elle, ferme sans cesser d'être affable, ne badine pas avec le règlement. Si le train ne reste que dix minutes à quai, personne ne descendra. Il faut quelques minutes pour manœuvrer le mécanisme qui dégage les marches de la trappe et les abaisse jusqu'au quai, sans compter le temps nécessaire pour essuyer les deux mains courantes en imitation ivoire, obligation à laquelle elle ne se soustrairait pour rien au monde.

— Patience ! dit-elle. La prochaine gare est à une heure d'ici, et vingt minutes d'arrêt sont prévues.

Il arrive que le train, s'il a pris du retard, ne s'arrête pas vingt minutes mais dix, afin d'être à l'heure dans la prochaine grande ville. La *provodnitsa* nous avertit toujours de ces contretemps, avec une sollicitude dont on aimerait voir imbus les contrôleurs de la SNCF. A chaque halte, nous savons avec précision de combien de minutes nous disposerons.

Ces haltes dans de petites gares intermédiaires laissent des souvenirs délicieux. On se dégourdit les jambes, on achète une glace ou un gâteau à quelque babouchka qui a déballé sa marchandise sur une feuille de journal, parfois on a le temps d'aller jusqu'au bâtiment et d'observer la foule des voyageurs chargés de bagages et de provisions. Ils se livrent à toutes sortes de trocs et de trafics. « Veillez sur l'heure ! » nous recommande Viera, qui nous regarde à contrecœur nous éloigner hors de sa vue. Le Transsibérien a quelquefois perdu en route un voyageur fasciné par l'agitation de ces microcosmes ferroviaires au cœur de la taïga. Viera se sentirait responsable si l'un de nous restait à quai. Impossible de prendre au vol le train, après que les marches ont été remontées et logées dans la trappe.

Une fois, cependant, elle a accepté de suivre son soupirant et même de sortir de la gare, pour se faire photographier avec lui devant la statue d'un explorateur dressée sur la place. Puis elle est revenue en courant ; une charmante couleur empourprait son visage. D'où lui venait cette rougeur légère ? Se sentait-elle coupable d'avoir quitté pour cinq minutes son poste ? Ou pensait-elle s'être prêtée à une complaisance indigne d'une *provodnitsa* ?

La nourriture à bord du train ? Elle suivait des règles très complexes, aussi rigoureuses qu'imprévisibles. Tantôt nous devions nous rendre au wagon-restaurant, en franchissant les troisième (ou quatrième) classe, en apnée pour ne pas nous laisser suffoquer par la pestilence exhalée par les corps en sueur entassés les uns sur les autres sans climatisation ni même aération. Nous fûmes tentés une ou deux fois de nous arrêter parmi ces gens qui nous faisaient des signes et s'offraient de bon cœur à partager avec nous les aliments qu'ils tiraient de leur panier. Certes, nous avions conscience, en nous cantonnant dans nos wagons de première classe artificiellement préservés, de manquer une composante essentielle du train russe, cette mise en commun de tout ce que l'on a, nourriture ou vie privée, cette bonhomie volubile du partage, ces conversations avec des voisins dont on ne sait même pas le nom, ces confessions passionnées que les longues distances favorisent, et dont Tolstoï *(La Sonate à Kreutzer)* comme Dostoïevski (le début de *L'Idiot*) ont fait un usage romanesque si génial. Faute d'un langage commun, nous aurions pu tâter de la fraternité par les victuailles. Malheureusement, notre odorat entrait en insurrection contre un tel projet, et nous passions le plus vite possible, comme Dante et Virgile se hâtant hors de l'Enfer.

Tantôt Trophime, l'agent russe chargé de l'organisation matérielle du voyage, nous distribuait des boîtes en plastique contenant les invariables salades de chou à la crème et de concombre, un blanc de poulet, une pomme de terre froide découpée en rondelles, un morceau de pain. On ne savait jamais pourquoi certains repas avaient lieu au wagon-restaurant et certains autres se prenaient dans le compartiment.

Trophime, une cinquantaine d'années, alerte et vif sous ses cheveux blancs, avait hérité de son éducation soviétique le sens de la discipline et le goût du secret. Il n'expliquait rien, nous demandait seulement d'obéir. « Dîner sur place ! » ou : « Vous n'avez plus que cinq minutes pour finir le gâteau ! » Nous le taquinions sur sa minutie pointilleuse, et même, au bord de l'Ienisseï, il fallut se fâcher pour de bon, après qu'il eut refusé de nous laisser contempler le fleuve plus de cinq minutes. « Allons ! Vite ! Nous avons encore tant de choses à voir ! » Impossible de savoir s'il était dans le train pour nous surveiller ou pour nous être agréable. Avec cela, bon diable, partagé sans doute entre les habitudes qu'il avait prises jeune et le désir de nous éviter les embêtements. J'ai eu tort de le rabrouer avec colère, en le traitant d'agent du KGB. Le soir, il passait de temps en temps dans nos compartiments pour nous distribuer de la vodka, avec l'air mystérieux d'un voleur qui cherche à écouler une marchandise clandestine.

Aussi bien au wagon-restaurant qu'extraite des paniers de Trophime, la nourriture était tout juste mangeable. Rien à voir avec les repas qu'on nous offrait dans les villes. La vraie cuisine russe, délectable, est à la chère servie dans le Transsibérien ce qu'est la cuisine française aux plateaux-repas d'Air France. La soupe, où flottaient d'indéterminés filaments, était tiède et aqueuse, la viande dure, souvent graisseuse et panée. Seulement en Sibérie orientale, à l'approche de Vladivostok, nous eûmes droit à de l'élan, dont la chair est plus tendre que le meilleur bœuf.

Aussi, aux étapes, nous munissions-nous de provisions dans les centres commerciaux : biscuits, fruits secs, amandes grillées, yoghourts, pommes. Pour le petit déjeuner, en particulier, nous n'avions garde d'affronter l'épreuve des wagons-étuves à traverser et des invitations amicales à éluder. Avec un sachet de thé ou de café, un verre d'eau bouillante, des abricots et des gâteaux secs, c'était presque un festin, en comparaison de la coriace escalope ou du poisson fade proposés au wagon-restaurant.

Le seul avantage de ce dernier, c'est qu'on y entendait lire, alternativement en russe et en français, par Alexis, l'acteur russe, et Juliette, l'actrice française, des chapitres de nos livres, extraits de l'anthologie préparée par les services de l'ambassade de France. Ils lisaient à haute voix, pour les clients du restaurant. Ceux-ci ne trouvaient pas cette initiative saugrenue ; ils prêtaient une oreille attentive à ces messages lancés d'une contrée lointaine, à des milliers de kilomètres de la Sibérie, écoutant la version française, dont ils ne comprenaient pas un traître mot, avec le même recueillement que la version russe. Bien qu'il fût impossible de savoir ce qu'ils pensaient de proses si éloignées de leurs préoccupations, ils semblaient apprécier qu'on leur servît, avec la pitance du jour, un morceau de littérature.

Avec ce goût que gardent les Russes pour les livres, on s'étonne qu'il n'y ait pas dans le Transsibérien, pour les huit jours du trajet, un wagon-bibliothèque, au moins un bout de wagon, un coin pour la lecture. Mais non : pas d'autre endroit pour se réunir que le wagon-restaurant, encombré de tables et de banquettes, et fermé en dehors des heures de repas.

Alexis, aussi fin musicien que bon lecteur, apportait parfois sa guitare, et les notes en crépitant mettaient une cadence dans le roulement ininterrompu du train.

Tchekhov, encore : « Au-delà de l'Ienisseï recommence la célèbre taïga. Elle a été si souvent chantée que le voyageur s'attend à lui trouver plus d'attraits qu'elle n'en a en réalité. De chaque côté de la route se déroule l'habituelle forêt de cèdres, de pins, de sapins, de mélèzes et de bouleaux. Le pouvoir de la taïga et l'enchantement qu'elle apporte ne résident ni dans ses arbres gigantesques ni dans son silence mais dans le fait que, seuls peut-être, les oiseaux migrateurs en connaissent les limites. Le premier jour, elle n'attire pas spécialement l'attention ; le deuxième et le troisième, elle éveille la curiosité ; le quatrième et le cinquième, on a l'impression que le monstre vert est partout. Si vous grimpez au sommet d'une colline, boisée, vous voyez devant vous une autre colline boisée puis une autre, une autre encore et ainsi de suite, à perte de vue. Vous savez pourtant que quelque part, en face de vous, coule l'Angara et qu'Irkoutsk n'est pas loin, mais vous ne saurez jamais jusqu'où s'étend la taïga, au nord et au sud de la route. Les paysans qui sont nés ici ne le savent même pas. Et si vous le leur demandez, ils vous répondront tout simplement : "Elle ne finit jamais." Et que de mystères elle doit receler dans son immensité ! Ce petit sentier qui se détourne de la route et disparaît parmi les arbres, où mène-t-il ? Vers une distillerie secrète, vers un petit village inconnu de l'administration locale, vers une mine d'or exploitée par des forçats évadés ? Et quelle merveilleuse sensation de liberté ce petit sentier ne nous offre-t-il pas ! »

Pour nous, qui n'étions pas comme Tchekhov habitués à cette drogue, l'attrait avait été immédiat, l'enchantement avait commencé dès le premier jour. Nous savions que la taïga en apparence inhabitée n'est pas plus vide que le désert du Sahara. S'il nous arrivait par moments de trouver monotone ce défilé incessant de conifères et de bouleaux, nous nous prenions à rêver aux milliers ou dizaines de milliers d'habitants invisibles cachés dans l'épaisseur de la forêt, telle la famille de vieux-croyants découverte en 1982 par Vassili Peskov (voir plus loin, au chapitre 29, « Noces bouriates »). Convictions religieuses pour cette famille, nécessité politique pour les forçats évoqués par Tchekhov, soif du gain pour les chercheurs d'or, mais pourquoi ne pas supposer aussi que des sages ou des illuminés aient choisi l'enfouissement au cœur de la nature par goût de la solitude, séduction du mystère, désir d'échapper au siècle, exaltation mystique ?

24

Irkoutsk

Irkoutsk ! nom mythique, bousculade rocailleuse de consonnes occlusives sourdes, Irkoutsk ! terme du voyage de Michel Strogoff et capitale de la déportation, sous les tsars comme sous les communistes, Irkoutsk ! au kilomètre 5190 du Transsibérien, à cinq heures de décalage horaire de Moscou. Nous débarquons du train à 20 h 12, le lundi 7 juin. L'horloge de la gare affiche 15 h 12.

La ville, d'emblée, nous apparaît comme la plus séduisante de Sibérie. Les maisons de bois, faites d'un seul rez-de-chaussée, sont encore nombreuses, les fenêtres exquisément décorées de volets bleu clair ou rose pâle et d'un linteau assorti. Certaines de ces maisons sont tellement affaissées, que les fenêtres arrivent au niveau du trottoir. Va-t-on laisser péricliter ce qui reste d'un patrimoine unique ? Une campagne de réhabilitation, paraît-il, est en cours. En tout cas, ce mardi matin, nous voyons des écoliers et des écolières assis sous les arbres et dessinant dans leurs cahiers les plus belles de ces maisons.

L'hôtel Viktoria, très central, est situé au coin de la rue Karl-Marx et de la rue Bogdan-Khmelnitski ; c'est dans cette dernière que nous avons vu les plus belles maisons de bois. Je signale, au cas où un lecteur aurait le bonheur de se rendre à Irkoutsk – au besoin par avion –, celle qui fait le coin de la rue Oudarnika. Sous un toit de tôle, deux façades où quinze rondins s'empilent horizontalement. Chaque fenêtre est ornée d'un linteau sculpté de guirlandes et de volutes ; les volets, ouverts comme des ailes, ont un pourtour vert d'eau qui encadre deux panneaux et un losange blancs évidés. Enfin, entre chaque fenêtre et le trottoir, se glisse une pièce de bois, sinueuse, en forme de joug, sculptée elle aussi, qui détache la maison du sol et donne à cette construction rustique la grâce et la légèreté d'une fantaisie baroque. Le pilastre du coin est creusé de cannelures comme une colonne antique.

La rue Karl-Marx, bordée des maisons de brique des anciens marchands, aboutit au fleuve Angara, large de plus d'un kilomètre. Michel Strogoff réussit à entrer dans la ville assiégée en s'accrochant aux glaçons charriés par le courant. L'autre grande artère, la rue Lénine, parallèle à l'Angara, mène à la belle et étrange église de l'Elévation-de-la-Croix, construite au XVIIIe siècle avec une complexité qui montre à quel degré de sophistication de simples charpentiers pouvaient atteindre à plus de 5 000 kilomètres de Moscou.

Marx et Lénine : d'autant plus incongrus dans cette ville qui a échappé à l'urbanisme soviétique, qu'une copie de la statue d'Alexandre III démolie en

1917 a été dressée sur la promenade au bord de l'eau, à l'extrémité de la rue Karl-Marx. Encore plus étonnante la réhabilitation de l'amiral Alexandre Koltchak. Celui qui avait pris le commandement de l'Armée blanche, prêché la contre-révolution, occupé la Sibérie, l'Oural et la région du Volga, fut pour finir capturé par les troupes bolcheviques et exécuté à Irkoutsk. On a érigé en 2004 sa statue devant la façade du monastère de la Vierge-de-l'Incarnation, dont les magnifiques voûtes peintes abritent le sarcophage d'or qui renferme les reliques de saint Innocent, missionnaire sibérien.

Saint Innocent… Une interrogation à laquelle nul ne peut répondre court comme un leitmotiv à travers la culture russe : qui est innocent, qui est coupable ? « Punissez d'abord le coupable, disait Gogol, et ensuite punissez l'innocent. » Irkoutsk brasse les rouges et les blancs, Marx et l'avant-dernier empereur, Lénine et Koltchak, dans un même scepticisme, une même compassion, un même sentiment de la relativité des opinions, des croyances, des idéologies.

C'est que la ville, au carrefour des routes arctiques au nord, de la Mongolie au sud, du Kazakhstan à l'est et de la Chine à l'ouest, est depuis longtemps un lieu de passage, de rencontre entre les peuples, de comparaison entre les mœurs. Elle doit son essor, dès le XVIIIe siècle, à la proximité de la Chine, de la Mongolie et du Tibet. Le commerce de porcelaine, de fruits secs, de thé et de soie en provenance de ces régions, de fourrures, d'ivoires, de draps, de maroquins et de cuirs à destination de l'Asie, créa une classe prospère de marchands. Irkoutsk devint en 1796 le siège du gouverneur général de la Sibérie orientale. On voit encore la résidence du gouverneur, dite Maison blanche, devenue la bibliothèque de l'université des sciences, au bout de la rue Karl-Marx, près de la statue d'Alexandre III.

Les marchands plantèrent d'arbres les rues, remplacèrent pour leurs maisons le bois des paysans par la brique, firent élever des églises, créèrent des théâtres et des galeries de peinture, accueillirent les émigrés chinois attirés par la facilité des négoces. Le séjour à Irkoutsk était agréable à tous ; et, cet agrément, on l'éprouve encore aujourd'hui, quand on flâne dans le labyrinthe des rues ombragées.

L'ancienneté de la ville, le charme de son décor, le rôle de plaque tournante qu'elle a joué entre l'Occident et l'Orient, la forme bizarre des églises, qui tiennent de l'architecture orthodoxe classique et de la fantaisie orientale, tout porte à se sentir bien ici. L'absence de préjugés serait telle que, selon le « Petit Futé » de 2007, des bars gays se sont ouverts. Quoique leurs adresses soient tenues secrètes, le progrès est énorme. Nous n'avons pu vérifier cette information, ni croiser aucun de ces « informels » qui, paraît-il, errent dans les rues habillés de noir, une guitare à la main, fantômes gothiques échappés à la société de consommation. Seul témoignage que nous puissions porter sur les mœurs : nous avons vu un homme, en plein jour, tituber ivre mort. Il s'écroula devant la Flamme éternelle qui brûle place de la Victoire, se débattit comme un hanneton retourné sur le dos, puis s'abandonna, les bras en croix, à la béatitude du nirvana.

Il arrivait souvent qu'un déporté, gracié par le tsar après vingt ou trente ans d'exil, préférât rester à Irkoutsk plutôt que de revenir en Russie, malgré la rudesse du climat et les souffrances de l'éloignement. Nul n'a mieux rendu la séduction exercée par la ville que l'écrivain japonais Yasushi Inoué. Dans son roman *Rêves de Russie* (Phébus, 2004), fondé sur un fait divers, il raconte l'aventure d'un groupe de marins japonais qui ont fait naufrage, en 1789, au nord de la Sibérie et ont réussi à gagner Irkoutsk en traîneau, en suivant la vallée de la Lena puis en glissant sur la surface blanche et gelée de l'Angara. Ils y resteront quatre ans. Bien qu'ils aient reçu un accueil chaleureux de la population et noué des amitiés solides avec des marchands, bien qu'ils aient appris le russe et se soient parfaitement assimilés, ils n'ont qu'une seule idée en tête : regagner leur patrie. Rêve impossible, sans une autorisation de Catherine II en personne. Enfin, au bout de quatre ans, les naufragés reçoivent la permission de partir. Mais le regret des trois mille maisons serrées les unes contre les autres, de la neige qui tombe à fins flocons, du tintement matin et soir des cloches, les poursuit pendant leur voyage de retour. Et, lorsqu'ils arrivent au Japon, celui qui s'est donné le plus de mal pour obtenir l'autorisation, au point de se rendre à Saint-Pétersbourg pour présenter une supplique à l'impératrice, avoue en toute simplicité son erreur. Le voilà revenu au pays natal, mais déjà éperdu de nostalgie. Il sent que le coassement des grenouilles, le chant des grillons, le bruit des sandales de paille sur le sol, la couleur du ciel japonais, toutes ces sensations ardemment désirées en exil ne font plus partie de son monde.

« Même les brèves paroles échangées de temps en temps par les fonctionnaires dans sa chère langue maternelle lui semblaient étrangères. Il était désormais entouré de gens qui ne pouvaient le comprendre. Il avait assisté à des choses que jamais il n'aurait dû voir pour conserver le droit ou la possibilité de vivre ici. Jamais il n'aurait dû découvrir l'Angara, la glace et la neige d'Irkoutsk, ni voir les églises et leurs clochers. »

Nous ne resterons que deux jours à Irkoutsk, et déjà nous savons que jamais nous n'aurions dû nous hasarder jusqu'ici, pour continuer à vivre dans le regret de ces maisons de bois, de ces volets peints en couleurs tendres, des murs rose saumon de ces églises, dont nous n'aurons même pas vu scintiller sous la neige les dômes turquoise et les croix dorées.

Non, même pas la décevante « rencontre » à la Maison des écrivains ne nous fera revenir sur nos impressions heureuses. Sur le thème « Censure et autocensure dans la littérature contemporaine », une cinquantaine de personnes étaient réunies. Un sous-officier bardé de décorations avait amené trois cadets en treillis vert et béret bleu, l'uniforme des parachutistes. C'est bien la première fois que je voyais des militaires prendre part à un débat littéraire. Hélas ! tout le reste sentait la province et la réaction. Le présentateur, russe, ouvrit la séance en déclarant que, pour les Français, malheureusement, la Russie n'était que le pays des ours et de la vodka, alors que... etc. Suffisance typique des apparatchiks de l'ancien régime. Je proteste énergiquement. Lorsque je dis que *Le Sacre du printemps* a été créé à Paris et que cet événement a propulsé la culture russe sur la scène internationale, deux ou trois dans la salle hochent la tête, les autres paraissent ne jamais avoir entendu parler ni des Ballets russes ni de Stravinski.

Puis une dame approuve la censure. Il faut, dit-elle, préserver « la pureté de la langue ».

— Que connaissez-vous de la littérature russe récente ? demande un homme d'une cinquantaine d'années.

Le ton est agressif, comme si nous ne pouvions être que des ignorants. Je cite plusieurs noms devenus familiers en France, Oulitskaïa, Pelevine, Sorokine, etc. : aucun écho dans la salle. Et quand je dis que nous avons une admiration particulière pour Grossman et Chalamov, croyant toucher le public par l'évocation de ces deux écrivains qui ont dépeint avec génie la tragédie de la déportation dans la forêt sibérienne, je ne vois devant moi que des visages fermés, par l'ignorance ou par le désintérêt.

Sommes-nous encore à l'époque soviétique, lorsque, même si on n'était pas plus savant qu'une carpe, c'était un article de foi que de proclamer l'infériorité de l'Occident ?

— Et vous, que connaissez-vous de la littérature française ? demande un camarade du groupe, remonté contre cette présomption.

Assise au premier rang, une dame qui se présente comme poétesse et semble jouir d'une grande autorité répond avec franchise :

— Oh ! nous, pour nos vacances, plutôt que d'aller à l'Ouest nous informer de sa culture, nous préférons nous enfoncer dans les espaces vierges de la taïga.

Quelle étrange ville, où des militaires cherchent à s'instruire des choses de l'esprit, où une réunion littéraire n'attire que des ignorants, où les poétesses prêchent le retour à la nature.

La séance close, je m'approche du sous-officier et de ses élèves parachutistes. Ne sachant pas un mot de français, ils ont suivi le débat dans une traduction que j'espère convenable. Le plus jeune des cadets, un blondin de quinze ans, faute de pouvoir communiquer autrement, me fait cadeau de son béret.

Nous sommes déconcertés, d'autant plus que la ville n'a pas toujours été ce puits d'ignorance. Bien au contraire. Achille Poussielgue, dans un ouvrage publié en 1866 et consulté par Jules Verne, en vantait la brillante société. Un journaliste russe, auteur en 1875 d'un *Essai sur la Sibérie orientale*, fait état de son émerveillement. « Irkoutsk est l'élégance même ; dans aucune des autres villes sibériennes, vous ne verrez des magasins avec tant d'objets de luxe et d'un goût recherché, d'aussi élégants équipages, une aussi brillante société, nulle part il n'y a cette animation, ce goût raffiné pour la littérature, les sciences, les beaux-arts. Irkoutsk vient en tête de toutes les villes de la Sibérie pour le bon goût et les gens très cultivés. Vous allez soit à la société savante, soit à une réunion qui débat des problèmes économiques, soit au comité de bienfaisance, à une soirée littéraire, au club des négociants ou au club de la noblesse, au théâtre, au jardin d'eaux minérales fréquenté par une société de choix. »

Ai-je bien lu ? « En tête de toutes les villes pour les gens très cultivés… » Que s'est-il donc passé ? Quelle a été la cause de cette suprématie ? Pourquoi la liberté dont jouissent aujourd'hui les citoyens favorise-t-elle moins la culture que ne la secondait l'absolutisme des tsars ?

25

L'université du bagne

Réponses à la maison-musée Volkonski, rue Volkonski, dans le nord de la ville.

A Nijni-Novgorod, nous avions croisé le comte Annenkov, qui participa en 1825 à la révolte des officiers contre Nicolas Ier. Ici, nous rencontrons deux plus grandes ombres, deux immenses personnages, le prince Sergueï Volkonski, un des chefs de ces insurgés de décembre, et son épouse Maria. Le prince Volkonski fut condamné à dix ans de travaux dans les mines, au nord du lac Baïkal. Pendant les quelque dix années suivantes, il fut autorisé à vivre dans une maison privée, mais à Ourik, à quarante kilomètres d'Irkoutsk. De celui de prisonnier, il était passé au statut de colon assigné en résidence perpétuelle. Il avait reçu un terrain de seize hectares, où il fit, en compagnie d'autres déportés, des expériences d'agriculture, introduisant en Sibérie la culture de l'orge, des choux-fleurs, des melons, et développant celle du cornichon. En 1848, il put s'établir à Irkoutsk même. Il aurait fini sa vie en Sibérie, si l'amnistie prononcée en 1856 par le nouveau tsar, le libéral Alexandre II, ne lui avait permis enfin de revenir en Russie d'Europe, Moscou et Saint-Pétersbourg lui restant toutefois interdits.

Volkonski, un des noms les plus illustres de la noblesse russe, avait trente-huit ans quand il partit pour le bagne, en 1826. Il retourna en Russie à soixante-huit ans, après trente ans d'exil. Si la maison que nous visitons maintenant est belle, spacieuse et confortable, il ne l'obtint que déjà usé par le travail dans les mines, la réclusion dans une cellule, le climat inhumain. La température pouvait descendre jusqu'à cinquante degrés au-dessous de zéro.

Que Nicolas Ier n'ait rien à envier à Staline, pour la férocité dans le despotisme, est prouvé par la lettre qu'il envoya à Maria lorsqu'il eut appris qu'elle voulait rejoindre son mari. Cette lettre d'avertissement comprenait cinq points. Qu'elle se le tînt pour dit. 1° Une femme qui suit son mari en Sibérie doit partager son sort. Elle doit renoncer à tous les droits que lui donnait sa position antérieure et, de ce fait, être traitée comme la femme d'un criminel d'Etat. 2° Tout enfant, né en Sibérie, de l'union d'une telle femme et de son mari criminel, sera inscrit sur les registres comme serf paysan et deviendra la propriété de la Couronne. 3° Il est interdit à cette femme de détenir bijoux ou argent. 4° Elle perd le droit de se faire servir par des domestiques. 5° Elle ne pourra jamais retourner en Russie d'Europe, même après la mort de son mari.

Décret de mort civile, donc, accompagné d'une loi nouvelle promulguant : 1° La femme d'un déporté est déclarée veuve et obtient, par là même, le droit de se remarier. 2° Elle ne pourra emmener avec elle en Sibérie les enfants nés auparavant en Russie.

Maria ne se laissa pas démonter par ces conditions draconiennes ni allécher par la possibilité d'un second mariage. Elle abandonna à Saint-Pétersbourg son fils Nicolas (qui mourut loin d'elle, à l'âge de deux ans) et fut des quelques femmes qui partirent rejoindre leur mari, bravant les périls du voyage et les supplices du séjour. La première avait été la princesse Troubetzkoï, épouse d'un autre chef décembriste. Elle faillit périr en traversant l'Ienisseï, la glace qui recouvrait le fleuve commençant à craquer sous sa télègue. En revoyant celui qui avait appartenu à la plus haute aristocratie du pays, émacié, hirsute, les fers aux pieds, vêtu d'une blouse de forçat serrée par une corde en guise de ceinture, Catherine Troubetzkoï était tombée évanouie.

Quant à Maria, voici comment elle a raconté son arrivée à la prison des mines : « Petit à petit, en tendant les bras, je me rendis compte que j'étais dans une cellule à peine plus grande qu'une niche et que quelqu'un se traînait lentement vers moi. J'entendis un frottement de métal sur la pierre. Mon mari se dressa devant moi et je vis les lourdes chaînes rivées à ses pieds. A ce moment seulement je mesurai dans toute leur étendue les sacrifices auxquels il fallait consentir dans notre pays quand on luttait pour la liberté. Une vague d'exaltation et d'intense fierté me submergea. Devant les gardiens médusés, je m'agenouillai sur la pierre maculée du sol et je baisai les chaînes. » Elle dut signer la promesse qu'elle ne tenterait pas de voir son mari plus de deux fois par semaine, et toujours en présence d'un officier.

Beaucoup plus jeune que son mari, âgée de vingt ans quand elle se mit en route pour Irkoutsk, où elle arriva vingt-trois jours après, en février 1827, Maria avait déjà sa légende. Fille d'un général qui s'était distingué lors des guerres contre Napoléon, elle avait ému, à quinze ans, le cœur et les sens de Pouchkine. La jeune fille, de tempérament romanesque, s'enflamma pour celui qui était le plus grand poète de Russie. Ils lisaient ensemble Byron, ils visitèrent ensemble, en Crimée, la fontaine de Bakhtchissaraï, souvenir qui serait évoqué dans le magnifique poème homonyme. A Kertch, ils se recueillirent sur le tombeau de Mithridate, dont il ne restait que des ruines. Dans ce décor romantique, elle récita en français quelques vers de Racine. Pouchkine cueillit une églantine et l'offrit à la fantasque adolescente, qui la cacha le soir sous son oreiller. On trouve des traits de Maria dans d'autres compositions de Pouchkine, *Le Prisonnier du Caucase* ou *Eugène Onéguine*.

Il n'y avait pas plus opposé à son caractère que celui de son mari. Descendant de Rurik, prince viking qui avait fondé la principauté de Novgorod à la frontière septentrionale de la Russie, Sergueï Volkonski avait le teint clair, les yeux bleus, les cheveux blonds d'un aristocrate du Nord, une nature introvertie, froide, taciturne. Maria, au contraire, née en Ukraine où son père possédait un manoir, se distinguait par des cheveux noirs, un teint olivâtre, d'immenses yeux orientaux, un tempérament fougueux. Bien qu'elle ne s'entendît que médiocrement avec son mari, elle n'hésita pas à le rejoindre en Sibérie.

« Mon bien-aimé Sergueï, lui écrivit-elle, je n'ai appris ton arrestation qu'avant-hier. Je ne permettrai pas à mon âme d'en être brisée. »

Ce langage cornélien la dépeint tout entière. C'est moins par attachement à son mari qu'elle décida de partir, que pour mettre son âme à l'épreuve. Elle ne supporta avec un courage et une endurance si extraordinaires les souffrances, quelquefois les tortures, de l'exil, elle ne souffrit avec tant de constance ce martyre, que parce qu'elle y puisait l'occasion de prouver sa valeur et de se dépasser. Il arriva que, dans la cabane non chauffée où elle dormait avec Catherine Troubetzkoï, à proximité de la prison où étaient enfermés les maris quand ils remontaient de la mine, les cheveux des deux femmes gelèrent sur l'oreiller.

Les historiens ont longtemps caché un trait que je trouve tout à son honneur : elle eut une liaison avec Alessandro Poggio, un beau déporté italien à la barbe noire et aux cheveux longs de carbonaro. Des trois enfants qui lui naquirent en exil, un ou deux ou peut-être les trois sont de cet amant. Etant donné ce que nous savons de ses rapports avec son mari, ce n'était pas lui être infidèle que de puiser, pour le soutenir, des forces que, renfermé sur lui-même, bougon et neurasthénique, il ne pouvait lui donner.

Pendant trente ans elle fut cette héroïne. Lorsque les Volkonski furent enfin autorisés à résider à Irkoutsk, dans une maison à eux, mais dont ils n'avaient pas le droit de sortir, elle n'eut garde de s'enfermer dans un confort égoïste. La propriété, une des plus belles d'Irkoutsk, a grande allure, avec le portail imposant du jardin, les deux étages en rondins de mélèzes, les sept fenêtres en façade, les deux bow-windows sur la rue. Le plus curieux est que cette maison est celle qu'ils habitaient à Ourik : elle fut démontée par des paysans et remontée ici. Dans ce cadre qui aurait pu être celui d'une famille bourgeoise, Maria s'ingénia à répandre sur la ville les avantages dont elle jouissait. Sa famille lui envoyait des sommes d'argent importantes. Puisqu'ils n'avaient pas le droit de sortir de leur demeure, elle invita la société d'Irkoutsk aux soirées littéraires et musicales qu'elle organisait régulièrement, assorties d'une réception luxueuse. La plupart des conversations se tenaient en français. On jouait aussi des pièces de théâtre. Professeurs du collège, marchands, propriétaires terriens, officiers de marine responsables de la navigation sur le lac Baïkal, administrateurs civils affluèrent dans le salon de la princesse transformé en démocratie intellectuelle.

Pour les paysans, avec ses amis, elle monta des cours d'alphabétisation, adressés non seulement aux hommes et aux garçons, mais encore aux femmes et aux filles, initiative doublement révolutionnaire. Stimulés par Maria, des déportés fondèrent des écoles ; d'autres, qui avaient des diplômes en médecine, mirent sur pied des dispensaires. Les Polonais en exil apportèrent leur contribution. Ateliers de menuiserie et de reliure, forges, échoppes de cordonniers, laboratoires de géographie et de météorologie, chacun participa comme il put à l'essor de la ville.

Certains étudièrent les langues étrangères, d'autres le folklore. Alexandre Bestoujev écrivit, sous le pseudonyme de Marlinski, des récits sibériens exacts et vivants, dont Dumas s'empara pour les cuisiner à sa sauce. Maria employa une partie de sa fortune à faire construire en bois de cèdre sibérien un théâtre, sur un monticule qui regardait vers le lac Baïkal, là où s'arrêtaient naguère les caravanes en partance pour la Chine et où s'abreuvaient les chameaux. Le théâtre fut inauguré en juin 1854, par un concert où un violoniste et un pianiste interprétèrent des œuvres de Glinka, Mozart et Paganini.

A ce bouillonnement d'activités, l'Administration s'aperçut qu'il y avait quelque profit à tirer des ressources et des compétences de ceux qu'elle avait mission de surveiller, et l'un d'eux, Alexandre Mouraviev, fut même nommé chef de la police d'Irkoutsk !

C'est ainsi que la capitale de la Sibérie orientale devint un centre de création très actif, et un modèle de développement moral et social pour cette région déshéritée. Un voyageur allemand notait que la ville était mieux tenue et les rues plus souvent balayées que dans le reste de la Sibérie. On faisait venir des livres et des partitions de l'étranger, on jouait au piano Glinka et Chopin. Maria avait apporté, dans la charrette sur laquelle elle avait voyagé de Saint-Pétersbourg, un clavicorde, conservé dans son boudoir. D'autres instruments de musique sont disséminés dans la maison : un piano de concert Lichtenthal (Saint-Pétersbourg, 1831), un piano droit, un piano à queue verticale, dit « pyramidal » (Vienne, 1790), espèce rare dont il n'y a que deux spécimens au monde. « L'autre est dans la maison de Goethe à Francfort, mais il ne fonctionne plus ! » nous dit fièrement la guide. Aussitôt, désireuse de nous prouver la qualité de l'instrument, elle y installe un pianiste convoqué tout exprès pour nous. Une chanteuse aux formes pleines se place à côté de lui, et tous les deux d'écorcher nos oreilles par le plus affreux *Ave Maria* jamais entendu.

Nous n'avions pas besoin de cet intermède pour nous sentir émus. Tout, dans cette maison, parle le langage du courage et de l'abnégation. Un portrait de Maria à quarante-trois ans nous montre une femme aux traits usés, précocement vieillie. Lui, sur ses portraits, a l'air d'un prophète à la Tolstoï, à la Soljenitsyne, retranché dans la forteresse de ses convictions, boudant les activités mondaines de sa femme sur lesquelles il semble jeter un regard réprobateur. Voici un portrait de Pauline Gueble, la modiste qui était la maîtresse d'Alexis Annenkov. A Saint-Pétersbourg, leur mariage était impossible, étant donné l'écart social qui séparait un comte d'une professionnelle de la couture. A Irkoutsk ils furent obligés de se marier, une femme ne pouvant résider auprès d'un criminel d'Etat qu'à la condition d'en être l'épouse.

Au fil de la visite, nous repérons toutes sortes de reliques : des sous-verre qui renferment des plantes cueillies par les déportés en vue des leçons de botanique ; des broderies exécutées par Maria et ses amies ; un face-à-main en écaille ; un éventail peint ; une marmite en fer qui avait servi aux deux princesses pour leurs premières expériences culinaires dans la cabane près des mines ; des bracelets fabriqués avec des entraves ; des alliance en fer de même provenance, que les femmes des décembristes gardèrent à l'annulaire jusqu'à leur mort ; un numéro du *Journal des Débats,* français, ouvert sur une table ; un numéro de la *Revue britannique*, choix d'articles sur la Grande-Bretagne publié en 1825 à Paris, en français, et contresigné par le commandant des mines avec cette mention « Lu. Vu. Leparsky », sorte de carte blanche qui en autorisait la lecture et qu'on retrouve sur la première page de chaque livre de la bibliothèque ; deux bustes et une statuette en pied de Napoléon, considéré en Russie comme un héros de la liberté ; un fusil à la crosse émaillée, pour la chasse aux canards (Angleterre, 1820), ayant appartenu à leur fils Micha, qui avait vingt-cinq ans en 1856 ; une boîte à musique (Suisse, 1850), qui jouait des airs italiens dont la princesse raffolait ; le cube d'un jeu d'enfant, en bois recouvert de papier peint ; un service de porcelaine à fleurs anglais ; deux volumes de *Cartes et manœuvres*, par Frédéric de Prusse, en langue française, avec la signature du prince Volkonski sur la couverture. Parmi les livres qui ont survécu à l'incendie de la bibliothèque en 1879, je note les *Œuvres* de Racine et l'*Histoire des Girondins* de Lamartine.

Nous crûmes la visite terminée lorsque, dans le salon éclairé par quatre lustres à six branches, qui renfermait le piano droit et le piano à queue, nous fûmes invités à prendre place sur les deux rangées de chaises. Le pianiste déjà entendu se mit au Lichtenthal, qui sonnait avec un bruit de ferraille. Impromptu de Schubert. Puis, sur le piano droit, bien meilleur, étude de Chopin. La dame plantureuse qui avait massacré l'*Ave Maria* se présenta alors en tenue romantique, chanta un air et disparut. Lui succéda un ténor court sur pattes, sanglé dans une imitation de costume ancien. Il chanta un air et disparut. Enfin, par deux portes différentes, comme au théâtre, les deux compères firent leur réapparition. Ils s'avancèrent l'un vers l'autre, en donnant les signes de la plus vive affliction, et chantèrent ensemble, pas trop mal cette fois, le splendide duo de Glinka, « Il n'est pas possible de faire revenir l'amour passé ».

On ne fait pas revivre une soirée musicale de 1850 avec d'aussi pauvres moyens. J'espère que cette timide appropriation touristique n'arrivera pas à corrompre l'âme de la maison. En la quittant, je songeais à l'énergie et à l'obstination qu'avait déployées Maria Volkonski pour créer, en plein milieu de la taïga, dans une ville de trente mille habitants, une véritable université. Et, comparant cette énergie et cette obstination à la sotte arrogance de la poétesse d'aujourd'hui, qui se vantait de mépriser la culture, je me disais que les périodes de répression sont peut-être plus favorables à la vie de l'esprit qu'une liberté confiée à des gens qui ne la méritent pas. La France sous l'occupation allemande n'a-t-elle pas été une époque faste pour la littérature, le théâtre, le cinéma ? Et n'est-ce pas sous la dictature de Mussolini que s'est épanouie la merveilleuse génération d'écrivains et de cinéastes italiens qui n'a pas été remplacée ?

Irkoutsk sous la botte du tsar avait eu son université, dans le salon d'une princesse et grâce au dévouement d'une vingtaine de déportés. Aventure d'autant plus exemplaire que, contrairement à ce que l'on pourrait croire, l'opinion russe, indifférente à leur sort, ne leur envoyait aucun message de soutien ni signe de gratitude. Le peuple, attaché à son tsar, quel qu'il fût, ne comprenait pas qu'ils se fussent rebellés contre la personne sacrée de Nicolas Ier. Ne faisant l'objet que d'une vague sympathie de la part de la classe aisée, ils ne pouvaient compter que sur eux-mêmes pour résister au découragement.

Beaucoup étaient morts quand Alexandre II, en 1861, décréta l'abolition de l'esclavage, cause pour laquelle ils avaient milité en 1825, rêve alors insensé qui les avait envoyés en Sibérie. Un cancer avait emporté en 1855 Catherine Troubetzkoï. Son mari mourut en 1861, Maria Volkonski en 1863, en Ukraine, après avoir revu Alessandro Poggio accouru d'Italie pour un dernier adieu. Le prince Volkonski s'éteignit deux ans après, à l'âge de soixante-dix-sept ans. Poggio, qui ne se sentait pas chez lui dans sa patrie, décida de rentrer en Russie. Il se rendit à Saint-Pétersbourg, où vivait Elena, la fille de Maria – sans doute sa propre fille, dans les bras de laquelle il mourut, en 1873. Il repose dans une tombe voisine de la tombe du prince et de la princesse.

Si les décembristes ne suscitèrent de leur vivant aucun enthousiasme, le reflet qu'ils ont laissé dans la littérature n'a pas amélioré leur image. Il est presque avéré que la ville de province, non citée, où se déroule l'action des *Possédés* (meilleure traduction du titre, *Les Démons*) n'est autre qu'Irkoutsk. Certes, cette ville n'est évoquée qu'en termes vagues, sans la précision descriptive du Paris de Balzac ou du Londres de Dickens. Il ne s'agit que d'un décor générique, qui ne permet pas une identification formelle, mais ces cercles de libéraux, de socialistes, d'athées, où règne une « tristesse sacrée », ne renvoient-ils pas assez clairement aux réunions des amis de la princesse Volkonski, malgré l'exagération, l'outrance, la charge poussées jusqu'à la caricature ?

Les conspirateurs que présente Dostoïevski sont en apparence le contraire de ces hommes et de ces femmes, idéalistes fervents et généreux jusqu'au sacrifice de leur vie, puisque, par « démons », il entendait des exaltés, des « possédés », semblables à ceux de la parabole évangélique, où des diables se jettent dans un troupeau de porcs pour les noyer dans un étang. Le romancier, pourtant, semble bien s'être inspiré, plus ou moins, de l'histoire des décembristes pour faire le procès de tous les révolutionnaires : soif de pouvoir et égoïsme destructif seraient à la racine de toute utopie politique.

On pourrait croire que les décembristes obtinrent réparation après la révolution d'Octobre. Il n'en fut rien. Les historiens soviétiques les jugèrent avec la plus grande sévérité : ces aristocrates n'étaient que des hypocrites, indifférents aux préoccupations et aux souffrances du peuple, soucieux uniquement de défendre leurs privilèges de classe. C'étaient par surcroît des amateurs, dont la piteuse tentative de sédition n'avait eu pour résultat que de renforcer l'absolutisme.

Vers 1960, revirement sensible. On donna à une des plus belles places de Saint-Pétersbourg, la place du Sénat, au milieu de laquelle se dresse la statue de Pierre le Grand par Falconet, le nom de « place des Décabristes ». La maison Volkonski d'Irkoutsk, divisée dès

1920 en appartements communautaires, défigurée, saccagée par les occupants successifs, fut libérée en 1974 et la restauration commença. D'après des fragments qui subsistaient, on reconstitua le papier des murs. Le jardin d'hiver fut rétabli, chaque pièce rendue à sa destination initiale, les meubles et les objets remis en place autant qu'il était possible, le musée ouvert en 1985. Il mérite à lui seul un voyage à Irkoutsk.

26

Le silence du lac Baïkal

Journée consacrée au Baïkal : douze heures seront à peine suffisantes pour nous promener au bord du lac sur une courte fraction de son pourtour. Plus grand bassin d'eau douce de la planète, il contient vingt pour cent des réserves mondiales. Six cents kilomètres de long, quatre-vingts dans sa plus grande largeur, mille six cents mètres de profondeur. Deux mille cent kilomètres de côtes, vingt-sept îles, trente-deux mille kilomètres carrés, vingt-trois milliards de mètres cubes d'eau. Si son bassin était vide, il faudrait un an, à tous les fleuves du monde réunis, pour le remplir à nouveau. Il est alimenté par plus de trois cents cours d'eau en provenance des montagnes qui l'entourent, et ne se déverse que par une seule rivière, l'Angara. Personne ne l'a jamais vu en entier, même d'un avion.

Je ne donne ces chiffres que par impuissance à rendre la beauté du contraste entre les falaises abruptes qui soulèvent la plaine sibérienne dans un élan tourmenté, et le calme absolu de l'eau bleue qu'elles surplombent.

Un bus nous a emmenés d'Irkoutsk à Listvjanka, petite bourgade sur le lac. De là, traversée de l'Angara, large et puissante, en bateau, jusqu'à Port Baïkal, d'où part une voie ferrée qui longe la rive orientale vers le sud. Le premier Transsibérien passait par cette voie, abandonnée ensuite. N'y circule plus qu'une micheline touristique, qui roule à quinze kilomètres à l'heure, troublant à peine la sérénité des lieux. Grondement doux et régulier du wagon, allure sans heurts, si préférable aux saccades, à la nervosité de l'auto.

Rives à l'état de nature : ni villa, ni maison, ni établissement balnéaire. Pas d'avion dans le ciel. Dans l'eau, pas de bateau de plaisance. En huit heures de trajet, sur les quatre-vingt-quatre kilomètres qu'il faut nous contenter de parcourir, nous n'avons vu que trois barques à rames et un canot à moteur. Les seules constructions appartiennent à une sorte de « complexe », où le train fait halte. Il renferme deux maisons de bois, un chalet avec des chambres d'hôte, enfin un restaurant, où l'on nous prépare la spécialité locale de poisson.

Près du restaurant il y a un ponton. En attendant le déjeuner, Trophime se déshabille et plonge dans le lac, dont la température ne dépasse pas douze degrés. L'eau y est si pure, nous a-t-il prévenus, qu'on risque d'éprouver un vertige en voyant distinctement jusqu'à quarante mètres de profondeur une bouteille ou une boîte de conserve qu'on a jetée de la rive. « 0,1 gramme de substances minérales au litre, contre 0,4 ou 5 pour le lac de Genève. » Il avance de quelques brassées vers le large. Tout pimpant il ressort, se frotte avec la serviette que lui a prêtée le restaurant, sautille pour se réchauffer, sans même avoir besoin du réconfort de la vodka. On voit qu'il a de l'entraînement, ce qui renforce chez certains d'entre nous le soupçon qu'il est passé par l'école du KGB.

— Mais non, disent les autres, sensibles aux marques d'amitié qu'il nous donne.

Deux membres de notre groupe, Maylis de Kerangal et le délégué de l'ambassade de France, se déshabillent à leur tour et tentent l'expérience. Nous applaudissons à leur courage. Trophime aussi semble satisfait : ces bourgeois venus d'Occident ont du cœur au ventre.

A la porte du restaurant :

— Démarrage à 3 heures ! nous dit-il brusquement, pour raffermir son autorité qu'il pensait avoir consolidée en étant seul à affronter l'eau glacée.

Rien de plus parfumé et délicieux que cette spécialité locale de poisson, l'omoul, fuselé et charnu, parent lointain du saumon, ressemblant par la forme à une grosse truite, mais très original par le goût. On nous le sert d'abord séché, puis fumé, frit ensuite en beignets, découpé enfin en tranches arrosées de jus de tomate et de crème aigre. Il n'y a rien d'autre à ce repas que de l'omoul, mais comment ne pas nous satisfaire de cette chair exquise ? L'omoul a sa légende : il se nourrit d'une algue aussi rare que lui, la melosira, et ne se pêche que de nuit, à dix ou douze kilomètres au large, sur des vedettes munies de filets, qu'il entraîne sur une longue distance, avec l'embarcation et les marins. Il pousse un cri perçant lorsqu'il est pris.

Si agréable que soit cette halte, sur une terrasse à l'aplomb du lac, au-dessus d'un petit bois de mélèzes, nous nous dépêchons de nous omouliser, pour être prêts à 2 heures, partir à pied et marcher le long de la voie jusqu'à ce que la micheline nous rattrape.

Je n'ai pas le souvenir d'avoir jamais fait une promenade plus grisante. Une étroite bande de terrain sépare du lac les hautes roches à pic. Nous sommes souvent obligés d'emprunter le ballast. Les rails, curieusement, quand ils voient un tunnel, préfèrent le contourner et se faufiler en lisière du lac. Ces tunnels vides nous intriguent, mais nous n'avons eu aucune explication. Servent-ils de repaires aux animaux que nous aurions voulu apercevoir mais qui sont restés invisibles, le vison, la zibeline, l'élan, le grand cerf sibérien ? Verrons-nous s'abattre sur les plages minuscules quelqu'un des oiseaux sauvages qu'on nous a promis, la cigogne noire, le tétras des roches, le bécassin d'Asie, la guifette leucoptère ? Des galets blancs comme le sucre parsèment le liséré de sable. Des minéraux de toutes les couleurs incrustent la falaise.

D'instinct, malgré notre envie de nous exclamer, nous baissons la voix et bientôt nous taisons complètement, peur de troubler le silence. Une sorte de respect religieux nous oppresse. Le lac n'est pas seulement le plus profond du monde, mais le plus ancien. Vingt-cinq millions d'années, sans qu'il ait jamais changé de faune ou de flore. On n'y dénombre pas moins de deux cents variétés de crevettes, cinquante sortes de poissons, dont certains n'existent qu'ici, comme le golomianka vivipare, habitant des eaux profondes, dépourvu d'écailles et gras au point d'en être translucide et de fondre si on le jette l'été sur la berge.

Deux mille six cents espèces d'animaux et de plantes, la plupart endémiques, prospèrent sur les rives ou dans l'eau. Beaucoup remontent à la plus lointaine préhistoire, tel le nerpa aux yeux noirs, unique phoque d'eau douce connu, muni de griffes assez puissantes pour ouvrir un trou dans la glace. Lorsque les savants auront étudié le lac à fond, il nous dira l'histoire du monde. Mais ne restera-t-il pas toujours mystérieux ? Les différents spécialistes venus de Moscou, géologues explorant les collines sous-marines, naturalistes, minéralogistes, botanistes, zoologues, ichtyologues, ornithologues disposent de si peu de moyens, paraît-il, qu'ils doivent, pour survivre, vendre aux Japonais de l'eau du lac en bouteilles.

Selon Jules Verne, les mariniers prétendent que le Baïkal veut être appelé « Madame la Mer » et non « Monsieur le Lac », sinon, offensé de cette appellation cavalière, il se déchaîne en épouvantables tempêtes. Je note, comme une curiosité intéressante, que les fleuves en Russie sont masculins, et ce lac féminin. Cette énorme masse d'eau immobile renvoie aux images maternelles de rondeur, abondance, opulence, mammaire générosité.

L'hiver, une épaisse couche de glace recouvrant le Baïkal, celui-ci devient une immense patinoire, parcourue de camions et de traîneaux. Maria Volkonski, pour rejoindre son mari dans les mines de Blagodatsk, en Transbaïkalie, s'engagea sur le lac avec son attelage.

« La glace était toute claire, écrit-elle dans ses souvenirs, presque transparente, et terriblement glissante, mais nos chevaux, accoutumés à cette surface, s'y élancèrent sans la moindre hésitation et nous traversâmes le lac en moins de trois heures. »

Le courage amène la chance : un cheval qui tombait sur la glace ne parvenait pas à se relever, il était impossible de freiner, le traîneau parfois glissait plus vite que les chevaux et les dépassait, les rênes s'emmêlaient alors et le cocher perdait le contrôle de l'attelage. « Madame la Mer » se vengeait ainsi d'être chevauchée témérairement : elle avait beau être emprisonnée sous une carapace, on s'apercevrait qu'elle restait en mesure de punir ses enfants.

Epaisse de plus de dix centimètres, la glace permettrait, en théorie, de faire passer un train ; on envisagea ce trajet pour le Transsibérien ; les rails furent posés ; mais jamais on n'osa lancer une locomotive et des wagons sur le ventre de la Mère. La solution du contournement prévalut.

La micheline termine sa course à Sljudjanka, pointe sud du lac, où passe la ligne du Transsibérien pour Oulan-Oudé. Dans la gare construite en marbre blanc et rose, un wagon nous attend, qui nous ramène à Irkoutsk. Le long de la voie, je remarque des villages qui ne ressemblent pas aux charmants villages de bois observés jusqu'à présent. Ils escaladent le flanc des collines ou s'étirent au fond de la vallée. De longues cabanes, disposées parallèlement sur plusieurs rangées et recouvertes de tôle, évoquent les baraquements des camps de concentration. Je reconnais dans ces alignements répulsifs les villages de déportés dont la photographie est reproduite dans l'édition « Folio » du *Voyage à l'île Sakhaline* de Tchekhov. Les camps existaient déjà en 1890. On les appelait « colonies ». Il y en avait de plus favorisées, où la vie était plus humaine. Les habitants y élevaient des vaches et faisaient commerce de laitages. Mais dans les autres les conditions d'existence indignaient Tchekhov. La photographie représente le poste de Douï, que l'écrivain commente en ces termes : « Isbas minuscules, vétustes, sans cour, sans verdure, sans perron, agglomérées en désordre contre la route sur la pente de la colline et à son sommet. [...] Tout est tellement resserré qu'une pomme ne trouverait pas la place de choir au milieu de ce fouillis nauséabond. » L'« éternel spectacle de montagnes nues » ne pouvait consoler les relégués de la pauvreté, du mauvais temps, de l'ennui, du tintement ininterrompu des chaînes.

Que j'aie besoin d'anecdotes et de souvenirs prouve bien l'impossibilité de rien dire sur le Baïkal qui ne soit ou prosaïques décomptes ou romantique enflure ou rappels historiques. Un écologiste vous parlerait des menaces que font peser sur l'intégrité du lac et la pureté de son eau divers projets industriels.

27

Décrire l'indescriptible

Y a-t-il lieu de s'étonner que le lac et ses alentours n'aient jamais fourni un sujet ou servi de décor à un grand roman russe, comme la « Prairie » a enflammé l'imagination de Fenimore Cooper, de Mayne Reid et de Gustave Aimard, comme le Grand Nord américain et canadien a magnifiquement inspiré Jack London, James Oliver Curwood, et, tout récemment encore, David Vann, auteur de ce merveilleux *Sukkwan Island* situé dans l'Alaska, au milieu des étendues polaires ? La nature sibérienne est-elle plus nature que la nature américaine et canadienne, c'est-à-dire plus vaste, plus solitaire, plus sauvage, plus exclusive, plus incompatible avec quelque aventure humaine que ce soit, plus impossible à transformer en matière romanesque ?

L'écrivain Oleg Ermakov, lui-même ancien forestier dans une réserve près du Baïkal avant d'être envoyé comme soldat dans la guerre d'Afghanistan, a pourtant relevé le défi, s'essayant à décrire ce qu'un homme peut retirer d'une expérience indescriptible. *Pastorale transsibérienne* (Editions Jacqueline Chambon, 2004, traduit par Yves Gauthier, l'auteur de *L'Exploration de la Sibérie* et du *Centaure de l'Arctique*), livre qui présente des faiblesses (début brouillon, personnages insuffisamment dessinés), néanmoins retient et plaît, autant par sa valeur documentaire que par ses résonances humaines. Il permet de cerner quelle extrême difficulté c'est pour un écrivain de concilier Sibérie et roman. En outre, il offre un bon témoignage sur la mythologie du Transsibérien et les effets psychologiques de l'épopée ferroviaire.

Le protagoniste, Daniel Menchikov, s'installe comme forestier sur les hauteurs qui entourent le Baïkal. Remarquons le choix du patronyme : Menchikov évoque « menchevik », mot russe qui signifie « minoritaire », par rapport aux « bolcheviks » majoritaires rassemblés autour de Lénine. Un tel patronyme suggère-t-il que le livre d'Oleg Ermakov a une dimension politique ? Que c'est une sorte de manifeste anticommuniste ? Ou l'auteur a-t-il voulu dire qu'un homme, quel qu'il soit, se sent si petit, si infime au contact de l'immensité sibérienne, que, perdant son statut de créature « supérieure », il tombe au rang d'atome insignifiant ? La suite du roman éclairera d'une autre façon encore le sens de ce nom.

« Une mer, pas un lac », se dit d'emblée Menchikov, saisi par la violence des tempêtes et la force des vagues. Il a passé dix ans dans une usine, dormant dans un foyer, où il a souffert de deux maux principaux : le voisinage de dizaines de camarades, avec la promiscuité qui en résulte, et « le martèlement sec de la pendule qui semblait découper l'air comme des ciseaux ». Ici, sur le Baïkal, aucune limite, ni d'espace, ni de temps. On a pour soi la vastitude dépeuplée de la taïga, et aucune horloge ne scande les heures avec sa régularité castratrice.

Au début, Menchikov regrette encore « le soleil d'Occident ». Mais, très vite, l'Orient s'empare de lui, la majesté et la splendeur de la nature sibérienne, le prodige de sa flore et de sa faune, évoqués dans des pages dont la rigueur scientifique ne coupe pas les ailes à la poésie. « L'ours argenté, le phoque, le pygargue à queue blanche et le martin-pêcheur, ce navigateur bleu émeraude de la rivière d'Argile. Un bonheur de le regarder : un vol net et impétueux au-dessus des eaux, des virages brusques. Et soudain, l'arrêt. Un trait massif et court perce l'épaisseur argileuse de l'eau, une ablette luisante apparaît dans son bec, et le navigateur poursuit sa course, irrésistible, véloce, pareil à l'éclair ; il connaît tous les méandres, les bancs limoneux, les berges de glaise ; impossible de bien l'observer : il est l'instant. » Jamais Menchikov ne réussit à surprendre un martin-pêcheur au repos, perché sur la branche d'un saule, juché sur une pierre ou sur la rive. Tous filent comme des météores.

Evocation de la taïga hivernale et vespérale : cèdres, épicéas, peupliers géants et dépouillés se dressent « pétrifiés comme des monuments ». La neige perd ses reflets bleutés et vire au blanc pur. Les aiguilles s'obscurcissent. Par-dessus les cimes hautes, les derniers rayons brûlent encore sur les neiges et les arbres. Le tronc clair d'un bouleau brille sur le fond du ciel couleur marine.

Le souci d'exactitude et la singularité de la limnologie baïkalienne poussent l'auteur à employer des mots locaux, intraduisibles : « L'hiver s'abattait sur le littoral du parc, la neige tombait jour et nuit, les congères grandissaient devant les portes et les portails, sur la rive poussaient des éperons de glace, des figures, des pyramides : des *sokuï*. Des guirlandes de stalactites pendaient aux branches des arbres côtiers. » *Sokuï ?* Yves Gauthier nous renseigne par une note bienvenue : « Propre à l'hydrologie du lac Baïkal, ce terme désigne les parures de glace sculptées par les eaux et les embruns le long des côtes, et dont les formes fantasques inspirent l'imagination populaire. »

Les forestiers, les bûcherons, les manœuvres qui travaillent autour du Baïkal sont appelés des « zéros », parce qu'ils n'ont ni femmes ni maisons. Désormais, Menchikov entre dans la catégorie de ces êtres qui sont non seulement dépossédés de leurs proches et de leurs biens, mais évincés d'eux-mêmes, par l'obligation (et le désir) de se fondre, de se diluer dans la nature, de dissoudre leur individualité dans la double immensité liquide et ligneuse de la mer et de la forêt.

Parmi les forestiers, il y en a un, Remizov, qui vit complètement en ermite. Le silence et la solitude « rayonnent de son front ». En « néo-Hellène » (variété d'écologiste, en moins pédante et plus imaginative, au moins par le mot), il essaye de s'opposer à l'abattage des arbres et de sauver du massacre « la forêt sacrée du Baïkal ». Discussions autour du feu : la nature est-elle une machine ou a-t-elle une âme ? Selon les Français, c'est une machine. La pierre, l'eau, l'air, l'arbre, la montagne, la fleur ? Machines. Machines aussi la bête sauvage et l'oiseau. Contre cette thèse est appelé à la rescousse le philosophe américain Henry

David Thoreau, auteur de *Walden ou la Vie dans les bois*. Il contemplait tous les soirs dans le feu le visage de Krishna. La reverdie du printemps signifiait pour lui à la fois le renouveau de la nature et le réveil de la conscience.

On est un peu surpris de voir cité Thoreau et ignoré le grand auteur russe qui aurait pleinement accrédité l'idée qu'il y a plus d'âme dans la nature que dans la société humaine : Léon Tolstoï. Le prince André, couché sur le champ de bataille d'Austerlitz, dialogue avec les étoiles, et, lors de ses deux rencontres avec le grand chêne, apprend de l'arbre une leçon de vie. Quand Menchikov, incorporé dans l'armée et enrôlé à Oulan-Oudé, mais incapable de supporter les brimades et les humiliations de la caserne, s'évade et marche seul dans la taïga, on pense encore à Tolstoï, Tolstoï fuyant à quatre-vingt-deux ans son domaine de Iasnaïa Poliana, pour se libérer des contraintes de la vie familiale et sociale.

En route, Menchikov croise le Transsibérien, qui « fend les ténèbres dans un furieux fracas de roues » et transporte vers l'Ouest des voyageurs inconscients des privilèges dont ils jouissent. « Les passagers dormaient. Ils dormaient pleins de confiance, bercés par le martèlement et le balancement réguliers des wagons. Les mécaniciens, eux, ne dormaient pas, qui conduisaient le train droit vers des villes où régnaient l'ordre et la loi. » Résurgence des polémiques tolstoïennes, contre les riches qui profitent du travail des ouvriers, contre les villes gardiennes de la loi. Tolstoï, à la fin de sa vie, prêchait contre l'Eglise et contre l'Etat. L'Eglise l'excommunia, l'Etat n'osa pas porter la main sur un homme si célèbre. Il recommandait de ne pas payer les impôts et de se dérober au service militaire. Menchikov qui, en désertant, a « franchi la frontière de la légalité », Menchikov le « minoritaire » se montre ici un parfait disciple de Tolstoï. Il honore les promesses de son patronyme en se rangeant dans le petit nombre des rebelles par qui le salut du monde arrivera. Lorsque, au cours de sa fuite, il doit traverser une ville, il a le sentiment d'entrer dans une citadelle « ennemie », toute agglomération urbaine étant « la Rome éternelle », le symbole du pouvoir et de l'oppression.

L'image qu'il se fait de la guerre le rapproche d'un autre artiste russe, le peintre de la seconde moitié du XIXe siècle Vassili Verechtchaguine, qui a peint dans un tableau, sous le titre *L'Apothéose de la guerre* (1871, galerie Tretiakov à Moscou), une pyramide de crânes surmontée par un vol de corbeaux. Dans le cadre est inscrite la dédicace : « A tous les grands envahisseurs passés, présents et à venir. » Un autre tableau, qui ressemble de loin à un champ de blé, révèle, quand on s'en approche, des rangées de cadavres en uniforme couchés comme des épis. (Verechtchaguine fut tué lui-même à bord d'un cuirassé durant la campagne russo-japonaise de 1904 : tandis qu'il dénonçait l'horreur des champs de bataille et des boucheries de masse, avait-il la prémonition de son propre destin ?) Pour Menchikov, « de tout temps les soldats n'avaient jamais été qu'un matériau de construction : leurs os pavaient les routes qui menaient aux victoires, leurs crânes servaient de fondations aux arcs de triomphe. Nul ne connaissait leurs noms. A quoi bon connaître les noms des poutres et des briques ? Les soldats étaient par définition des choses sans visage et sans nom. Tous au cordeau derrière un seul calot, une seule botte. Là était leur raison d'être. Plus ils étaient anonymes et impersonnels, plus ils étaient fiables ».

Faisons bien la distinction entre « zéros » forestiers et « zéros » militaires. Le « zéro » forestier est un homme qui s'est délivré des limites de son individu pour accéder à une communion avec l'infini de la nature. Le « zéro » militaire est un homme anéanti, l'esclave d'un pouvoir qui l'écrase. Devenir un « zéro » forestier, c'est découvrir sa liberté. Etre ravalé au rang de « zéro » militaire, c'est s'enfoncer dans la servitude. Perdre son identité au bord du Baïkal aboutit à une extension de soi-même, à une négation de toutes les bornes qui empêchaient ce soi-même de remplir l'univers, d'être associé à l'immensité de l'univers et d'en épouser les pulsations infinies. Etre nié par l'autorité militaire, c'est perdre sa dignité humaine, se trouver réduit à la dimension d'une brique.

Caché un soir sous un pont, Menchikov s'endort, puis se réveille en sursaut. « Le ciel grondait au-dessus de lui, les montagnes s'abattaient sur le pont et tout l'univers s'est jeté sur lui, une avalanche de planètes et d'étoiles : c'était un train. » Mieux vaut être « un morveux de guerrier recroquevillé sous un pont », se dit-il, que retomber aux mains d'officiers sadiques. « Mieux vaut être paria qu'humilié. » Il est curieux que ce soit le passage du Transsibérien, le fracas lumineux du convoi en route vers l'Ouest, qui lui ait donné cette conscience d'être un « paria ». Il n'appartient plus à la Sibérie, et il n'est pas encore rentré dans la « civilisation ». On n'est plus nulle part lorsqu'on est dans ce train, on ne sait même plus qui on est, et si l'on est quelqu'un.

Une vieille paysanne, « la mère Marina », qui vit seule dans un village abandonné le long de la voie ferrée, recueille le fuyard dans son isba. Un soir, ils entendent le train qui s'approche en grondant. Menchikov court se cacher derrière les arbres. Marina s'avance vers le train. Ce n'est qu'une locomotive, une motrice sans wagons. La locomotive donne un coup de sirène et commence à ralentir. Elle stoppe « comme un taxi » juste devant Marina. La portière est ouverte, un homme en tenue de service descend les échelons, serre la main de la vieille, se retourne ensuite vers un collègue qui lui tend un sac, puis un deuxième. L'autre les attrape, passe les sacs à la paysanne, lui donne l'accolade, puis remonte prestement et se retourne pour faire au revoir de la main. « Un coup de sirène d'adieu a déchiré la sylve glacée ; la motrice était déjà loin. »

Qu'y avait-il dans les sacs ? Du pain blanc et noir, et, cadeau encore plus précieux, car Marina n'avait plus de quoi les alimenter, du fourrage pour ses poules. Ainsi, du train furieux au train nourricier, du train qui personnifie la ville, l'ordre, la loi, le pouvoir, à celui qui est l'emblème et le moyen de la liberté, du train qui épouvante au train qui rassure, la mythologie polyvalente du Transsibérien étale ses symboles et ses richesses aux abords du Baïkal[1].

---

1. Le jeune écrivain Sylvain Tesson a passé récemment six mois dans une cabane au bord du Baïkal, et en a tiré un livre, *Dans les forêts de Sibérie* (Gallimard, 2011), qui est un journal de voyage, un carnet de bord, un recueil d'impressions quotidiennes, sincère et attachant.

28

Oulan-Oudé

Départ d'Irkoutsk le mercredi 9 juin à 20 h 44, arrivée à Oulan-Oudé, de l'autre côté du lac Baïkal, le lendemain à 3 h 48. Pas de changement de fuseau horaire : l'horloge de la gare marque 10 h 48.

Baïkal Plaza, hôtel somptueux. Malgré la nuit blanche et l'heure matinale, aucune envie de dormir. Nous sommes chez les Bouriates, dans la capitale de la république de Bouriatie, et, pour la première fois, je vois des visages asiatiques, aplatis, presque plus larges que hauts, des pommettes saillantes, des yeux bridés, des cheveux noirs. Jusqu'à présent, les Sibériens, avec leur haute stature, leur peau et leur poil clairs, ne me donnaient pas le sentiment de me trouver hors d'Europe.

A droite de l'hôtel, j'avise un magasin signalé par une enseigne géante découpée dans des tubes lumineux rouges et verts : « Spoutnik ». Une seule rue à traverser, mais déjà beaucoup de circulation. Le magasin est ouvert : ouvert vingt-quatre heures sur vingt-quatre, comme souvent en Russie et en Sibérie. J'entre.

Stupeur : c'est un commerce d'alimentation, si je puis appliquer ce nom trivial à un supersupermarché d'un luxe inouï, dont les seuls équivalents en France seraient la Grande Epicerie de Paris du Bon Marché ou le Gourmet des Galeries Lafayette. Je distingue, dans chaque catégorie, les produits du monde les plus chers : moutardes françaises sophistiquées, huiles aromatisées, truffes noires, truffes blanches, crème balsamique (je ne connaissais que le vinaigre), dom Pérignon en régiments serrés, les meilleurs crus de bordeaux et de bourgognes, les meilleures variétés de pâtes italiennes, de grandes marques de surgelés, du *jamón* « pata negra », des confitures exotiques. Un festival de gâteries, hors de portée du salaire moyen de vingt mille roubles (cinq cents euros). Qui donc aura des revenus suffisants, dans une ville de 350 000 habitants, pour se payer d'aussi coûteuses marchandises ? Premier réflexe : des « nouveaux Russes », des « nouveaux Bouriates », évidemment, enrichis par la fraude ou le crime. Mais n'est-ce pas plaquer une idée reçue sur une réalité plus complexe ? Ce magasin est immense ; il se ramifie en vingt départements : viandes, poissons, crustacés, tous de premier choix, chocolats suisses, oranges du Maroc, pamplemousses de Californie… S'il fonctionne vingt-quatre heures sur vingt-quatre, c'est qu'il table sur une clientèle bien plus étendue qu'une classe restreinte de parvenus.

Plus tard, à notre guide, Zinaïda, une Européenne, maquillée avec trop de rouge, la quarantaine replète, je fais part de ma perplexité.

— La ville est pauvre, nous dit-elle.

— Malgré le « Spoutnik » ?

— Malgré le « Spoutnik ».

Puis, en veine de confidences :

— Je sais que vous aimez, à l'étranger, Gorbatchev. Nous sommes plus réservés à son sujet. La perestroïka est venue trop vite, le changement a été trop brutal. Du jour au lendemain, il n'y avait plus d'Etat, plus d'idéal. On ne payait plus les salaires, on ne distribuait plus gratuitement les appartements. Maintenant, cela va mieux. De 1990 à 2000, c'étaient vraiment les années noires. Je n'idéalise pas l'ancien régime, mais il faudrait discuter.

Discuter, oui. Ces réserves contre Gorbatchev sont-elles seulement d'ordre économique ? Elle a dit : « Plus d'Etat, plus d'idéal. » Je serais tenté de penser : « Voilà une ancienne communiste », mais, là encore, je sens que cette explication est trop courte. Zinaïda peut regretter que la société russe actuelle n'ait plus d'idéal, sans regretter forcément l'idéal communiste. La société communiste avait un idéal ; c'était peut-être mieux que de n'en avoir pas du tout, et de vouloir singer n'importe quelle société de consommation.

Il me semble, quand nous arrivons sur l'immense « place des Soviets », qu'elle n'a pas voulu dire autre chose. « Place des Soviets », répète-t-elle, en appuyant sur ces trois mots avec une insistance ironique. Puis, nous indiquant, au centre de l'esplanade, une gigantesque tête en bronze de Lénine, posée sur un socle de marbre, elle ajoute, du même ton :

— C'est la plus grande statue au monde de Lénine. Il n'y a que la tête, mais la tête à elle seule est plus grosse et plus grande que toutes les statues en pied dans toute la Russie.

Des gamins escaladent le socle et se hissent sur la pointe des pieds pour frapper du poing sur le bronze. Les plus petits sont armés d'un bâton.

— Approchez-vous.

Nous nous approchons. La tête n'est pas seulement monstrueuse, elle dégage une énergie sauvage, rendue plus terrifiante par l'épaisseur démesurée des traits. Jamais les origines, kalmouke et mongole, du dictateur n'ont été autant soulignées.

— Cette tête, reprend Zinaïda, avait été faite pour l'exposition de Montréal de 1974. Brejnev nous la donna ensuite en cadeau, parce que Oulan-Oudé était la seule ville de l'URSS à n'avoir pas de statue de Lénine. Brejnev voulait nous punir. Quand j'étais enfant, cette tête me faisait peur. Mon père m'a dit : « Grimpe sur le socle et tape dessus. » J'ai grimpé sur le socle et tapé dessus. Elle sonnait creux. Depuis, je n'ai plus eu peur.

Ce Lénine puissance dix se trouve maintenant à deux cents mètres du « Spoutnik ». Staline tenta d'éradiquer la langue et la culture des Bouriates. Ils tinrent bon, préservèrent leur identité, leurs hymnes, leurs chamans, leurs temples bouddhistes. Ils ont laissé la tête de Lénine, beaucoup plus voyante que sa momie dans le mausolée de la place Rouge, mais, pas plus que les Moscovites, ils ne boudent les avantages du capitalisme.

La ville n'est ni belle ni laide. Des immeubles soviétiques y côtoient des constructions moins massives. Elle ne possède quelque charme que parce qu'elle est très aérée, avec de larges avenues. Il ne reste rien du pittoresque bouriate, s'il y en a jamais eu. Le temps est loin où les Bouriates se déplaçaient à dos de renne dans les forêts enneigées, dormaient une partie de l'hiver d'un sommeil léthargique et ne se réveillaient que pour adorer l'ours lorsque la bête sortait de son hibernation aux premiers rayons du soleil printanier. A présent, ils foncent dans de grosses cylindrées. Est-ce en souvenir d'une vie plus respectueuse de la nature et des sentiments naturels, que les conducteurs freinent et s'arrêtent devant les passages protégés pour donner la priorité aux piétons ? A Moscou, on échappe dix fois par jour à la mort, et, sans les passages souterrains, chaque traversée de boulevard serait fatale. La courtoisie des Bouriates, pratiquée peut-être en mémoire de leurs ancêtres qui laissaient le temps au temps et l'ours émerger lentement de la nuit polaire, tranche sur la grossièreté des Russes au volant.

La « rencontre » avec des lecteurs ne fut pas plus intéressante que les autres, sinon qu'elle donna lieu à une petite polémique, d'où il ressortit que plus on s'éloigne de l'Europe, plus les préjugés ont la vie dure.

Une dame nous demanda pourquoi les films français ne font jamais l'éloge de la famille, multipliant au contraire les scènes de lit. Ce « au contraire » n'était-il pas bien bizarre ? Les familles ne commencent-elles pas dans un lit ? La dame parut imperméable à cette objection. Elle continua, d'une voix outrée qui ne laissait aucun doute sur sa propre opinion.

— Que pensez-vous de la parade gay qui s'est tenue à Moscou ? Quel est le sentiment, à ce sujet, des démocrates français ? Vous-mêmes, approuvez-vous une telle manifestation ?

Il n'était pas question, évidemment, d'émettre des réserves sur l'opportunité de cette fête dans un pays encore si profondément homophobe, qu'il répond aux réclamations des gays par des ratonnades sous l'œil bienveillant de la police. Nous nous contentâmes de lui rappeler que les « démocrates français » avaient voté le pacs il y a plus de dix ans, et que la victoire obtenue par les minorités sexuelles pour faire reconnaître leurs droits comptait, justement, parmi les rares acquis dont la France et la démocratie pouvaient se dire fières. La dame se leva et sortit.

Alexandre III, convaincu de la vocation asiatique de la Russie, envoya en 1891 son fils, le futur Nicolas II, au Japon. Le tsarévitch rentra par Vladivostok, puis regagna Saint-Pétersbourg à travers la taïga. L'arc de triomphe élevé dans l'actuelle rue Lénine, à un bloc de la place des Soviets, commémore le passage du jeune prince à Oulan-Oudé. La Sibérie, qui le mettrait à mort, fêtait alors le jouvenceau de vingt-trois ans.

Plus loin commence la partie piétonnière de la rue, qui descend vers la rivière Ouda. Rien de plus charmant que cette allée, bordée d'anciens palais et de maisons dans le style russe. Flairant le piège, nous sommes quelques-uns à fuir le dîner prévu pour nous au « café-yourte Baataraï Ourgoo ». Bien nous en prend, d'après le récit ultérieur de ceux de nos camarades qui ont eu le courage de s'enfiler sous la tente de peau des nomades, où leur furent servies des viandes grasses et juteuses, dans un décor d'opérette.

La rue Lénine offre de nombreuses terrasses de café, où l'on peut manger à prix modiques. Pendant que des jeunes, un peu ivres, s'exercent à la carabine dans les stands de tir échelonnés tous les vingt mètres, nous commandons de ces délicieux *pelmeni*, nourriture nationale pour les Russes, sorte de ravioli qu'ils farcissent de viande. La fantaisie sibérienne, plus légère, les fourre de crème fraîche et d'herbes. La bière aussi est exquise.

Nous passons devant une immense salle aux baies vitrées, de style stalinien, encore fermée, sans doute une boîte de nuit, je le déduis de son nom : Aquarium, repris à un groupe de rock russe, célèbre en Russie. Le Burger King, un peu plus loin, n'ouvre qu'à 23 heures. Tout en bas, de l'autre côté de la rivière, s'étend un parc pelé, pas du tout éclairé, un peu louche, fréquenté par de très jeunes adolescents. Tous, garçons et filles, ont une canette de bière à la main. Ils se couchent dans l'herbe, s'embrassent, certains disparaissent derrière les buissons. La nouvelle génération : aussi éloignée de la religion bouriate que du puritanisme soviétique.

29

Noces bouriates

De la religion des vieux-croyants et de ses rites, que subsiste-t-il ? A soixante-dix kilomètres d'Oulan-Oudé, l'autobus nous dépose dans un village habité encore par des *raskolniki*, dont les ancêtres, inflexibles sur leur foi, furent exilés de Russie au XVIIe siècle et arrivèrent ici après deux ans de marche à pied. Race forte et têtue, qui choisit le bannissement et la mort civile à l'autre bout du monde plutôt que de renoncer à faire le signe de croix avec deux doigts.

Certes, il ne faut pas nous attendre à découvrir un de ces coins perdus comme celui qu'a décrit un journaliste russe dans un récit extraordinaire (Vassili Peskov, *Ermites dans la taïga*, Actes Sud). C'est en 1982 que des géologues lui signalèrent la présence, dans la taïga au sud de Krasnoïarsk, d'une isba complètement isolée où vivait une famille restée hors du temps. Il se rendit sur place et trouva une masure où les conditions d'existence n'avaient pas changé depuis l'époque de l'Antéchrist – ainsi appellent-ils Pierre le Grand. Ils faisaient le feu au silex, s'éclairaient avec des mèches de bois, portaient des vêtements mille fois rapiécés, allaient nu-pieds l'été, chaussés d'écorces de bouleau l'hiver, parlaient la même langue que trois siècles auparavant, devenue obsolète et incompréhensible. Ni électricité, ni radio, ni journaux, ni aucune nouvelle du monde, par la force des choses, mais aussi par rejet volontaire de tout ce qui a trait au « siècle ». Au mot de « Nikon », le nom du patriarche honni qui avait réformé l'Eglise orthodoxe sur l'ordre de Pierre le Grand, ils crachaient par terre et se signaient des deux doigts, comme la boyarde Morozova du tableau de Vassili Sourikov.

Toutes les interdictions prononcées par la religion des vieux-croyants, ils les respectaient encore : pas de thé, pas de tabac, déclarés plantes démoniaques de perdition. Pas de pain, pas de sel. Ils ne faisaient qu'une entorse, en faveur de la pomme de terre, qu'ils cultivaient dans un potager aménagé entre les arbres. Pierre le Grand avait importé d'Europe la pomme de terre, et c'était une raison suffisante pour l'estimer maudite, mais elle constituait leur seule nourriture un peu consistante, en dehors de quelques légumes et des plantes et fruits de la forêt, sève de bouleau, ortie, oignon sauvage, champignons, airelles rouges, myrtilles, cassis, framboises, graines de cèdre.

Ils demeuraient fidèles aux rites de l'ancienne Eglise, continuaient à marcher en procession dans le sens du soleil et non à l'envers, comme l'avait imposé Nikon ; à tripler l'alléluia (au lieu de le doubler), à se prosterner jusqu'à terre (et non à la hauteur de la ceinture, autre innovation voulue par Nikon) ; à refuser de se laisser photographier et à proscrire de leur maison toute image, pour obéir à la défense de garder sous son toit d'autre figure que l'icône divine.

Oui, le schisme des vieux-croyants, décidé et théorisé par l'archiprêtre Avvakoum, n'eut pas d'autres causes que ces motifs qui à première vue nous paraissent dérisoires. Pour mesurer la grandeur de leur obstination, il suffit de penser qu'ils ont préféré s'enterrer depuis trois siècles au fond de la taïga, à deux cents kilomètres du plus proche hameau, plutôt que de céder à ce qui n'était qu'une injonction politique. Intransigeance et folie de l'âme russe…

Le village où l'on nous conduit aujourd'hui ne nous présentera, évidemment, qu'une version affadie et sans doute un peu comique de cette passion révolue. A l'entrée, sur une borne, nous avons vu, sculptée en bas-relief, une effigie de Lénine. Pourquoi ne l'ont-ils pas arrachée ? Alignées sur un seul rang de chaque côté de ce qui n'est qu'une piste en terre battue, les petites maisons de bois de Bolchoï Kounaley, peintes en bleu ou en vert, ne renferment qu'une seule pièce. Menues et fragiles, elles ont l'air posées au bord du chemin, prêtes à être démontées, comme si leurs occupants s'attendaient encore, après plusieurs siècles de séjour provisoire, à être délogés et chassés plus loin.

L'église n'est pas au centre du village, elle ne ramasse pas les maisons autour de son clocher, mais reste en marge, derrière la rangée d'isbas, comme le gardien d'un troupeau en transhumance. C'est un village ouvert, au vent de la steppe, à la poussière de la route, aux dangers d'un campement temporaire, aux épreuves de l'errance. Une tribu de nomades, toujours sur le qui-vive.

Dans une de ces maisons on nous a réservé, pourtant, un accueil qui témoigne de la solidité des anciennes coutumes. Ils reçoivent des touristes, c'est entendu. Mais même en faisant la part de l'empressement de commande, nous aurions mauvaise grâce à ne pas apprécier leur chaleur, leur générosité. Le village est si éloigné des parcours obligés, si isolé dans la steppe aride, qu'ils peuvent mettre du cœur dans ce qui serait en Europe une obligation fastidieuse.

Le repas nous est servi sur une longue table, par des jeunes filles en costume qui apportent sur des assiettes bleues, décorées de motifs floraux, des croquettes de pommes de terre et de poisson, des brochettes de foie, des beignets de crevettes, des boulettes de viande, des briks à l'œuf et aux légumes, des chachliks de mouton enfilés sur de longues broches damassées. Nourriture savoureuse, bien que trop abondante et trop grasse. Tout a été cuisiné pour nous, sur d'antiques fourneaux à bois et d'après des recettes traditionnelles.

Il se trouve que je suis assis avec Danièle Sallenave au bout de cette table, du côté où se prépare, sous une sorte d'auvent, quelque spectacle ou cérémonie, à en juger par l'animation qui agite soudain nos hôtes. Une jeune femme, deux femmes plus âgées et un jeune homme prennent place sous l'auvent, rangés en file les uns à côté des autres. Les femmes sont habillées de couleurs vives. Une robe à plis, attachée aux épaules par deux bretelles bleues, laisse dégagés le col et les manches longues d'une blouse de soie rose. Le haut de la robe est brun clair, elle se termine par trois bandes horizontales, une bleue, une verte, une rouge. Le garçon est vêtu d'un pantalon noir et d'une tunique de soie verte, boutonnée jusqu'au cou. Des cheveux blonds tombent en frange sur son front. Il possède la juvénilité gracieuse et le teint clair d'un Russe. Les yeux bleus de la jeune fille, ses cheveux châtain clair, fournissent une autre preuve que les exilés ont maintenu la pureté ethnique de leur petite colonie. Dommage que ces jeunes gens soient tous les deux un peu gras. Les deux vieilles femmes, tannées par l'air et burinées par l'âge, ont plus d'allure.

Comment la cérémonie a-t-elle commencé ? Je me rappelle seulement que Danièle et moi avons été priés tout à coup de nous asseoir sur des tabourets entre les deux vieilles femmes, face à nos camarades, qui ont cessé de manger pour assister au spectacle. Le garçon m'a revêtu d'une tunique analogue à la sienne, mais rouge. Et les deux vieilles ont commencé à recouvrir, à envelopper, à farcir, à entrelarder, à fagoter Danièle de jupes et de fichus bariolés, puis à l'enturbanner en roulant autour de sa tête plusieurs volées de pesantes étoffes. Nous avions chaud sous nos costumes, mais très envie de jouer le jeu. C'était un jeu, mais en même temps la reproduction, très exacte et très sérieuse, d'une cérémonie de mariage.

Une des vieilles, censée être la mère du marié, s'approcha de moi et me débita des conseils auxquels je ne compris rien, bien que le sens en fût évident. L'autre vieille se chargea du même office auprès de la mariée. Mais l'intérêt du spectacle n'était pas dans ces exhortations de mère à fils, de mère à fille, assez semblables, au fond, aux recommandations prodiguées par toutes les mammas d'Europe à leur progéniture. Les deux vieilles, à l'improviste, cessèrent de s'occuper de nous pour se quereller entre elles. Celle qui était à mon côté reprochait à l'autre de ne pas se présenter avec une dot suffisante. N'avait-elle pas honte de n'apporter que la moitié de la somme promise ? Le garçon en tunique verte tendit à la récriminante une boîte que celle-ci secoua de l'air le plus mécontent. Le ton monta, pendant que nos camarades s'esclaffaient de cette comédie parfaitement jouée. Les deux vieilles, si fines et débonnaires jusque-là, se transformèrent en belles-mères, en mégères. La boîte passa d'une main à l'autre, soupesée, secouée, agitée furieusement. Ma supposée mère me prenait de temps en temps à partie, en me donnant, pour que je monte au degré convenable d'indignation et m'associe à sa colère, une grande tape dans l'estomac. La jeune fille restait muette : on comprenait qu'elle jouait le rôle de la fille à marier, n'étant là que pour parfaire son éducation. Le garçon aussi, une fois la boîte transmise, se cantonna dans un rôle de potiche.

Ainsi ressuscitait pour nous l'antique coutume des tribus endogames, où le mariage n'était pas fondé sur l'amour, mais réglé par d'expertes marieuses comme une affaire rapportant à un des partis de l'argent, à l'autre la garantie d'une descendance. Ce n'étaient pas deux individus qui décidaient de s'unir, mais deux familles qui calculaient leurs intérêts. Les deux vieilles étaient impayables dans leur manège. Etait-ce seulement un manège ? Elles s'échauffaient, elles revivaient leurs propres noces. Religieuses jusqu'au sacrifice, mais intraitables sur la question du patrimoine. On a beau avoir été assez fou pour s'enterrer en Sibérie, le fanatisme du signe de croix n'a jamais affaibli la rouerie paysanne.

Pendant ce temps, Danièle et moi ne pouvions rester comme des bûches. Accoutrés comme nous étions, nous sentions le ridicule de notre position. Danièle tint admirablement sa partie : elle minauda, cacha son visage derrière ses mains, glissa entre ses doigts des regards effarouchés, fit la timide, la prude, l'embarrassée. L'hilarité, autour de nous, redoublait. Mon rôle était plus difficile, et je m'en tirai nettement moins bien, ne parvenant pas à prendre l'air outré. Enfin, le compromis fut trouvé, le marché conclu, la boîte remportée par le garçon, la mère et la belle-mère accolées congrûment. Les époux, sommés d'échanger un baiser, s'embrassèrent sur la joue.

Je m'interroge encore sur la signification de cette parodie. Voulait-on simplement nous distraire ? Ou nous donner un petit cours d'anthropologie ? Je ne puis croire qu'on ait convié des étrangers à un divertissement folklorique, aussi loin à l'intérieur de la steppe, avec la seule intention de les amuser. Les vieilles étaient assez futées pour savoir ce qui se passe en Occident, et comment la notion de contrat, d'engagement, y est mise au rancart par la volonté d'être libre et de laisser chacun suivre son humeur.

— Nous sommes de vieilles-croyantes, soit. Mais peut-être pas si vieilles bêtes que cela. Vous avez vu la jeunesse d'Oulan-Oudé se rouler derrière les buissons dans le parc au bord de l'Ouda, en attendant d'avoir dix-huit ans et assez d'argent de poche pour finir la nuit à l'Aquarium ou au Burger King. Répondez-nous franchement : que vaut cette liberté ? Que vaut cette jeunesse ? Où ira-t-elle ? N'avez-vous pas éprouvé quelque crainte au sujet de ce qui attendra dans quelques années ces garçons et ces filles qui se réjouissent de n'avoir plus de mères ni de belles-mères entre les pattes ? Ah ! Nous savons que vous ne pouvez pas retourner en arrière. Emportez au moins avec vous le souvenir d'un lieu où la fragilité des humains est compensée par la permanence du rite.

Il y avait en tout cas plus d'authenticité dans cette fête chez les vieux-croyants que dans l'exhibition de foi bouddhiste qu'on nous avait réservée pour la fin de l'après-midi. Sur le chemin du retour, à trente-cinq kilomètres d'Oulan-Oudé, on nous amena visiter le datsan d'Ivolguinsk, centre du bouddhisme sibérien, et objet de vénération dans la contrée. C'est un ensemble hideux de bâtiments sales, de toits dorés et de portiques criards. Mais il rapporte, c'est sûr : à l'entrée du monastère, sur plusieurs dizaines de mètres, on est assailli par les marchands de babioles pieuses qui, debout derrière leurs tréteaux, essayent de vous fourguer leur pacotille.

Dans l'enceinte, pour vous prouver que vous n'êtes pas n'importe où, on vous oblige à circuler dans le sens des aiguilles d'une montre, à tourner de gauche à droite les moulins à prières et à entrer dans les temples seulement par la porte de gauche. Il est défendu, dans le temple central, attifé de dragons dorés et de rubans multicolores, de tourner le dos aux représentations du Bouddha, en sorte qu'on doit sortir à reculons. A nous, Voltaire ! Toutes ces simagrées pour cacher la laideur de l'ensemble et les horreurs de détail. De vilaines statues de tigres-gardiens vous tirent une langue marinée dans du jus de cerise, les moulins à prières sont découpés dans de vulgaires boîtes en fer-blanc, les briques ne sont pas des briques mais des rectangles peints sur les murs chaulés. Si les lamas, dans le temple central, vous empêchent de pivoter sur vos talons, ils ne se privent pas de faire tourner les caisses enregistreuses.

Le dalaï-lama est venu cinq fois ici. Pensez ce que vous voulez de ce phénomène tenu pour miraculeux : quand on a exhumé le corps du douzième khambo-lama, après soixante-dix ans passés sous la terre, la dépouille était intacte. Prodige aussi avéré que la liquéfaction du sang de saint Janvier deux fois par an, à dates fixes, à Naples, ou les larmes qui coulent à Syracuse des yeux de la Madone de plâtre, la veille des élections.

30

Trois jours dans le train

Départ d'Oulan-Oudé le vendredi 11 juin à 13 h 54, pour le dernier tronçon, et le plus long, du voyage. Nous n'arriverons à Vladivostok, terminus du Transsibérien, après avoir franchi deux nouveaux fuseaux horaires, que le lundi 14 juin, à 6 h 30 du matin. Nous ne descendrons ni à Tchita, ni à Khabarovsk, les deux seules villes de quelque importance, tristement célèbres dans les annales du bagne. Décembristes, détenus de droit commun, condamnés politiques, déportés du goulag, nous ne pourrons que les imaginer, traînant leurs chaînes, et encore, pour nous représenter pleinement ce qu'était leur sort, il faudrait se les figurer marchant dans la boue, la neige, la glace, pas dans la douceur lumineuse et sèche de ce printemps.

Relire les pages de *Résurrection* où Tolstoï décrit le cortège des prisonniers, les gîtes d'étape empuantis par l'odeur des excréments, la brutalité des gardiens, l'effondrement moral des détenus jetés eux-mêmes dans la bestialité et la folie : Soljenitsyne n'a pas lancé de plus forts anathèmes. Relire le témoignage d'Evguenia Guinzbourg, arrêtée en 1937 : le parcours jusqu'à Vladivostok, elle le fit dans un wagon à bestiaux, avant d'être envoyée à Magadan *(Le Ciel de la Kolyma)*. Relire le récit *(A marche forcée)* où Slavomir Rawicz raconte comment, en 1940, il a été emmené à douze cents kilomètres d'Irkoutsk, à pied, attaché avec une centaine de compagnons d'infortune à une chaîne que remorquait un camion, à la vitesse de six kilomètres à l'heure, au milieu d'une neige épaisse, par un froid qui brûlait les mains nues. Ecouter sur l'iPod le dernier acte de *Lady Macbeth de Mtsensk*, où Chostakovitch donne une couleur mystique à la détresse des forçats.

Donc, trois jours et deux nuits d'affilée à bord, ce qui ne nous était pas encore arrivé.

Serait-ce une épreuve ? Une succession fastidieuse de paysages déjà mille fois vus ? Une lutte contre l'ennui ? A part l'inconvénient, bien léger, dérisoire et vite oublié dès qu'on songe à la misère profonde de ces processions de damnés, à part l'inconvénient de ne pouvoir se laver qu'au brumisateur – et en prenant garde que le cabinet de toilette ferme un quart d'heure avant l'arrivée dans une gare, et ne rouvre qu'un quart d'heure après le départ, la *provodnitsa* est intraitable sur ce point –, ce fut la plus belle, la plus enrichissante partie du voyage.

Taïga le plus souvent. Quelquefois, sur la frontière de la Mongolie et de la Chine, des pans de steppe dénudée, l'aridité de landes à perte de vue, mais, forêt ou désert, jamais une minute d'ennui, les yeux jamais las. Malgré la répétition indéfinie du même, le regard à chaque instant sollicité, l'esprit dans un état d'exaltation. Des rivières, des tourbières, des étangs, coupent l'immense forêt. Pas une maison, pas un homme, pas une automobile, pas un animal. Le monde s'étend devant nous aussi neuf qu'à son origine. De temps en temps seulement, une route de terre, défoncée, spongieuse, s'enfonce sous les arbres. Dans les gares, on voit des wagons délabrés à l'abandon. Quelques villages alignent des maisons de bois sous des toits de tôle pointus.

Il n'y a cependant aucun pittoresque dans ces rares apparitions de l'homme, aucun changement d'un village à l'autre, d'une maison à l'autre : les villages sont identiques, identiques les maisons, chaque isba est construite avec des rondins disposés pareillement et percée de quatre fenêtres semblablement peintes. Seules les gares présentent quelque variété, afin de prouver au voyageur qu'il n'a pas acheté un billet pour rester sur place. Elles sont roses ou vertes, lilas ou pistache, à colonnes ou à pilastres, en forme de temple, de pavillon ou de château. Tous les cimetières, dont le premier nous avait surpris par sa couleur bleue, tous les cimetières sont bleus.

On a beau avancer, on a l'impression qu'on n'a pas bougé. Ce qu'on voit l'après-midi, on l'a déjà vu le matin. On peut même croire qu'on est revenu en arrière. La lenteur du train, les sinuosités paresseuses qu'il décrit, comme s'il n'avait pas envie d'atteindre son but, favorisent cette illusion. Nous faisons l'expérience du vrai voyage, qui est le contraire de l'excursion. Le vrai voyage ne dépayse pas, le paysage n'est beau que par la vibration intérieure qu'il nous fait éprouver, exempte de toute curiosité pour l'inattendu. Comme une phrase musicale qui nous a touchés et dont nous attendons impatiemment le retour, chaque image de la forêt, en étant identique à la précédente, nous fait gravir un degré de plus en direction de l'absolu. La plaine, les arbres, le ciel, toujours la plaine, toujours les arbres, toujours le ciel, dans une suspension du temps qui ouvre la porte sur l'éternité. Faire près de quatre mille kilomètres, d'Oulan-Oudé à Vladivostok, et avoir le sentiment de rester au même endroit ! Il faudrait être frivole pour regretter l'absence de détails qui accrochent l'attention, d'événements nouveaux qui brisent la permanence du même, d'émotions nouvelles qui nous prouvent que nous existons encore.

Nous n'existons plus, nous ne voulons plus exister, si l'existence consiste à planter autour de soi des jalons.

Le samedi 12 juin, dans la petite gare d'Amazar, déserte, où le train ne s'arrête que quelques minutes, un chien est assis devant les rails, seul devant un hangar rose, sur le quai vide, premier être vivant aperçu à terre. Nous comprenons, d'après notre étonnement, à quel point nous avons accepté de perdre nos repères. La vie dans le wagon reflète d'ailleurs cet évanouissement progressif de notre identité. D'un compartiment à l'autre, les échanges se multiplient, on boit dans le même verre, les amandes et les fruits secs circulent, l'iPhone et l'appareil photo volent de main en main, la cameraman cherche désespérément son viseur qu'un taquin lui a volé, on ne sait plus quoi appartient à qui. Abolition du « mien » et du « tien ». Dissolution de l'individu. Il en résulte parfois une légère inquiétude, que je dissipe en jouant aux échecs avec Alexis.

S'il y avait un peintre parmi nous, il éprouverait une véritable angoisse, d'avoir devant lui la plus belle nature du monde, mais trop vaste, monotone et dépourvue d'accidents pour être réduite à la dimension d'un tableau. Le grand Isaac Levitan s'est exprimé là-dessus. « Que peut-il y avoir de plus tragique, que de percevoir la beauté infinie de ce qui nous entoure, mais de ne pouvoir exprimer cette forte sensation et de comprendre ainsi toute notre impuissance ? » Isaac Levitan, qu'on pourrait qualifier d'« impressionniste métaphysique », était le contemporain et l'ami de Tchekhov, lequel a réussi – mais c'est le seul écrivain à avoir déjoué ainsi les lois du roman – à dépeindre, avec une force et un relief saisissants, dans les cent cinquante pages de *La Steppe*, sa plus longue nouvelle, ce qu'est le voyage dans l'immensité russe : une suite de non-événements dans une suite de non-lieux.

Vers 17 heures, ce même jour, la *provodnitsa* passe dans les compartiments pour nous avertir que dans trente-sept minutes le train franchira le fleuve Amour. Emotion, branle-bas général. A aucun prix nous ne voulons manquer ce fleuve mythique, qui impressionne si fort les Français par son nom, alors que *Amour* n'est nullement le mot français, mais un mot sibérien qui n'a aucune signification particulière. Derrière les fenêtres, après avoir entortillé les rideaux sur la tringle, nous attendons. 17 h 37, 18 heures : aucun fleuve, l'Amour n'est pas au rendez-vous. Viera accourt, confuse : elle s'est trompée de jour, la traversée du fleuve est pour demain dimanche, à 15 h 37.

« S'être trompée de jour » : comme j'aime cette formule ! Elle, si précise dans ses informations, si méticuleuse, au point de nous avoir prévenus de la minute exacte, s'être trompée de vingt-quatre heures ! Je vois là une preuve qu'il faut renoncer à compter, à séparer un jour de l'autre, à morceler le temps, à distinguer aujourd'hui de demain. Trois jours sans quitter le train jetteraient le doute dans l'esprit le plus méthodique. Adieu notre échelle de valeurs ! La raison calculatrice doit céder la place à un engourdissement bienheureux. Seul Trophime (KGB) garde la tête froide. Il nous rappelle, en nous sommant de gagner le wagon-restaurant, qu'il y a encore des règles à suivre, des horaires à respecter. Lui-même se fait scrupule de tenir un compte exact des paniers-repas qu'il doit nous distribuer.

Le dimanche matin, halte à Bielogorsk, au kilomètre 7866. (Cette précision dans l'indication des distances est aussi un moyen d'aider le voyageur à se ressaisir.) La petite gare est peinte en vert émeraude, comme certains palais de Saint-Pétersbourg, et des pilastres à chapiteaux, des guirlandes au-dessus des fenêtres, achèvent de lui donner une élégance néoclassique. Devant la gare, sur un socle aussi haut que lui, petite statue de Lénine en pierre. Il porte un gilet et un veston, dont le pan se soulève pour suivre le mouvement du bras dressé et du poing tendu vers le ciel. Devant la statue est exposée une télègue de 1860. J'étais curieux de voir cette charrette légendaire, en usage dans les campagnes mais aussi pour les voyages, si longs fussent-ils, et les déportations. Quatre roues de bois, un plancher de bois, deux ridelles, deux brancards, pas de sièges, pas de ressorts, pas de capote. Voiture d'une rusticité primitive, qui secouait ses occupants couchés sur la paille et leur rompait les os, nous avons mille récits de ces supplices.

Je fus heureux de savoir à quoi m'en tenir, tout en me disant que, au fond, m'arrêter à un détail aussi pittoresque, c'était confondre voyager et chercher des distractions. J'avais hâte que le train repartît. Le vrai voyage ne consiste pas à attendre du nouveau, à guetter les surprises, qui sont des bornes que l'on fixe devant soi, mais à abolir toute distinction entre soi et le monde, par une dilatation de l'individu à l'infini. Telle est du moins l'expérience que permet le Transsibérien. A temps engourdi, à espace incommensurable, moi volatilisé.

A 15 heures, nous reprenons conscience, pour courir aux fenêtres du couloir, entortiller les rideaux sur la tringle et nous préparer à la traversée de l'Amour. 15 h 37, 16 heures, rien. Viera, mortifiée, appelle sur son mobile, puis revient vers nous, rayonnante.

— Ce sera à 17 h 30, cette fois c'est sûr !

A 17 h 30, ponctuellement, le fleuve étale sous le pont son cours majestueux, rendu encore plus ample par l'absence de constructions sur les rives. Il est si large que, instinctivement, nous cherchons à en connaître la dimension exacte.

— Plus de deux kilomètres, nous dit Viera, fière d'ajouter : c'est le plus long fleuve de Russie, 4 416 kilomètres.

Ces précisions sont rassurantes, en quelque sorte, comme une barrière contre le vertige : l'infini n'est pas complètement infini, l'illimité a des limites. En même temps, on s'en veut d'éprouver le besoin d'être rassuré. Cela veut dire qu'on n'est pas encore prêt à se fondre, à s'effacer dans le tout.

Il est dommage que nous ne nous soyons pas arrêtés, ensuite, à Birobidjan, chef-lieu du territoire homonyme. On se demande encore pourquoi fut créée, en 1934, par décret du Kremlin, la « région autonome du Birobidjan ». Sous les tsars, les Juifs faisaient l'objet de discriminations sévères, qui furent abolies après la révolution. Il n'était donc plus besoin de leur donner un espace de liberté. Mais Staline, appartenant lui-même à la minorité géorgienne, était obsédé par la question des nationalités. Chaque minorité ethnique, selon lui, devait posséder son propre territoire. L'arrière-pensée, évidemment, était de soustraire les jeunes générations de Juifs soviétiques à l'influence de leurs familles afin qu'ils renoncent aux traditions théologiques ancestrales pour adopter le matérialisme historique.

Plus de trente mille Juifs affluèrent dans la région. Ils avaient un théâtre, des bibliothèques, des clubs de lecture, une école de ballet. Le yiddish devint la langue officielle. L'émigration ne fut jamais massive, la création de ce territoire paraissant, aux Juifs eux-mêmes, trop artificielle. Tous ne parlaient pas le yiddish, et ils craignaient, dans cet éloignement géographique, et ce choix d'une région où les conditions de vie étaient très difficiles, une nouvelle forme de ségrégation et d'exclusion. (Voir à ce sujet le livre de George St. George, *La Sibérie*, Stock, 1970.) Aujourd'hui, l'antisémitisme sévissant de plus belle en Russie, la majorité des Juifs est partie pour Israël ; il n'en reste plus à Birobidjan que quelques milliers, mais qui ont toujours leur synagogue, leurs fêtes, leurs écoles.

La seconde nuit, dans notre train, entre Birobidjan et Khabarovsk, qui serait notre dernière nuit à bord, la vodka coula avec plus d'abondance que d'habitude. Trophime passa d'abord dans les compartiments avec des gobelets de carton, où il versait une rasade mesurée. Puis, quand il vit que nous lui tendions nos verres à thé, sertis dans une monture de métal, il y alla plus franchement, pour nous montrer peut-être qu'il était un bon diable, dès que la discipline n'était plus nécessaire et qu'il pouvait se montrer au naturel.

L'orgie restait fragmentée, par petits groupes, étant donné la disposition cloisonnée du wagon : impossible de nous réunir et de boire ensemble. Alors, le Russe ébouriffé aux boucles noires de Caucasien, Mikhaïl, le boute-en-train à la voix superbe, de basse qui puise son énergie dans les profondeurs de la terre, se mit à chanter dans le couloir, pour unifier nos libations parcellaires dans cette effusion commune que seule peut délivrer la musique. Il chanta, et chantèrent dans sa gorge les plus belles heures et les émerveillements de la journée.

Il n'y a que les voix russes, rauques, éraillées, enrouées, creusées par la fumée et l'alcool comme une ornière par le dégel, il n'y a que ces voix travaillées par des siècles de souffrances et d'extases, qui peuvent descendre aussi bas dans l'échelle des sons, jusqu'à pénétrer dans les corps et s'y mêler à la vie obscure du sang, de la lymphe, des humeurs secrètes. Ce n'était plus un homme que nous écoutions, c'étaient les fleuves que nous avions traversés, les forêts où notre regard s'était perdu, la Sibérie entière qui entraient en nous avec le chant. Enivré d'Amour, Mikhaïl, à partir d'une mélodie banale, qu'il rechargeait d'une jouissance nouvelle, lançait un air triomphal dont nous étions transportés.

— Mesdames et messieurs, criait Trophime, n'oubliez pas que nous descendons du train demain matin à 6 h 30. Réveil à 5 h 30 pour tout le monde ! Il est temps d'aller se coucher ! Je vous en prie !

Et de s'affairer, çà et là, pour s'assurer que le message était bien reçu. Mais, au regard malicieux qu'il nous jetait, nous comprenions qu'il ne cherchait, par cette remontrance, qu'à redoubler notre exaltation du dernier soir par le plaisir de transgresser l'horaire.

31

Vladivostok

Aux confins de la Chine et de la Corée du Nord, en face du Japon : Vladivostok, terminus du Transsibérien, au kilomètre 9288. Nous quittons le train à 6 h 30, accueillis par une fanfare. Le décalage horaire avec Moscou est de sept heures. L'horloge de la gare affiche 23 h 30. La gare, copie de la gare de Iaroslavl à Moscou, est ornée dans le hall de grandes fresques pâles des années 1930. D'un côté, Moscou, ramassée dans un énergique raccourci, puisque la cathédrale Basile-le-Bienheureux, une des églises du Kremlin, et le théâtre Bolchoï sont représentés par leurs façades alignées sur le même plan. De l'autre côté, Vladivostok, avec la gare, un voilier, une locomotive à vapeur, une église et un groupe de soldats soviétiques.

Soviétique, la ville l'est restée, dans son apparence, plus que toute autre en Sibérie. Bâtiments publics ternes, immeubles gris, énormes casernes, la rue principale, Svetlanskaïa, étirée interminablement, l'hôtel Azimut, où nous résidons, semblable à un garage. Les édifices modernes sont aussi massifs et rébarbatifs que du temps de Staline et de Khrouchtchev. Ne cherchez ni le pittoresque des venelles génoises, ni l'agrément qu'on attendrait d'un port, dans les avenues impersonnelles qui bordent l'océan, les places trop étendues, vides, sinistres comme des terrains vagues.

La ville s'était montrée longtemps rétive à la révolution d'Octobre. Les rouges n'achevèrent sa conquête que le 25 octobre 1922. Joseph Kessel a décrit, dans un de ses meilleurs livres, *Les Nuits de Sibérie*, le grouillement de soldats, d'aventuriers et de hors-la-loi qui avaient pris possession du grand port stratégique pendant cette période de transition, par fidélité au tsar ou spontanément, par instinct anarchique. Soldats japonais, légionnaires tchèques, équipages de guerre américains, anglais, français, italiens, canadiens, grecs fraternisaient – ou se disputaient, pour l'alcool, pour la drogue, pour l'or, pour les diamants – avec les volontaires de l'Armée blanche.

Les organisateurs nous ont réservé une suite de visites extrêmement ennuyeuses, placées toutes sous le signe de l'exploit militaire : sous-marin ayant coulé quatre bateaux pendant la Grande Guerre patriotique, et porté dix-neuf fois disparu, monument aux morts tués au front pendant cette même guerre et immortalisés sous la forme de gigantesques statues de bronze érigées en face de l'océan, musée de la Marine, forteresse construite sur une colline et pourvue de canons pointés vers le large. Nous devons attendre, en plein soleil, sur une esplanade bétonnée où aucune plante ne se risquerait à pousser, attendre jusqu'à midi, heure où chaque jour on tire un de ces engins en l'honneur des marins et des soldats qui fondèrent la ville en 1860, à l'emplacement de ce qui n'était qu'un camp de transit pour les marchands japonais, coréens, chinois, mandchous.

316 habitants en 1868, répartis en quarante-huit maisons. Ils disposaient d'une église, de dix bâtiments administratifs et de douze entrepôts. 15 000 habitants en 1891, année où le tsarévitch Nicolas inaugura le tronçon oriental du Transsibérien, événement commémoré par un arc de triomphe érigé dans le même style que la gare, moitié château russe, moitié palais oriental. 106 000 habitants en 1923, 120 000 en 1935, année où le premier courrier aérien arriva de Moscou. Il ne lui avait fallu que soixante-quinze heures. 440 000 habitants en 1970, plus de 600 000 aujourd'hui.

Malgré cette progression spectaculaire, j'ai l'impression que, à Vladivostok, on n'est pas encore revenu d'être la pointe avancée de « l'Extrême-Orient russe », comme ils disent emphatiquement, et qu'il faut sans cesse réaffirmer en termes belliqueux la russitude d'une ville qui aurait tendance à se dissoudre dans l'Asie.

Le charme de Vladivostok est ailleurs :

Dans la sonorité éclatante de son nom.

Dans l'omniprésence de l'eau et des activités de la mer : partout des quais, des baies, des rades, des plages, des îles, des bateaux, des mâts, des voiles, des bouées, des phares, des tenues blanches, des cols marins, des cadets de la marine, des officiers avec une ancre accrochée en cabochon sur leur casquette. La toponymie elle-même reflète la vocation maritime de Vladivostok : première *Morskaïa* et seconde *Morskaïa* (rues « de la Mer » 1 et 2), avenue de l'Océan, rue de la Flotte, cinéma Océan, rue du Navire, rue du Quai, rue des Matelots, avenue de l'amiral Nakhimov. Les fêtes aussi : Jour des Pêcheurs, Jour des Matelots, Jour de la Flotte.

Dans sa géographie montueuse : les rues transversales dévalent vers l'océan par des pentes presque aussi raides qu'à San Francisco.

Dans les brumes surtout qui flottent en permanence (au moins pendant huit mois de l'année), voilent les casernes et les hangars, estompent la laideur des barres, poétisent les silhouettes des navires.

Pour Kessel, la ville était sans attraits. « Le Pacifique y vient mourir sous un ciel si brumeux que l'on croit avec peine que le même océan berce Honolulu de vagues de corail et d'or. »

Si l'on prend les choses sous un autre aspect, le port mériterait, pour la mélancolie et le romantisme feutré qui planent avec le brouillard, d'être surnommé « Quai des brumes ». Mais le climat doit être si oppressant, à la longue, qu'on a donné aux baies des noms qui évoquent le soleil, l'azur, la Méditerranée : « Corne d'or » *(Zolotoï rog)*, en songeant au mirage du Bosphore turc et de Constantinople, « Ulysse », « Patrocle », « Diomède », par nostalgie de la lumineuse *Odyssée*.

Vaines chimères… Vladivostok a plus d'affinités avec le Nord qu'avec le Sud. Le personnage le plus intéressant de son histoire est un officier russe, Vladimir Arseniev, qui choisit de venir dans ce Far Est pour explorer scientifiquement les montagnes et les steppes de la Sibérie orientale. Le musée qui lui est consacré, rue Svetlanskaïa, expose des costumes, des yourtes faites de racines ou d'écorce de bouleau, un tigre et un lion empaillés, des photographies d'époque. Arseniev arriva ici en 1902, établit la base de ses expéditions à Khabarovsk et s'enfonça dans la taïga à la tête d'une équipe de pionniers. Dès les premiers jours, il eut la chance de tomber sur un chasseur solitaire, petit, trapu, les pommettes saillantes, la bouche large, les yeux caractérisés par le pli mongol des paupières. C'était Dersou Ouzala, un vrai sauvage, dont il recueillit les souvenirs et écrivit l'histoire, dans un livre paru en 1923 et devenu vite célèbre, que Gorki mettait au rang des récits de Fenimore Cooper. Depuis, le film magnifique de Kurosawa a consacré la gloire de Dersou.

Arseniev, dans l'intention, non de le civiliser, mais de lui faire profiter des avantages de la civilisation, l'avait emmené à Khabarovsk. Le nomade ne supporta pas d'habiter en ville, où l'on est enfermé dans une « caisse » (une chambre), où l'on dépense de l'argent sans motif, en particulier pour le bois, « dont il y a une telle abondance dans la forêt », et pour l'eau, « qui coule à profusion dans les fleuves ». Comme on lui défendait de dormir dans la rue sous une tente, il s'échappa un matin et retourna dans la taïga. Quelques jours après, des soldats en patrouille le retrouvèrent dans la neige, assassiné par des bandits. Arseniev lui fit donner une sépulture dans la forêt. L'été suivant, cherchant à retrouver la tombe, il ne reconnut plus les lieux. On construisait la voie ferrée du Transsibérien. « Les deux grands cèdres avaient disparu, remplacés par des routes, des remblais, des excavations de date récente. »

On dirait une parabole : le progrès industriel et technique chasse jusqu'au souvenir des anciens habitants de la forêt. Notre beau Transsibérien… : assassin de l'épopée sylvestre, tuant une seconde fois le héros de la taïga.

32

Adieu au poète

Nous rentrions à l'Azimut, Ferrante et moi, un peu découragés par les façades grises et uniformes de la rue Naberejnaïa, quand nous entendîmes nos deux noms hélés d'une voiture qui freina à notre hauteur et s'arrêta deux mètres plus loin. Irina, le second des « agents » russes chargés de nous escorter – ou de nous surveiller – nous appelait par la portière. Femme d'une majesté plantureuse, vêtue tout de noir, elle ne s'était signalée jusque-là que par son mutisme. Elle souriait d'un air bienveillant à nos petites disputes avec Trophime, sans intervenir ni manifester en aucune façon ce qu'elle pensait de ces Français indociles. Ce jour-là, elle avait loué un taxi, nous dit-elle, pour aller déposer des fleurs au pied du monument élevé à la mémoire du poète Ossip Mandelstam.

— Voulez-vous venir avec moi ?

Elle nous montrait les lis jaunes et les roses rouges qu'elle avait posés sur ses genoux.

Je reconnus les fleurs que nous avaient offertes les jeunes filles de la bibliothèque Tchekhov, à l'issue de notre dernière « rencontre ». Ce débat fut le seul où un participant déclara avoir lu un de mes livres. Un seul lecteur rencontré en trois semaines de voyage ! De mes quatre ouvrages traduits en russe, aucune autre trace, apparemment, n'est restée.

Nous fûmes si surpris par l'initiative d'Irina, la dernière personne que nous aurions crue susceptible de vouloir honorer la mémoire d'un poète, que nous montâmes sans un mot à l'arrière du taxi.

— C'est la seule statue de Mandelstam qui existe dans toute la Russie, reprit-elle, du même ton placide qu'elle employait pour nous dire dans le train : « Fleuve Amour » ou : « Khabarovsk, du nom de l'explorateur Khabarov ». Quelle sourde passion, aujourd'hui, bouillonne sous ce flegme ? Car on ne porte pas des fleurs à un poète, seule, hors de tout hommage officiel, sans un violent désir de communion.

Surtout à Mandelstam. Mandelstam ! Peut-être le plus grand de cette extraordinaire génération de génies nés vers 1890. Ils étaient sept, comme les poètes français de la Pléiade, à pouvoir revendiquer la suprématie : autour d'Alexandre Blok, leur aîné, Anna Akhmatova, Boris Pasternak, Marina Tsvetaïeva, Vladimir Maïakovski, Sergueï Essenine et Ossip Mandelstam. Je savais que celui-ci, déporté en Sibérie, était mort à Vladivostok, ou dans les environs immédiats. Dans sa dernière lettre, datée du 20 octobre 1938, il écrivait à son frère : « Je me trouve à Vladivostok, Usvitz, baraque n° 11. On m'a donné cinq ans pour activité contre-révolutionnaire par décret de la police secrète. » Il se disait épuisé, amaigri, presque méconnaissable, mais déconseillait d'envoyer de la nourriture, des vêtements ou de l'argent.

Quel événement avait pu faire condamner un homme qui s'était toujours tenu en dehors de la politique ? Rallié à l'« acméisme » de ce Nicolas Goumiliev dont nous avons vu le buste placé au principal carrefour de Kazan, il entendait se démarquer aussi bien du symbolisme d'Akhmatova que du futurisme de Maïakovski. Juif, il se plaignait d'avoir été élevé dans le « chaos judaïque » de son univers familial. « Non pas une patrie, une maison, un foyer, mais exactement un chaos, un monde utérin que je fuyais, que j'ai toujours fui. » La littérature russe classique, et, à travers elle, la littérature européenne dans son héritage gréco-latin, représentait pour lui l'universalité de l'esprit. « Nous n'avons pas d'Acropole. Notre culture erre encore sans parvenir à trouver ses murs. » Il aspirait à restituer dans ses vers la pureté sculpturale du monde antique, « par une lutte inlassable contre les forces informes et sauvages, contre le néant qui assiège de partout notre histoire ». (Essai sur *La Nature du langage.*)

A la bibliothèque Tchekhov, on nous a fait cadeau d'une anthologie bilingue de ses poèmes, très joliment présentée, sous le titre *J'ai appris la doctrine des adieux...* J'ouvre le livre dans le taxi, et les premiers vers, publiés en 1909 dans la revue *Apollo* (dont le titre même proclamait un désir de clarté opposé à l'enthousiasme dionysiaque des symbolistes), me font penser à Verlaine plus qu'à Rimbaud, à Valéry plus qu'à Apollinaire.

Bruit sourd et profond
Du fruit qui de l'arbre s'abat
Parmi le chant incessant
Du profond silence des bois.

Oui, pourquoi un auteur aussi détaché de l'actualité fut-il un jour en butte à la persécution policière ? C'est que, un beau jour de novembre 1933, il écrivit un poème contre Staline d'une violence inouïe. Partout où s'engage une demi-conversation, disait-il, on se souvient du « montagnard du Kremlin ». « Ses gros doigts comme des larves sont gras » et « ses moustaches hérissées de cafard » rigolent, tandis qu'autour de lui se pressent les chefs « au cou de poulet ». « Il forge l'une après l'autre les lois [...] Et large est sa poitrine caucasienne. » Ce libelle ne fut pas publié, mais tout le monde en eut bientôt connaissance. Le chef de la police secrète pouvait le réciter par cœur. Ce poème est unique dans la production de Mandelstam. Quelle mouche l'avait piqué ? Indignation sincère contre le dictateur ? Lassitude de la poésie « pure » ? Secrète impulsion suicidaire ?

Il était venu à Paris en 1907 et connaissait bien la poésie française, en particulier Villon et Chénier, sur lesquels il écrivit des essais. Ne voulait-il être en reste, ni avec le premier, sauvé plusieurs fois de la potence, ni avec le second, guillotiné pour avoir maudit les excès de la Terreur ? De plus il voyait en Chénier, qui avait prôné le retour à l'hellénisme dans des vers d'une beauté plastique irréprochable, un de ses modèles.

Il fut arrêté dans la nuit du 13 mai 1934, gracié sur l'intervention de Boukharine, envoyé en résidence surveillée à Voronej, à plus de cinq cents kilomètres au sud de Moscou. Deux ans d'exil, puis retour à la liberté, mais sous l'œil sourcilleux de la police. Le 1er mai 1937, sans qu'il eût aggravé son cas par aucune nouvelle incartade, il fut arrêté à nouveau, condamné à cinq ans de déportation, expédié dans un camp de travail en Sibérie.

— Une seule statue dans toute la Russie ? demandons-nous, sidérés, à Irina.

Elle pousse un soupir, en faisant un bouquet des fleurs posées sur ses genoux.

Pourtant, ce n'est pas l'amour de la poésie qui manque aux Russes. Le chauffeur du taxi, nous entendant parler français, met un disque dans son lecteur, et s'élève au milieu du trafic la voix de Joe Dassin.

Encore un jour
Sans amour
Encore un jour
De ma vie

Joe Dassin est adoré en Russie : ce qu'il chante, la mélancolie résignée des paroles, correspond si bien aux émotions d'un cœur russe !

On s'est aimés comme on se quitte,
Tout simplement, sans penser à demain,
A demain qui vient toujours un peu trop vite,
Aux adieux qui quelquefois se passent un peu trop bien.

Dima – c'est le nom du chauffeur – est un très beau garçon aux yeux clairs, qui n'a rien de mélancolique. Vrai Sibérien, gai, ouvert, il apprend le français par les chansons qu'il écoute en conduisant son véhicule par les rues escarpées de Vladivostok. De notre langue, il ne sait que quelques bribes encore, mais confie à Irina, qui nous traduit à mesure, que les mots

« adieux », « solitude », « séparation », tout ce vocabulaire de l'éloignement et de la dislocation (proche au fond, ne puis-je m'empêcher de penser, du registre lexical de Mandelstam, comme une version populaire de l'art souverain du vers) agit si fort en lui qu'il comprend l'ensemble du poème. Cependant, ajoute-t-il, du point de vue de l'élocution, de la clarté, il espère faire plus de progrès avec ce chanteur-ci – il change de disque – qui parle plus qu'il ne chante. C'est Grand Corps Malade qui déclame à présent dans le taxi, et nous devons reconnaître que le slam, mieux articulé que le chant, peut devenir un instrument pédagogique précieux.

Le taxi roule maintenant dans une banlieue sordide. Longues avenues bordées d'immeubles de dix étages où pend du linge aux fenêtres sans balcons. Dima demande plusieurs fois son chemin. Les gens connaissent Mandelstam, mais ont beaucoup de peine à nous expliquer comment arriver jusqu'à la statue, dans ce quartier à la topographie informe. Enfin nous nous arrêtons au pied d'un escalier qui mène à une barre d'immeubles particulièrement rebutante.

— Si on voulait honorer Mandelstam, demandons-nous à Irina, pourquoi avoir choisi cet endroit ?

— La statue avait été placée à l'entrée du Lager où il est mort. Ses ossements ont été dispersés, il n'y a pas de tombe. Des antisémites taguaient la statue, on l'a retirée pour la transporter ici.

A mi-chemin des marches, sur un palier à gauche, est aménagée une sorte de square, où quelques pins tristes composent un décor minable. C'est là, au fond, qu'est dressée la statue. Pendant que nous nous approchons, je récite (toujours dans la traduction de Nikita Struve) les vers prophétiques d'un poème commencé en 1931 et terminé en 1935. Les dates ne sont pas indifférentes, puisque le pamphlet contre Staline a été composé et l'arrestation est survenue dans l'intervalle.

Le siècle étrangleur me saute sur les épaules,
Mais je ne suis pas un loup par le sang de mes veines.
Fourre-moi plutôt, comme un bonnet, dans la manche
De la chaude pelisse des steppes sibériennes.
....
Emmène-moi dans la nuit où coule l'Ienisseï,
Où le faîte du pin atteint jusqu'à l'étoile,
Car je ne suis pas loup par le sang, et je sais
Que seul me tuera mon égal.

En 1935, le poète avait été arrêté, mais il ne pouvait pas savoir qu'il serait envoyé un jour en Sibérie, et que, ayant franchi à Krasnoïarsk l'Ienisseï, il s'enfoncerait dans cette région où le pire ennemi n'est pas le loup. Dans ce poème entrent toute la mémoire de l'histoire russe, toute la procession des déportés, vieux-croyants, décembristes, conspirateurs contre le pouvoir, tous les locataires de la « maison des morts ». La « nuit où coule l'Ienisseï » a englouti la théorie interminable des opposants et des rebelles, qu'ils aient encouru la vindicte de Catherine II, de Nicolas Ier, de Lénine ou de Staline.

Plus rebelle, plus fier ne pourrait apparaître Mandelstam que sculpté dans le bronze par une main anonyme. Le socle porte comme seule inscription :

Mandelstam
Ossip
fils d'Emmanuel
15.1.1891
27.12.1938

La date de la mort est-elle sûre ? Je me souviens de la magnifique élégie funèbre écrite par Varlam Chalamov dans les *Récits de la Kolyma*, sous le titre : *Cherry-brandy* (1958). « Le poète se mourait. Ses grandes mains gonflées par la faim, aux doigts blancs, exsangues et aux ongles sales, longs et recourbés, reposaient sur sa poitrine sans qu'il les protégeât du froid. Avant, il les cachait sous son caban, contre sa peau nue ; mais, à présent, son corps ne gardait plus assez de chaleur. Ses moufles, on les lui avait volées depuis longtemps ; les vols se faisaient en plein jour, pour peu que le voleur eût du toupet. [...] Toute sa vie, il s'était hâté vers quelque but. Et c'était merveilleux de ne pas avoir à se dépêcher, de pouvoir réfléchir lentement. Alors, sans hâte, il pensait à l'auguste uniformité des mouvements d'un moribond, à cette chose que les médecins ont comprise et décrite avant les peintres et les poètes. Le moindre étudiant en médecine connaît la face hippocratique, le masque du moribond. [...] Il mourut vers le soir. Mais on ne le raya des listes que deux jours plus tard. Pendant deux jours, ses ingénieux voisins parvinrent à toucher la ration du mort lors de la distribution quotidienne de pain ; le mort levait le bras comme une marionnette. C'est ainsi qu'il mourut avant la date de sa mort, détail de la plus haute importance pour ses futurs biographes. »

Peut-être pas pour ses biographes, mais à coup sûr pour tous ceux qui seront bouleversés par ce mélange de gravité et de dérision qui marquait la vie dans les camps.

Le sculpteur l'a représenté debout, impavide, insolent, dans sa tenue de déporté – une tunique serrée au cou, qui tombe droit jusqu'aux pieds, chaussés de brodequins de tille. Le bras gauche pend le long du corps, la main droite aux veines saillantes est posée, non sur le cœur, ce qui serait sensiblerie romantique, mais au milieu de la poitrine, là où le soldat qu'on s'apprête à fusiller indique au peloton le point de mire. La bouche est contractée, les lèvres serrées, la tête légèrement rejetée en arrière, tendue dans le mépris de ceux qui l'ont ravalé à ce sort – et peut-être, plus généralement, dans le mépris de ce sort, dans le mépris du destin et de la mort. Sous le haut front dégarni, les paupières s'abaissent sur les yeux profondément enfoncés. Le regard est tourné *vers l'intérieur*. Au bas du visage prognathe le menton pointé en avant ajoute à l'expression dédaigneuse.

> *Je ne suis pas loup par le sang*

mais prêt à mourir comme le loup de Vigny :

> *Gémir, pleurer, prier est également lâche*
> ....
> *Souffre et meurs sans parler.*

A ces vers du poète des *Destinées* correspondent ceux de Mandelstam :

Misérable celui, mort à moitié,
Qui à son ombre demande la charité.

Dans sa dernière lettre, il se contentait d'écrire : « Sans vêtements, je gèle. Ici, c'est un lieu de transit. Ils ne m'ont pas gardé à la Kolyma. J'aurai sans doute à passer l'hiver ici. »

Pas l'hiver, mais l'éternité.

Irina, Ferrante et moi déposons à tour de rôle au pied de la statue un lis et une rose, puis nous abandonnons sur le socle le bouquet tout entier. En bas, dans le taxi, Dima écoute les chansons françaises et les reprend à tue-tête en nous faisant de grands gestes d'amitié. Il rit de ses yeux clairs légèrement fendus en amande. Bien qu'il sache ce que nous sommes venus faire ici, il ne croit pas qu'il doive mettre un frein à sa gaieté parce que le lieu évoque les horreurs du goulag. Et c'est cela, en fin de compte, la dernière image que nous emporterons de la Sibérie, avant de prendre l'avion pour Moscou (neuf heures en coupant par l'océan Glacial Arctique) : un pays où s'unissent, dans un contraste d'énergies stimulant, la joie de vivre, la dévotion aux poètes et le souvenir de la tragédie.

Kalat, 30 juillet 2010

ÉCRIVAINS ET PHOTOGRAPHES INVITÉS

Les écrivains invités étaient :
Patrick Deville
Géraldine Dunbar
Jean Echenoz
Mathias Enard
Sylvie Germain
Guy Goffette
Maylis de Kerangal
Kris
Wilfried N'Sondé
Jean-Noël Pancrazi
Olivier Rolin
Danièle Sallenave
Eugène Sawitskaya
Minh Tran Huy

Les photographes :
Ferrante Ferranti
Tadeusz Kluba

Que tous, ainsi que les journalistes et les deux acteurs qui nous accompagnaient, soient remerciés, pour leur gentillesse, la fraîcheur de leurs impressions et leur gaieté communicative.

Remerciements aussi à Paul de Sinety, qui a organisé le voyage avec grâce et efficacité.

Table

Dominique Fernandez dans Le Livre de Poche

L'Amour n° 6348

De Lübeck à Rome, en passant par Vienne, les pérégrinations passionnées d'un jeune artiste partagé entre la peinture et la musique.

L'Art de raconter n° 30988

Ce livre est une défense et illustration, à travers de nombreux exemples français et étrangers, du roman comme plaisir, comme jubilation, comme machine à rêver et à entraîner le lecteur dans les émois et les délices de l'aventure.

Avec Tolstoï n° 32716

Avec Dominique Fernandez, on parcourt librement le monde de Tolstoï, on y apprécie cette justesse de ton, ce calme, cette mesure qui l'opposent à la frénésie de son rival, Dostoïevski.

La Course à l'abîme n° 30317

Rome, 1600. En quelques tableaux, un jeune peintre bouscule trois cents ans de tradition artistique. Il devient, sous le pseudonyme de Caravage, le peintre officiel de l'Eglise. Marginal, asocial, il aime à la passion les garçons, surtout les mauvais garçons.

Jérémie ! Jérémie ! n° 30782

Fabrice, un étudiant parisien passionné par Alexandre Dumas, enquête sur la grand-mère de l'écrivain, une esclave haïtienne, disparue sans laisser de traces. Il s'engage dans une mission humanitaire internationale, et part pour Haïti.

Nicolas n° 15275

Fuyant Saint-Pétersbourg, Nicolas et Alice débarquent à Paris. Nicolas se plonge dans l'étude. A peine remarquera-t-il qu'Alice a dû se sacrifier et payer de son corps la chambre d'hôtel. Surgit Rachid, qui les installe au-dessus de chez lui.

Pise 1951 n° 32539

Octobre 1951. Octave et Robert, des étudiants français, arrivent à Pise, où ils vont passer un an pour leurs études. Ils font la connaissance d'Ivanka, dont ils tombent tous les deux amoureux.

Ramon n° 31707

Le fils cherche à comprendre comment son géniteur, l'un des plus grands intellectuels de son temps, a pu être socialiste à 31 ans, critique littéraire d'un journal de gauche à 38, compagnon de route des communistes à 40, fasciste à 43 et collabo à 46…

Signor Giovanni n° 15566

L'érudit et archéologue Winckelmann fut poignardé à Trieste, en juin 1768, alors qu'il se rendait à Rome. L'assassin fut condamné à mort. Dominique Fernandez a rouvert le dossier du procès : bien des détails lui ont semblé étranges.

Tribunal d'honneur n° 14695

En 1893, Tchaïkovski meurt du choléra. Il existe une autre hypothèse, selon laquelle, pour avoir séduit un adolescent, Tchaïkovski aurait été condamné à s'empoisonner par un mystérieux « tribunal d'honneur », sur ordre du tsar Alexandre III.

Du même auteur :

RAMON, 2009, Grasset.

romans

L'ECORCE DES PIERRES, 1959, Grasset.
L'AUBE, 1962, Grasset. Nouvelle édition, 2003.
LETTRE À DORA, 1969, Grasset.
LES ENFANTS DE GOGOL, 1971, Grasset. Nouvelle édition, 2003.
PORPORINO OU LES MYSTÈRES DE NAPLES, 1974, Grasset et Le Livre de Poche.
L'ETOILE ROSE, 1978, Grasset et Le Livre de Poche.
UNE FLEUR DE JASMIN À L'OREILLE, 1980, Grasset.
SIGNOR GIOVANNI, 1981, Balland. Nouvelle édition, 2002 et Le Livre de Poche.
DANS LA MAIN DE L'ANGE, 1982, Grasset et Le Livre de Poche.
L'AMOUR, 1986, Grasset et Le Livre de Poche.
LA GLOIRE DU PARIA, 1987, Grasset et Le Livre de Poche.
L'ECOLE DU SUD, 1991, Grasset et Le Livre de Poche.
PORFIRIO ET CONSTANCE, 1992, Grasset et Le Livre de Poche.
LE DERNIER DES MÉDICIS, 1994, Grasset et Le Livre de Poche.

TRIBUNAL D'HONNEUR, 1996, Grasset et Le Livre de Poche.
NICOLAS, 2000, Grasset et Le Livre de Poche.
LA COURSE À L'ABÎME, 2003, Grasset et Le Livre de Poche.
JÉRÉMIE ! JÉRÉMIE !, 2006, Grasset et Le Livre de Poche.
PLACE ROUGE, 2008, Grasset.
PRESTIGE ET INFAMIE, 2010, Laffont, « Bouquins ».
PISE 1951, 2010, Grasset.

opéra

LE RAPT DE PERSÉPHONE, 1987, Dominique Bedou. Musique d'André Bon, CD Cybelia 861.

voyages

MÈRE MÉDITERRANÉE, 1965, Grasset et Le Livre de Poche. Nouvelle édition augmentée de photographies de Ferrante Ferranti, 2000.
LES EVÉNEMENTS DE PALERME, 1966, Grasset.
AMSTERDAM, 1977, Le Seuil.
LES SICILIENS, en collaboration avec Ferdinando Scianna et Leonardo Sciascia, 1977, Denoël.
LE PROMENEUR AMOUREUX, *de Venise à Syracuse*, 1980, Plon et Presses Pocket.
LE VOLCAN SOUS LA VILLE, *promenades dans Naples*, 1983, Plon.
SENTIMENT INDIEN, 2005, Grasset.
RÊVERIES ITALIENNES, 2012, Imprimerie nationale / Actes Sud.

voyages, avec photographies de Ferrante Ferranti

LE BANQUET DES ANGES, *l'Europe baroque de Rome à Prague*, 1984, Plon.

LE RADEAU DE LA GORGONE, *promenades en Sicile*, 1988, Grasset et Le Livre de Poche.

AILES DE LUMIÈRE, 1989, François Bourin.

SÉVILLE, 1992, Stock.

L'OR DES TROPIQUES, *promenades dans le Portugal et le Brésil baroques*, 1993, Grasset.

SEPT VISAGES DE BUDAPEST, 1994, Corvina/IFH.

LA MAGIE BLANCHE DE SAINT-PÉTERSBOURG, 1994, Gallimard Découvertes.

PRAGUE ET LA BOHÊME, 1994, Stock.

LA PERLE ET LE CROISSANT, 1995, Plon « Terre humaine » et Terre humaine Pocket.

SAINT-PÉTERSBOURG, 1996, Stock.

RHAPSODIE ROUMAINE, 1998, Grasset.

PALERME ET LA SICILE, 1998, Stock.

BOLIVIE, 1999, Stock.

MENTON, 2001, Grasset.

SYRIE, 2002, Stock.

ROME, 2004, Philippe Rey.

SICILE, 2006, Actes Sud/Imprimerie Nationale.

VILLA MÉDICIS, 2010, Philippe Rey.

PALAIS SURSOCK, 2010, Philippe Rey.

NAPLES, 2011, Actes Sud.

essais

LE ROMAN ITALIEN ET LA CRISE DE LA CONSCIENCE MODERNE, 1958, Grasset.

L'ECHEC DE PAVESE, 1968, Grasset.

IL MITO DELL'AMERICA, 1969, Edizioni Salvatore Sciascia (Rome).

L'ARBRE JUSQU'AUX RACINES, *Psychanalyse et création*, 1972, Grasset et Le Livre de Poche.

EISENSTEIN, *L'Arbre jusqu'aux racines II*, 1975, Grasset et Ramsay-Poche-Cinéma.

LA ROSE DES TUDORS, 1976, Julliard ; nouvelle édition augmentée, 2008, Actes Sud.

INTERVENTI SULLA LETTERATURA FRANCESE, 1982, Matteo (Trévise).

LE RAPT DE GANYMÈDE, 1989, Grasset et Le Livre de Poche.

LE MUSÉE IDÉAL DE STENDHAL, en collaboration avec Ferrante Ferranti, 1995, Stock.

LE MUSÉE DE ZOLA, en collaboration avec Ferrante Ferranti, 1997, Stock.

LE VOYAGE D'ITALIE, *dictionnaire amoureux*, photographies de Ferrante Ferranti, 1998, Plon et Tempus.

LE LOUP ET LE CHIEN, *un nouveau contrat social*, 1999, Pygmalion.

LES DOUZE MUSES D'ALEXANDRE DUMAS, 1999, Grasset.

LA BEAUTÉ, 2000, Desclée de Brouwer.

ERRANCES SOLAIRES, photographies de Ferrante Ferranti, 2000, Stock.

L'AMOUR QUI OSE DIRE SON NOM, *Art et homosexualité*, 2001, Stock.

DICTIONNAIRE AMOUREUX DE LA RUSSIE, 2004, Plon.

L'ART DE RACONTER, 2007, Grasset et Le Livre de Poche.

DISCOURS DE RÉCEPTION À L'ACADÉMIE FRANÇAISE ET RÉPONSE DE PIERRE-JEAN RÉMY, 2008, Grasset.

DICTIONNAIRE AMOUREUX DE L'ITALIE, deux volumes, 2008, Plon.

L'AME RUSSE, 2009, Philippe Rey.

AVEC TOLSTOÏ, 2010, Grasset.

RUSSIES, 2010, Philippe Rey.

DICTIONNAIRE AMOUREUX DE STENDHAL, 2013, Grasset.

traductions

UNE ÉTRANGE JOIE DE VIVRE ET AUTRES POÈMES, *de Sandro Penna*, 1979, Fata Morgana.

L'IMPRÉSARIO DE SMYRNE, *de Carlo Goldoni*, 1985, Editions de la Comédie-Française.

POÈMES DE JEUNESSE, *de Pier Paolo Pasolini*, 1995, Gallimard.

POÉSIES, *de Sandro Penna*, 1999, Grasset, « Les Cahiers rouges ».

PAPIER À BASE DE
FIBRES CERTIFIÉES

Le Livre de Poche s'engage pour
l'environnement en réduisant
l'empreinte carbone de ses livres.
Celle de cet exemplaire est de :
350 g éq. CO_2
Rendez-vous sur
www.livredepoche-durable.fr

Composition réalisée par PCA

Achevé d'imprimer en février 2013 en France par
CPI BRODARD ET TAUPIN
La Flèche (Sarthe)
N° d'impression : 72202
Dépôt légal 1re publication : mars 2013
LIBRAIRIE GÉNÉRALE FRANÇAISE
31, rue de Fleurus – 75278 Paris Cedex 06

31/6942/2